KB139371

할마시
탐정 트리오

할마시 탐정 트리오

초판 1쇄 인쇄일 2022년 05월 31일
초판 1쇄 발행일 2022년 06월 09일

지은이 김재희
펴낸이 양옥매
교   정 조준경

펴낸곳 도서출판 책과나무
출판등록 제2012-000376
주소 서울특별시 마포구 방울내로 79 이노빌딩 302호
대표전화 02.372.1537 **팩스** 02.372.1538
이메일 booknamu2007@naver.com
홈페이지 www.booknamu.com
ISBN 979-11-6752-161-3 (03800)

한국추리문학선 13

할마시
탐정 트리오

김재희 · 지음

책과나무

인물 소개 ◇◇◇

가영 언니(69세)

전직 미스터리 드라마작가. 히트 메이커였지만 지금은 풍요실버타운에 들어와 일을 놓았다. 드라마작가답게 입담도 걸쭉하고 세상 물정에 밝고, 요즘 트렌드도 꿰차고 있다. 그만큼 관찰력은 갑이다. 풍요실버타운에서 관찰력 하나를 무기로 탐정 일을 시작하게 되는데, 170센티에 가까운 큰 키와 80킬로에 가까운 글래머러스한 몸매 그리고 죽이는 말발로 범인을 압도하는 재주가 있다.

나숙 씨(60세)

전직 교사. 명예퇴직 후 연금으로 풍요실버타운에 들어 왔다. 하얗고 긴 머리를 고수하는데, 사실은 독신임을 알아챈 타운 내 미장원 원장이 자꾸 어느 영감이랑 선 보라고 귀찮게 해서이다. 자그마한 체구에 꼼꼼한 성격 이고, 로맨틱한 연애를 꿈꾼다. 퇴행성 관절염으로 삼단 지팡이 등을 가지고 다닌다. 가영 언니가 흘리는 단서를 주워 올리기도 한다. 해결사 강봉구 사장에게 조금 관심 이 있다.

다정 할머니(64세)

중간 키에 땅땅한 체구. 과거 남편과 과일 행상부터 시작 해 장사에 이력이 나서 승모근 등 근육이 제법 있다. 힘도 세서 풍요실버타운의 팔씨름 대회에서 일등을 해 상조회 사에서 공짜 가입 티켓을 얻었다. 경도인지장애가 있어 건망증에 시달리지만, 늘 먼저 하늘로 간 남편, 그리고 자 식들을 그리워한다. 타운 내의 아파트에 하버드에 진학한 손녀의 사진을 걸어 놓고 자신의 이름 '다정' 뒤로 할머니 를 붙여 주는 걸 좋아한다. 귀엽고 힘센 스타일.

◇◇

김 실장(38세)

풍요실버타운의 이사장의 아들이자, 행정실장. 아버지 배경으로 들어왔지만, 무척이나 열심히 일하고 거의 불철주야 24시 근무 태세이다. 아직 싱글이다. 김종국스러운 근육질 몸매가 무색하게 얼굴에 홍조를 띠고 입주자들의 컴플레인에 적극적으로 대처를 한다. 늘 진지하고 조심스러우면서, 규칙 우선주의를 외친다.

해결사 강봉구(70세)

전직 철물점 사장. 현재는 고등학교 경비원. 의협심 하나로 사람들의 어려움을 못 지나친다. 월세를 청년들에게 받지 못하고 전전긍긍하는 고 여사를 돕는다. 이 사건으로 인해 할마시 탐정 트리오와 콜라보 협업을 한다. 꽃무늬 반다나에 가죽점퍼, 징이 박힌 장갑과 부츠를 신고 할리데이비슨을 타고 멋지게 산다.

구 교수(77세)

경제학과 교수 출신의 입주자. 날렵한 몸매에 힙한 스냅백과 빈티지 조던 운동화, 그리고 룰루레몬 조거 팬츠를 즐겨 입는다. 스니커즈를 리세일하는 재테크로 돈을 쏠쏠하게 모은다. 수영 수업에서 가운데 센터를 맡을 정도로 발군의 아쿠아 에어로빅 실력도 선보인다. 한마디로 힙한 모델 같은 할아버지.

인물소개 ◇◇◇

방정호(40세)

의료기회사 효도메타테크 영업과장. 땅땅한 체격에 꼼꼼한 성격의 빌런. 풍요실버타운을 메타버스 실버타운으로 시설 전환하려는 계획의 선봉장이다. 할마시 탐정 트리오에 맞서 투자를 받아 한탕 챙기고 시설을 바꾸려 한다.

마피아 수녀(70)

금발의 서양인 할머니. 근육질 몸매에 포르쉐를 타고 다닌다. 과거 마피아였는데 마피아 반대파에게서 도망치려 실버타운에 숨었다는 소문이 있다. '마피아 수녀'라는 별명을 지닌 이 외국인은 귀밑의 금발 머리카락을 수녀님들이 쓸 법한 하얀 두건 아래에 슬쩍 내놓고 머리카락을 감추고 다닌다. 항간에는 수녀 출신이라서, 혹은 탈모라 감추고 다닌다 했다. 또 다른 누군가는 무기를 감추고 다닌다고도 한다.

오 총장(81세)

총장 출신. 노블레스 오블리주로 항상 품위를 잃지 않고, 늘 입으로 "투 리브 위드 디그너티(To live with dignity). 존엄하게 살아야 합니다."라고 외친다. 스위스 조력자살단체 디그니타스 회원. 국회의원, 판검사 출신 입주자들과 어울리는 핵인싸. 각종 질병으로 깡마르고 휠체어를 탄다. 늘 휠체어를 밀어 주는 이시훈 비서와 다닌다.

◇◇◇

이시훈(32세)

휠체어 타는 오 총장의 수행 비서. 대기업 출신이라는 이야기도 있다. 정장이나 와이셔츠 혹은 단정한 카디건을 입는 이 비서는 오 총장의 양치질과 옷 입는 것부터 목욕과 대소변 기저귀를 가는 일까지 모든 역할을 잘 해낸다. 유일한 젊은 간병인으로, 힘도 세고 일도 잘하고 늘 절도 있는 대답으로 오 총장의 마음에 쏙 든다. 오 총장을 핵인싸로 만드는 수행원.

* 이외 90세의 꼿꼿한 장 여사, 특공대 남편과 밍크 모자 할매 부부, 그리고 방실영감과 고 여사 부부.

"나는 60, 70에 저렇게 살 거야~!"

세대를 아우르는 워너비 할머니의 대탄생.

찬란하고 아름다워 아찔한 꽃할매들의 화려한 도발과 모험 판타지극, 《할마시 탐정 트리오》.

'할마시'는 할머니의 강원도, 경상도 방언으로 '할매'가 고울 때 호칭하는 말이라면, 미울 때 할마시를 쓴다고 한다. 노인들을 무시하는 시대에 할머니들도 센 탐정(어떻게 보면 빌런 같은 면모도 보이는)으로 거듭나서, 안전을 위협하는 악당들을 잡으러 다닌다.

할마시 탐정 삼총사의 탄생.

지금 이 시대는 할머니들의 워맨스를 원한다.

가영 언니, 나숙 씨, 다정 할머니는 풍요실버타운의 고인
물 삼총사이다. 이들은 실버타운에 들어와 무료하게 생활
하던 중에, 다른 입주자들이 골프 동호회도 만드는 등 활발
하자, 소일거리로 돈을 벌고자 우연한 계기로 '할마시 탐정
트리오' 팀을 결성한다.

903호의 90세 장 여사의 로또 복권 2장과 빈티지 앤티크
접시 도난 사건을 해결하며 첫 사건을 성공적으로 마친다.

이후, 고 여사 부부 의뢰인, 청년들이 월세를 1년간이나
떼먹는 사건을 해결하러 실버타운 밖으로 출장을 나가기도
하고, 박 교장의 누드 사진으로 인한 몸캠피싱 사건을 의뢰
받는다.

한편, 풍요실버타운에 실종자들이 발생하고, 이를 사건으
로 의뢰받게 되면서 메타버스 실버타운으로 시설이 전환되
면 오갈 데 없는 신세가 될 거라는 무시무시한 음모를 접하
게 되는데….

과연 할마시 탐정 트리오는 이에 맞서 풍요실버타운을 지
킬 수 있을 것인가.

목차

01

오늘도 한가로운 풍요실버타운의

넷플릭스
감상실

GRANDMA
DETECTIVES
TRIO

나숙 씨는 소파에 몸을 기대고 옷걸이를 쫙 펴서 만든 꼬챙이로 리모컨을 당겼다. 아슬아슬하게 옷걸이 끝에 걸리는 리모컨.

　나숙 씨는 리모컨이 테이블에서 떨어지기 직전에 상체를 숙여서 탁 집었다. 무릎이 관절염으로 아프다 보니 이런 옷걸이로 물건을 당겨서 떨어지기 직전에 잡아챈다.

　키도 155센티, 몸무게도 50킬로이지만, 교사직에 30년 가까이 근무하고 나니 무릎 관절이 다 닳아서 걷는 것조차 힘들어졌다. 현재 60세, 수술과 시술을 반복하다 피로가 와서 풍요실버타운에 들어온 지 어느덧 3년이다. 비혼으로 살아왔지만 결혼을 하려던 적도 있었다. 벌써 25년여 전 일. 서른 셋 즈음에 같은 학교 근무하던 임 선생님과 연애를 하고, 결혼을 하려 했지만, 갑자기 나숙 씨의 어머니가 아프서서 병간호에 결혼을 미루고 연애를 중단했다. 임 선생님은 전근을 가고 다른 학교에서 새로운 여친을 만나 결혼을 했다.

나숙 씨는 이후 몇 번 연애할 기회가 있었지만, 그냥저냥 스쳐 지나가는 인연이 되었다. 폐경을 했을 때 참 쓸쓸했고 무릎이 아파 휠체어를 타고 다닐 때는 이대로 저물어 가는 인생이 아쉬웠다. 뒤늦게 퇴직금과 연금, 살던 자그마한 아파트를 정리해 풍요실버타운에 들어왔다.

그간 풍요실버타운에서 여러 친구들을 사귀었고, 그러다 가영 언니와는 쇼트 드라마 극본 쓰기 수업에서 선생과 제자로 만났다. 가영 언니가 봉사로 드라마 클래스를 주기적으로 열고 있다. 그리고 다른 베프로는 다정 할머니가 있다.

다정 할머니와는 이웃한 아파트에 살아 친하게 되었다. 다정 할머니는 들어온 지 5년 차로 오래 살았다. 일찍이 가족들이 모두 미국으로 이민을 가거나 해서, 이곳에 들어왔다고 했다. 한국에는 조카딸 내외가 있지만 거의 찾아오지 않는다. 다정 할머니는 치매 진단을 받은 건 아니지만, 잦은 기억력 상실과 어눌한 어투로 가족들이 할머니를 이곳에 모

시게 된 것이다. 약간의 인지장애는 있지만, 과거 행상과 트
럭 장사로 다져진 근육과 장사하는 데 조폭들이 귀찮게 굴
어서 배웠다는 호신술로 꽤 힘이 세다.

나숙 씨는 잔잔한 발라드 음악을 틀고서 가영 언니가 아
직 젊다면서 입어 보라고 준 짧은 크롭티와 5부 레깅스를
입어 보고 화장실 거울 앞에 서 봤다.

체력단련실에서 헬스를 할 때 입으라며 건넨 옷이지만, 그
언니도 늘 이런 옷을 입는 건 아니었다. 참 섹시한 옷이다.

평생을 검소하고 멋 낼 줄 모르는 삶을 살았다. 이렇게 딱
붙는 옷은 처음 입어 본다. 그만큼 몸의 라인을 감추는 옷을
입고, 화장도 거의 하지 않았다.

그래 그런가. 왜 남자 하나를 못 만나 혼자인지 조금은 안
타까웠다.

무엇보다, 자식을 남겼으면 어땠을까 하는 생각도 들었
다. 가영 언니는 결혼도 2번, 자식도 각각 아들과 딸을 길렀
지만, 늘 자식이 '웬수'라고 했다.

하지만 원수라도 곁에 있는 누군가가 사무치게 그립기도
했다. 물론 여기 삼총사도 참 고맙고 좋지만, 그래도 죽기
전에 찐 사랑 한번은 할 기회는 없을까.

하지만 입으로 결혼 못 해 아쉽다면서 늘 "가동의 뚱뚱 멜
빵 할아버지는 어때? 노총각 할배는? 다동의 거동은 못하지

만 의사 표현은 가능하다는 말기 암 귀요미 노인은 어때?"
하고 권하는 타운 내의 미장원 원장의 말이 듣기 싫어 결혼
이나 연애는 입 밖으로도 못 내놓는 단어다.

　도심에서 벗어나 한적한 곳에 위치한 대규모의 요양센터
풍요실버타운은 오늘도 한가롭기 그지없다.
　60세부터 사망 때까지 돌보아 드린다는 일념으로 세워진
타운은 건강한 입주자가 사는 입주동에 18평부터 40평 이
하의 다양한 아파트 개념의 주거공간이 있는데, 3억에서 6
억 이하의 보증금에 100만 원부터 200만 원 이하의 관리비
와 식대가 포함된 생활비를 받는다. 예를 들어 18평은 방 하
나 거실과 화장실에 주방이 있는데, 3억의 보증금과 100만
원의 생활비를 내면 입주할 수 있다. 40평대 이상은 6억의
보증금에 200만 원가량의 월 생활비가 드는데 부부가 입주
가능하다.
　여자와 남자가 홀수 층과 짝수 층으로 대체적으로 나누어
사는 것도 특이하다. 하지만 그것도 정확하지 않은 게 부부
가 공동 거주한 세대도 꽤 있기 때문이다. 입주자가 퇴소하
거나, 사망했을 시에는 대기 번호를 탄 입주자가 새로 들어
오므로 홀수 층에 남자가 거주할 경우도 많았다. 처음에는
층을 성별로 나누어 봤지만, 이후에는 의미가 없어져 오순

도순 살고 있다.

한마디로 이곳은, 안전 손잡이부터 시작해 지팡이로, 노인용 보조 보행기나 각종 유모차 형태의 워커로 발전하고, 휠체어에 타게 되면서 급기야는 인 베드 상태, 즉 침상에 누워 24시 간병을 받는 노인이 되어 생을 마감하는 다양한 타입의 노인들이 옹기종기 모여 사는 곳이다.

아기 엄마들에게는 유모차의 브랜드가 중요하다지만, 이곳은 브랜드보다는 그 노인의 생체 활성화 능력이 어느 정도 되는지가 가장 중요한 척도이고 상태이다.

그래도 이곳에도 밖의 청년들의 세상과 비슷하게 돌아가는 척도가 있다. 문화인류학을 공부한 정연욱 작가의 책 《구독, 좋아요, 알림설정까지》에서 인스타그램의 계정은 명품과 셀럽 라이프를 올리는 '물질파', 보디 프로필 사진과 피트니스, 필라테스 운동 모습을 올리는 '육체파', 정치적 견해나 책 관련 지식을 올리는 '정신파' 인플루언서로 나뉜다는데, 여기도 같다.

좀 양태는 다르겠지만, 먼저 자식이 판사야, 교수야, 의사야 늘 자랑하는 '물질파' 그들은 자식들이 보내 준 의복과 건강 보조제로 하루를 시작한다. 명품 단화와 자그마한 명품 토트백이 그들에게 걸려 있다.

그리고 '육체파' 노인들은 탁구실, 당구실, 체력단련장, 수영장 등 하루에도 수업을 두 개 이상 듣고 운동을 한다. 가끔 무리해 앓아눕기도 하지만, 꼿꼿한 등허리가 자랑이다. 하루에도 거울을 수십 번 본다. 얼굴에 주름이 안 진다는 입 운동을 열심히 한다. 등산복이나 운동복을 주로 입고 테니스 캡이나 운동모자를 즐겨 쓴다.

마지막으로 종교적 견해나, 정치 견해 그리고 지식 자랑에 몰두하는 '정신파'는 입에서 말이 끊이지 않는다. 누구든 신참 입소자는 그의 견해에 따르는 신도가 되어야 한다. 그들은 미술 수업이나 각계의 명사 초청 강연이나 각종 행사에는 맨 앞줄을 차지하기 마련이다. 중절모와 양복, 정장이 그들의 트레이드 마크이다.

이렇듯 여기도 사회의 축소판이 되어서, 노인 입주자들 나름의 규칙과 생활 관습으로 하루가 시작되고 저문다. 다만 일찍 시작되고, 일찍 저무는 게 특징이다.

가끔 누군가 공동 식사장이나, 휴게실이나 운동 수업이나 취미 수업에 안 나오면, 직원들이 부랴부랴 달려가는 게 다르다.

갑자기 휴게실에서 큰소리가 난다.

"아니, 이 할망구야, 왜 먹지도 않을 귤은 식당에서 빼돌려 여기서 수분이 배배 마르게 했어, 엉? 먹을 거나 빼돌리고 말이지, 먹지도 않으면서, 앙?"

네이비 씰이나 MI6에서 일했다는 소문이 무성한 자칭 특
공대 할배가 소리를 버럭 질렀다. 항상 있는 일이다. 이에 맞
서 꽃술이 달린 밍크 모자를 쓴 키 작은 할매도 소리 질렀다.

"이 근접 불가 외모 할배야! 그 못생긴 얼굴 치웟!"

"뭐어어? 이 찌그러진 귤 같은 할망구 같으니라구."

"뭐어어, 왜, 귤이 수분 빠져 달디달다. 나같이. 알았어?
앙? 이게 정말, 그 좆만 한 좆 떼. 알았지?"

"왜에, 이거라도 있어야 오줌을 누지. 왜, 해 주랴?"

"이기 미쳤나. 내가 글래머 몸매인데 왜 너랑 해!"

"아구, 다 처져서. 성형해. 이 할매야, 에미 애비도 없어?
내 나이가 몇인데 나헌티 대들어."

"나 친정 부모 모두 돌아가셨지. 내 나이도 몇인데! 83이
다, 왜!"

오늘도 시작되는 저 노인들의 싸움은 여전히 매해 레퍼토
리가 같다. 그들이 부부인 걸 알았을 때, 나숙 씨는 독신인
게 감사하다고 기도를 올렸다. 한마디로 '파트너를 바꿀 때
됐습니다.' 이 말을 듣기라도 원하는 것처럼 저 둘은 종일 싸
우고 소리 지르다 같은 아파트로 들어가 자고, 다음 날 다시
아침부터 공용 공간에서 소리를 버럭버럭 지른다. 저런 소
리 남 다 들으라고 부부가 같은 실버타운 들어왔는가 싶기

도 했다. 이러니 TV 드라마보다 재미있는 곳이 여기이기도 하다. 인간의 온갖 행태를 파노라마로 볼 수 있으니.

저 부부가 경도인지장애와 치매의 경계점에 있다는 것은 누구나 안다. 하지만 그들은 어떻게든 합심해서 시험을 통과해 꿋꿋하게 이곳 건강한 노인이 사는 곳에 산다. 하지만 점차 치매로 발전하면, 부부가 다른 곳으로 이사 가야 할지 모른다. 이렇듯 나이가 들면 과거의 직업과 상관없이 인간 본연의 모습에서 이성은 거의 퇴색하고 본능에 충실해지면서 인간다움은 하나하나 무너져 간다.

인간이 특히 노인이 비생산적인 삶을 이곳에서 살면서 보이는 행동 양상은 다음과 같았다.

1. 쇼핑으로 시간 때우기. 매일 쓰지도 않는 물건, 옷을 사서 행정실장을 괴롭게 하면서 가져다 달라고 부탁한다. 물건이 집에 산같이 쌓여 있는데도 쇼핑몰을 검색하고 냉장고에 안 먹는 음식이 가득 들어 있다.
2. 남 비방하기. 뒷담화에 열을 올린다. 1층 로비의 휴게실, 입점한 병원, 슈퍼, 미장원 등지에서 늘 수다를 떨고 시간을 보낸다. 여성 남성 입주자 모두 이런 타입은 가끔 루머와 구설수를 양산하고, 얼굴에는 심술 살이 덕지덕지 늘어져 있다.

할마시 탐정 트리오

3. 건강염려증. 1층에 입점한 신경과, 내과, 정형외과 등
   이 모인 병원에서 건강 관련 진료를 받고, 온갖 검사를
   하려 하고 시내로 나가는 셔틀을 타고 검사하러 종합
   병원으로 다닌다. 인터넷으로 건강, 병 등을 검색하고,
   자신을 매일 거울로 몸 곳곳을 살핀다. 얼굴에는 걱정
   이 어려 있다.

4. 은둔하기. 홀로 방에 틀어박혀서, 식당에도 미술 스튜
   디오에도 특별강연장에도 체력단련장에도 안 나간다.
   빵으로 종종 때우는데, 방문객이 사다 준 음식이 떨어
   질 때 유일하게 슈퍼를 가서 간식거리로 허기를 달랜
   다. 남과의 교류를 질색하고, 종일 낮잠과 TV나 유튜
   브 시청으로 하루를 보낸다.

이외에도 비생산적인 삶을 이겨 내기 위해 생산적으로 인
스타그램이나 유튜브를 업로드하는 입주자도 있고, 중고 거
래 등을 통해 수익을 얻는 이도 있다. 운동에 열중하거나,
그림을 그리거나 글을 쓰는 이도 있었다.

이곳에 N년째 거주 중인 왕년에 드라마작가로 대한민국
을 쥐고 흔들었던 가영 언니가 오늘도 가동의 행정실장 김
실장과 싸우고 있다.

"선생님, 풍요실버타운을 나가서 지낼 곳을 얻는 것은 힘

듭니다. 행정적으로요. 충분히 이곳에서 잘 쉬고 계시지 않습니까?"

키가 185센티에 이르고 피트니스 운동으로 김종국 뺨치는 체격의 김종훈 실장은 가영 언니를 보면서 절절맸다.

"그러니까 쉬어도 쉰 것 같지 않다니까. 김 실장 정말 이러기야? 내가 그간 얼마나 애정했어요. 그럼 입주자 말도 잘 들어야죠."

69세, 키 170에 몸무게 80킬로에 육박해 별명이 소피아 로렌 작가인 몸짱 글래머 가영 언니는 김 실장을 붙들고 건의를 했다.

"아, 아니 가영 선생님."

"작가님이라 불러 줘요. 나 왕년에 잘나가던 드라마작가잖아요."

"네, 작가님. 지금도 오전에 수영 수업과 그리고 오후에 피트니스와 미술 수업 잘 듣고 계시잖아요."

"김 실장, 오늘 밥 타운에서 안 먹었죠?"

김 실장은 눈을 가냘프게 뜨면서 슬머시 고개를 끄덕였다.

"그야 외부에서 손님이 방문해서 시내에 나갔다 왔습니다."

"밥, 국, 고기, 나물, 과일. 아주 웰빙이지. 근데 다 먹어 본 맛이야."

"그래도 뷔페식으로 해서 이것저것 영양식으로 고루 드실

수 있게끔 했잖습니까?"

"그런데 몰려. 왜냐? 이 주 단위로 메뉴가 교묘하게 바뀌어서 동일하게 돌아가거든. 코다리 조림이나 코다리 볶음이나 뭐가 달라요?"

"그, 그거야 그럼 코다리를 빼 달라고 할게요."

김 실장은 메모지와 펜을 가슴팍 주머니에서 빼 들어 메모했다.

"아니, 요즘 MZ 세대에서 유행한다는 유휴하우스인가 그거 나가게 해 줘요."

"우후요?"

"유휴! 젊은이들이 지방에서 살아 보면서 일도 비대면으로 진행하고, 힐링한다는 유휴하우스 말이에요. 일본 긴자데이코쿠 호텔도 한 달 살아 보기 체험을 375만 원에 내놨대요. 그런 것처럼 요즘은 한 집에 오래 사는 게 아니라, 곳곳서 집을 구독경제 개념으로 살아 보는 거라구요. 실장님."

"알겠습니다. 일단 메모해 두겠습니다, 선생님."

"작가님으로 불러 줘요, 김 실장님."

"저도 선생님으로 부르겠습니다. 사실은 입주자님이 더 정확한 호칭입죠. 이곳 타운에 판사나 변호사 또는 기자로 은퇴하신 분도 계신데 예외를 둘 순 없죠. 그분들을 모두 김 판사님, 엄 변호사님 할 수는 없잖습니까. 그런데 말입니다.

선생님은 사실 지난번에도 집 비밀번호를 잊어버리셔서 하는 수 없이 저희가 목걸이로 예쁘게 전자키도 만들어 드렸잖습니까?"

가영 언니는 뜨끔했다. 사실 비밀번호를 몰라 아파트에 못 들어간 게 몇 번 되었다. 그래서 하는 수 없이 목걸이 전자 터치키를 신청해 받았다. 그게 지금 옷 속에 고이 간직돼 있다. 몇 번 쓰기도 해서 잊어버린 번호 대신 터치키로 만든 것이다. 가영 언니는 슬며시 대화 소재를 바꿨다.

"아니, 참 그래도 김 실장이 너무 타성에 젖어서 우리의 요구를 묵살하고 그러면 안 돼요!"

김 실장이 눈을 감았다 뜨고 부리부리한 눈으로 직시했다.

"어찌 우리 실버타운 행정실이 노인 입주자님들을 무시하겠습니까? 우리는 단 한 분이 요구를 하셔도 끝까지 사정을 알아보고 가능한지를 판별해서 대책을 세워 드립니다. 걱정 마시고 일상으로 돌아가십시오."

"아, 알았어요. 그렇게까지 눈을 부릅뜰 필요는 없지 않아요?"

"선생님, 제 표정은 늘 이렇듯 엄근진(엄격 근엄 진지)입니다. 미소와 웃음을 띠는 감정노동과는 무관합니다. 저는 절제와 규칙에 맞게 행동합니다. 입주자님을 위한 충심을 의심하지는 말아 주십시오."

"아, 알았어요."

"그럼 이만. 참, 사무실에 선생님 택배가 와 있습니다. 개인적으로 택배를 시킬 때는 부디 사무실에 미리 통보해 주시기 바랍니다. 그래야 택배 관리를 확실하게 할 수 있습니다."

가영은 김 실장의 얼굴을 보며, 호오 이것 봐라 하는 표정을 지었다.

"그간 많이 세졌네. 누가 택배 시킬 때마다 여기다 말을 하겠어요. 그런 규칙은 미안한 마음이 들게 해서 시키지 못하게 가스라이팅 하는 것과 비슷하다고 생각해요."

"네에? 설마요. 저희는 택배 업무가 원활하게 돌아가도록 그러는 겁니다. 택배가 배달되면 상자를 뜯기 힘든 입주자님에 한해서, 자치회의 결과에 따라 저희가 택배를 직접 받아서 안의 내용물만 전달해 드리기 위해 만든 규칙이잖습니까? 그럼 이만."

가영 언니가 이곳에 들어올 몇 년 전만 해도 경영대학원을 졸업하고 아버지가 운영하시는 실버타운의 행정실 직원으로 들어왔을 때는 입주자들이 컴플레인을 하면 얼굴에 홍조를 띠고 부끄러워하면서 메모만 하던 그가, 이제는 변심했다. 아주 그냥 대놓고 '안 됩니다!'를 연발하는 것이다. 게다가 표정은 늘 엄격하고 진지한, 웃음이라고는 1도 없는 얼굴이다.

그간 김 실장이 귀엽고 열심히 하는 모습이 예뻐서 맥도날드, 스타벅스, 버거킹 등의 기프티콘을 매일 하나씩 '오늘도 화이링', '수고했어요' 등의 메시지를 담아 보내던 가영 언니는 최근 며칠 보내지 않았다.

사실 기프티콘 내역을 보면, 거의 사용하지 않아 기한이 지나면 환불각이었다. 아니면, 김 실장이 선물 받기를 거절하여 되돌아온다. 씁쓸했다. 이제 70을 바라보는 여성은 아무에게도 애정이나 호의를 기대할 수 없다는 건가?

"이봐, 가영 씨."

괄괄한 목소리로 다가오는 박 사장. 그는 철물점 사업을 하다 은퇴하고 사별 후 이곳에 들어온 터줏대감인데, 늘 하와이안 셔츠에 반바지를 즐겨 입고 선글라스를 쓰고 다녔다.

"그만 애정을 줘. 부담스러워하잖아?"

"뭐라구요?"

"그리고 그 랩 원피스 뭐야?"

가영 언니는 푸른 장미 무늬의 원피스를 내려다보았다.

"왜요?"

"그 불룩불룩 꼭 뭐 같은 줄 알아?"

"요 저번에 김 실장한테 물어보니 마트료시카 인형처럼 귀엽댔어요."

"하하, 그거 미쉐린타이어나 오뚝이 같다는 말일걸? 넘 뚱

뚱해 보이잖아. 허리 구분도 없고. 매일 수영하고 헬스하면 뭘 해? 내장 지방이 장난 아닌데."

"뭐라구요? 내 참. 흥! 말 걸지 마요. 돈 톡 미. 고우 어웨이."

가영 언니는 허우적허우적하면서 치맛자락을 붙들고 타운 로비에서 정원으로 나갔다. 풍요실버타운은 너른 영국풍 정원을 가운데 두고, 가·나·다·라 네 개 동의 건물이 서 있다.

가동에는 건강한 입주자들이 사는데, 지하에는 수영장과 헬스장, 1층 로비에는 방문객을 맞는 카페가 있다. 로비에는 원두커피 냄새가 은은하게 나고, 벽에는 효심을 강조한 시화 액자가 줄줄이 걸려 있다.

나동은 그에 반해, 휠체어가 다니는 램프가 계단 대신 있고, 미술실이나 음악감상실 등 정적인 스튜디오가 있다. 다리가 불편해서 휠체어를 타거나, 요양보호사나 간병인이 필요한 입주자는 선별해 나동으로 보내진다.

그보다 더 힘든 상태가 되거나, 알츠하이머가 심해지거나, 침대에 누워 기저귀로 대소변을 받아 내게 되면, 다동으로 입주하게 되고 24시 간병 케어에 들어간다.

그리고 라동은 마지막으로 가게 되는 호스피스 개념의 요양소인데, 거기 1층에는 풍요 상조회사 사무실이 떡하니 버티고 있다. 수의나 상복 샘플과 여러 상조 관련 물품 사진이 벽에 걸린 사무실은 입주자들에게 입에 올리는 것조차 금기처럼 돼 있다.

정원에서 나·다·라동을 둘러보던 가영 언니는 저만치서 절뚝이면서 다가오는 나숙 씨를 보고 미소 지었다. 나숙 씨의 손에는 김성종이나 히가시노 게이고의 추리소설이 가득 들렸다.

"도서관서 있다 오는 거야?"

"응, 언니. 쇼트 추리 드라마 완성해서 공모전에 낼 거야."

"열심이다. 기특해. 화이링이야."

나숙 씨는 긴 하얀 머리를 곱창 끈으로 둘둘 말아서 똥머리처럼 묶는 게 트레이드 마크였다.

"다정 할머니는?"

"뻔하지. 타운 미용실 갔어."

"아이고 거기. 욕본다."

타운 미용실, 오늘도 보글거리는 파마머리의 다정 할머니는 꽃무니 니트에 큰 보석 단추가 달린 카디건을 곱게 입고서 빳빳하게 말려 있는 수건을 하나하나 1센티도 어긋나지 않게 개고 있었다. 투실투실한 살집의 긴 생머리의 50대 원장은 활짝 웃으면서 들썩거렸다.

"어머, 다정 할머니. 정말 고마워요. 수건 진짜 곱게 갠다. 하버드 로스쿨에 있다는 그 손주도 할머니처럼 정말 꼼꼼할 거야."

"그, 그래요…."

다정 할머니가 사는 집은 나숙 씨의 옆집인데 20평의 중형에 타운 생활비를 150만 원이나 내고 사는 고급형 아파트이다. 나숙 씨는 이에 반해 10여 평이고 생활비도 적다.

다정 할머니는 64세지만, 최근에 기억도 가물가물하고 말도 어눌해 자꾸만 소심해지던 차에 미용실에 매일 나와 원장 일을 도우면서 하루를 보낸다.

"머리 또 할 때 안 됐어요? 내가 염가에 세일해서 해 드릴게요. 지금 완전 부시맨 같아요, 호호호호. 다정 할머니, 그 닉네임 할머니 소리 딱 없어지게 10년은 젊게 만들어 드릴게요. 최신 빠리 스타일루요."

다정 할머니가 머리카락을 손으로 만지면서 도리질했다.

"지, 지금 괜찮은데…. 난 할, 할머니 소리 듣는 게 좋, 좋아요. 하, 하버드 다니는 손주 생각나서요."

이때 가영 언니가 꽃술이 달린 널따란 하얀색 챙 모자를 슥 돌리면서 들어와 하얀 단발머리를 손가락으로 튕겼다.

"원장님, 다정 할머니 카드 그만 긁어요. 가족들한테 연락 와요. 그러다."

타운 내에서 생활비에는 식사 세끼와 생활 관리비 그리고 시설의 수영장이나 헬스클럽, 요가나 미술 지도비 등이 포함돼 있고 그 외 미장원이나, 타운 내 슈퍼 등은 개인 카드로 계산하게 되어 있다. 슈퍼의 이 사장은 미장원 원장과 부부이다. 하지만 둘이 다정한 모습을 보여 주는 적은 거의 없었다. 언젠가 나숙 씨가 듣기로는 미장원 원장이 풍요실버타운에 홀로 된 어르신이 많아서 잉꼬부부의 모습을 보이기 미안해서란다. 하지만 남의 말 옮기기를 즐기는 미장원 원장을 봐서는 글쎄다 싶었다.

"그럼 우리 다정 할머니 데려가요. 수건은 그만 좀 개. 손가락 안 아파?"

"괜, 괜찮아요⋯."

"어머 나숙 씨. 저번에 나동 사는 어르신이 중매 선다는데 어때요?"

미장원 원장의 말에 나숙 씨는 고개를 숙이고 조용히 나갔다.

"머리 자르러 와요. 언제 말 한번 진지하게 해 봐요."

미장원 원장은 누구는 자식이 안 찾아온다, 누구는 딸이 많아 방문객이 있고, 며느리는 안 온다, 누구는 치매가 심해져 자식도 못 알아본다 등등, 각 입주자들의 가정이나 상황을 파악하고 여기저기 소문을 퍼 나르는 버릇이 있었다.

나숙 씨가 비혼으로 살았다는 걸 미장원 원장이 알자마자 여기저기 소문을 퍼 날라 왜 시집을 못 갔냐며 할머니들 입

할마시 탐정 트리오

방아에 올랐다. 그리고 할아버지들에게 소개를 해 준다는 입방정도 떨어 나숙 씨는 타운 내 미장원을 찾지 않고 머리를 기른다.

가영 언니가 다정 할머니 팔짱을 끼고 나오면서 미장원 간판을 노려보았다.

"저 여편네, 언제 한번 손봐 줘야지."

나숙 씨가 조용히 말했다.

"그러지 말아요. 타운에 미장원 한 개뿐인데, 좋게 지내야죠."

"아니 그래도 말이지. 입이 너무 방정맞아. 자, 오늘 내 드라마 재방료 들어왔을 거니까, 아이스크림 쏠게. 슈퍼로 가자."

그들은 슈퍼에서 아이스크림을 사서 휴게실로 향했다. 미드 신작을 한 편 보려고 약속을 맞춰 놓았다.

02
—

할머니 탐정단의 결성과

장 여사의
사건 의뢰

GRANDMA
DETECTIVES
TRIO

휴게실에서 넷플릭스로 로맨스 스릴러 장르의 미드를 보던 할머니들은 곧 관심을 잃고 커피를 마시거나 과자나 사탕을 찾았다. 저번에 분명히 다 같이 2화까지 봤는데, 오늘은 모두 앞을 까먹었다고 해서 1화로 다시 돌아갔는데 한 명이 갑자기 아는 스토리라고 했다가 그냥 보자고 하는 등 아웅다웅하다, 급 관심을 끄고 TV에서 시선을 돌렸다. 그리고 다들 소소히 대화를 나누다 입에 사탕을 넣거나, 커피를 마시게 된 것이다.

껌은 요즘 이가 아프다고 찾는 이가 거의 없고, 껌을 입에 넣고 낮잠 자다 기도에 걸린 분도 있었다. 행정실 김 실장도 껌 함부로 버리면 힘들다고 해서 치웠다. 하지만 다시 갖다 놓으라는 입주자의 요구에 다시 가져다준다고 했다. 한 입주자는 어깨가 아프다고 벽에 자꾸 등을 쳐 대는데 가영 언니는 오늘도 이 지겨운 하루가 시작되는구나 하는 심정으로 주변을 보았다.

가영 언니는 넷플릭스를 각자 아파트에서 TV로 편하게 볼 수 있게 해 달라고 건의했지만 김 실장에게 씨알도 먹히지 않았다.

각 아파트 호실마다 OTT 서비스를 깔지 않은 이유는 방에 설치된 TV가 스마트 TV가 아니었기 때문이다. 할머니들의 항의에 김 실장은 휴게실에 넷플릭스 등의 OTT 서비스를 해 놓았지만 몇 번 취향별의 여러 드라마를 서로 보려다 싸우기도 하고, TV를 여러 대 놓아라 항의도 있었지만 그때뿐이다.

그나마도 이제 OTT에 다시 흥미가 떨어져 지금처럼 거들떠보지도 않았다. 오리지널 신작 한 번 나오면 다 같이 보지만, 거의 마지막 회차까지 보지 못했다. 끝까지 본 게 〈오징어 게임〉 하나이던가?

졸거나 관심이 떨어지거나 눈과 신체가 피곤해 집중이 안 되었다. 솔직히 볼 것도 없는 게 노인을 위한 작품은 몇 없는 것 같았다. 일단 썸네일에는 무조건 20대의 여자, 남자

할마시 탐정 트리오

심지어 동물 사진도 많은데 노인은 정말 거의 없었다. 학원물, 청년물이 이렇게 많을 바에는 노년물도 많이 만드는 게 낫지 않을까. 학생들보다야 노인들이 시간이 많으니.

가영 언니도 죽기 전에 넷플릭스 같은 데 작품을 올려 볼까 잠깐 꿈꾸기도 했지만 역시 피곤했다. 그리고 아직도 방 한구석 노트북 컴퓨터는 잠자고 있었다. 이제는 걸리적거려 아예 책상을 베란다로 빼놓을 예정이었다. 애거서 크리스티는 85세로 죽기 1년 전에도 작품 활동을 했다는데.

그건 찾아 줄 때나 가능한 일이고, 가영 언니는 드라마를 의뢰하는 피디가 한 명도 없으니 불가능한 일이었다. 왕년의 히트 작가가 공모전에 신인처럼 도전할 수도 없고, 그렇게 해서 당선된다는 보장도 없고 이래저래 활동할 길은 막혔다.

뭣보다 도심에서 청년들을 좀 보아야 드라마 소재라도 나올 텐데, 여기서는 매일 용심부리는 영감들과 질투하는 할머니들만 보이니 영 좋은 줄거리는 글렀다.

어쩜 그렇게 학교에서 왕따시키는 그 버릇들은 안 버리고 이리로 가지고 들어왔는지 돌아가면서 어느 할멈, 할배를 욕하고 따돌렸다. 할배들도 치기 어린 그놈의 배짱을 안 버렸는지 주먹질을 할 수 없는 나이가 되자 지팡이 끝으로 이놈 저놈 슬쩍슬쩍 쳐 가면서 지팡이 싸움을 벌였다. 휠체어

박치기 싸움도 몇 번 있었다.

　한마디로 노인 시트콤이지만, 어느 젊은 피디가 관심 가질까 싶었다. 저세상 텐션이라는 말이 MZ 세대들은 이승에서 볼 수 없는 화끈한 끼를 보여 준다는 뜻이라지만, 여기서는 그냥 심신이 처져 있는 상태가 바로 저승 텐션이라고 보면 확실했다.

　엄청 야한 19금의 미드를 다 같이 감상해도 한 명도 부끄러워하는 이가 없이 무심하고 무연하게 화면을 그저 볼 뿐이다. 아주 가끔 '어머 뭐 저런 남사스러운 걸 남자 여자 섞어 보나유?' 하는 체력 팽팽한 사람이 있을 뿐.

　여기서도 이성 간의 사랑은 분명 존재한다. 한 인기 있는 입주자를 두고 남자들이 싸우기도 했고, 한편으로 아내는 침상에 누워 있어, 다른 입주자와 사귀는 일도 있다.

　그런데 뭐. 그게 불륜 감이나 되는가? 당장 내일 죽어도 안 이상한 나이의 사람들인데.

　'엉, 여기서 이러다 가에서 바로 라동으로 가서 죽는 게 아닐까?'

　가영 언니는 돌아간 부모님들이 묘지에서 잘 계신지 늘 궁금했는데, 후배 작가나 피디들 중 자신이 이곳에서 안 썩고 있는지 궁금해하는 사람이 단 한 명이라도 있는지 의아했다.

'없겠지. 저들은 이런 데 안 들어올 거라고 착각들 단단히 할 테니.'

과거를 떠올렸다. 드라마작가로 일하면서 어느새 자기보다 나이가 젊은 피디들과 일했고 급기야 10살이나 심지어 20살이나 어린 피디와 일했다. 그들과 웃고 떠들다 언뜻 그들 눈에 비치는 이질감을 읽었다. 분명히 자신의 주름살을 보고 아, 노인이시지 하는 감정으로 표정이 미세하게 변한 것이다.

가영 언니는 그때 보톡스를 몇 백 방 맞고, 상안검, 하안검, 미세거상술 등의 땡기기 수술도 했다. 하지만 그뿐. 다시 피부는 늘어지고 뭣보다 아무리 트렌드 리포트를 읽고 메타버스 등 신문물을 공부해도 청년들 삶을 드라마에 담는 게 보조작가를 두어도 힘들었고, 줄거리의 결이 나이가 들었다는 걸 느꼈다.

시청률은 말할 것도 없이 떨어졌고, SNS에서 오르락내리락하는 빈도수도 줄었다.

가영 언니도 아픈 사람 보면 저렇게는 안 늙어야지, 단단히 마음 무장했지만 여기 들어와 아예 그 속에서 살고 있는 자신, 게다가 여기저기 아프고 방바닥에서 조금 헛디뎠는데 깁스하고 매일 '여기 어디야?' 수준으로 단어나 물건 둔 데를 까먹는 자신을 보니 지금은 언제까지 살 수 있을지 가늠하기도 힘들었다.

별로 안 늙었다지만, 이제 69세. 내일모레면 70이다. 친구 중에도 노인질환이나 암 등으로 죽은 이가 3명이다.

"참으로 안타까운 게 늙으면 사람들은 꿈도 희망도 사랑도 섹스도 없을 거라 단정 짓는다는 거지, 훙."

오늘도 거침없는 가영 언니의 입담에 다정 할머니는 땅을 보고 쿡쿡 웃었다.

"난 말이야. 51살에 폐경을 하기 직전에 정말 임신해 아이를 낳고 싶더라구. 이혼 상태였지만, 정말 절실했어."

가영 언니는 휴게실 커피머신에서 에스프레소를 한 잔 뽑아 마시면서 무연하게 실내 정원의 히아신스에 시선을 주었다.

"그때, 드라마 〈러브 앤 크라프트〉라는 사랑에 관한 이야기를 담은 드라마를 쓸 때였거든. 무척 사랑이 하고 싶었지. 노년층의 문제는 말이야, 정신은 소녀 소년인데, 애타게 이성을 그리워하는 것은 같은데 하지는 못하게끔 사회가 규정 짓는다는 거지."

"가영 언니, 왜 아니겠어요. 정신과 몸의 불균형, 호르몬은 여전히 도는데, 신체는 노화되고 사회적으로 퇴물 취급을 하니까 아무것도 못하고 여기 있는 거죠."

"우, 우리는 여, 여기 갇힌 게 아, 아니잖아요. 근, 근데 가끔은 갇힌 거 같아요….”

"갇힌 거지. 사회에서는 너무도 심심하고 밥 찾아 먹는 것도 힘들고, 생활비도 드니까 여기 왔지만 결국 노년들밖에 없잖아. 낮에는 그나마 김 실장 같은 직원들 청년도 있지만, 밤에는 정말 경비원 말고는 평균 연령 6, 70 이상, 90까지 지팡이들이야. 휠체어 직전의.”

"김 실장도 장가만 안 갔다 뿐이지 마흔이 내일모레야. 아버지가 여기 이사장이니까 행정실장 하는 거지. 사회 나가면 승진 못 하면 밀릴 나이라구.”

"그, 그래도 나숙 씨. 우리 눈, 눈에는 아름다운 꽃, 꽃 청년이죠….”

가영 언니는 커피를 한 모금 마시고 한숨 쉬며 앞에서 휘청거리는 입주자를 보고 안타까이 여겼다. 경비요원이 다급히 달려가 부축해 의자에 앉혔다.

"문제는 여기는 아프거나, 아플 예정이거나, 어느 날 방 안에서 다리 다쳐 깁스하거나 뇌질환으로 또는 혈관질환으로 쓰러질 처지들이 궁상맞아 남 흉이나 보면서, 서로 사회에서 판사였네 자랑질 아니면 내가 누군데 하며 갑질하지. 것도 아니면 자면서 침 질질 흘리는 할배 할마시 보는 일밖엔 없단 말이지. 내가 자면서 침 흘리더라. 베개가 축축해.”

이처럼 수다를 떠는 휴게실은 오늘도 다른 날과 같았다. 자신을 민상태라는 이름으로 불러 달라고 하는 민상태 씨는 화분을 가꾸느라 여념이 없었다. 세무서에서 평생 근무하다 은퇴 후 찾은 직업이 나무 박사라고 했다. 다른 말로 자칭 식집사라고 하는데, 늘 화분이나 식물을 가꾸고, 그 옆에는 가드닝에 관심 많은 입주자들이 있었다.

그중에는 항상 소주를 마시고 싶다면서, 처음처럼을 외치는 처음이 할머니도 있었다. 얼굴은 화장을 공들여서 하고, 분홍 치크에 립스틱도 바르고 머리도 헤어롤로 곱게 둥글려 나오는 처음이 할머니는 민상태 씨의 가장 수제자였다. 그녀는 식물 기르는 데 일가견이 있다고 들었다. 곧 죽을 나무를 살리는 데 재능이 있다나.

하릴없는 노인들은 각각 취미를 갖고 있었는데, 아담한 체격과 키의 구 교수는 빈티지 한정품 운동화나 명품을 사고팔고 하면서 재테크도 했고, 어떤 노인은 비트코인과 주식에 투자해 늘 몰려다니면서 상을 쳤다느니, 공매도가 어땠느니, 손절하다 악절했다느니 늘 주식 관련 은어나 용어를 입에 붙어 살았다.

또 다른 입주자들은 풀 착장 등산복을 입고, 실버타운 뒷산을 올라 약수를 나르는 데 시간을 들였다. 혹은, 노인 모델에 지원한다면서 인스타그램에 각선미나, 클리비지를 노출하는 입주자도 있고 포토샵을 배워 더 확대해 올리기도 했다. 또는 유튜브를 운영하면서, 각 입주자들을 찾아다니며 인터뷰하는 유튜버 노인도 있었다. 박막례 할머니가 롤모델이라고 했다.

게다가 심지어 디그니타스(DIGNITAS) 등의 스위스에 위치한, 조력자살을 도와주는 글로벌 단체에 지원하자면서 목돈을 곗돈으로 모으는 동아리도 있었다. 김 실장은 그런 건 불안감을 조성할 수 있다면서 말리지만, 사적으로 계를 만들어 자기들이 돈을 모으는데 막을 도리는 없었다.

가영 언니가 보자면, 계주가 명분으로 어려운 영어 단어를 들먹이면서 사기 치는 것 같았지만 동아리원들이 좋다는데 뭐 어떠냐 싶었다. 살날이 얼마 안 남은 노인들의 일상은 대체적으로 이런 편이다. 하지만 조용히 사시는 분들이 더 많았다.

하여간 통통 튀면서 혹은 조용히 각자 스타일대로 사는 그들을 보고 있자면, 삼삼오오 몰려다니거나 혹은 홀로 다니거나 했는데, 꼭 휴게실에 있는 대형 어항 속의 구피를 보는 것 같았다. 물살에 따라 흐름에 따라 이리저리 부유하거나, 홀로 동굴 속에 들어박혀 있거나 하는 물고기 떼 같았다.

대형 어항은 오늘도 관리회사의 직원이 와서 물을 빼내는 환수 작업 후에 예쁜 수초와 수목들을 심고 또 다른 열대어를 방사했다. 최근에 김 실장은 수족관 인테리어에 관심을 기울였다. '아쿠아 스케이핑' 작업이라면서 각종 기이한 수초와 바위를 넣고 물고기들을 길렀다. 그리고 얼룩덜룩한 반점이 있는 희귀한 열대어를 비싸게 들여와 키웠다. 김 실장은 물고기들 이름을 '얼룩이' 혹은 '덜룩이'라고 붙여서 부르기도 했다.

휴게실 중앙에서 수다 떠는 입주자들 사이에서 침을 흘리면서 커피 잔을 들고 자는 머리 하얀 장 여사가 보였다. 903호의 장 여사는 넓은 독채 아파트를 혼자 쓰는데, 최근에 신체가 많이 쇠약해져서 간병인을 두는 문제로 자녀들이 실버타운과 상담을 하고 있다고 했다. 간병인이 있는 나동으로 가면 해결되는 문제이지만, 장 여사가 극구 반대를 한다고 했다.

하긴 가영 언니 생각에도 나동으로 하향하게 되면, 결국에는 다동, 라동을 거쳐서 하늘로 가는 길밖에는 없었다. 음반이나 책이 역주행해서 대박 나는 경우가 있다지만, 여기서는 있을 수 없는 일이다. 신체의 노화는 그 누구도 반등해 튀어 오를 수가 없다. 단지 아주 조금 건강이 나빠지는 걸 늦추거나 완화를 시킬 수 있을 뿐.

나숙 씨가 입에 자두 사탕을 넣으면서 말했다.

"가영 언니, 이젠 여기도 〈오징어 게임〉처럼 돈으로 계급 나뉘는 것도 시간문제지. 건강만으로 따지는 계급장은 오래전부터 있었지만, 이젠 돈도 개입되는 거지. 소문 들었지? 여기 골프 동호회도 생긴대. 김 실장이 제약회사로부터 투자금 받아 와서 작은 미니 골프장 만든다는데, 그 미니 골프장 회원권을 판대. 골프를 우선적으로 무제한으로 칠 수 있는 권리라던데?"

"뭐어? 그럼 골프 마니아, 수 원장님 주도하에 풍요골프 동호회가 만들어지는 거야? 어쩐지 여시 같은 박 여사가 저번부터 맨날 카카오 프사에 골프복 딱 붙는 거 입고 폼 잡는 거 올리더라. 맨날 입으로는 기도드린다고 도 닦으러 다닌다구 난리 치면서 말이지."

다정 할머니가 더듬거리면서 말했다.

"아, 아니 도 닦으면서 골, 골프 칠 수 있잖아요…."

"그렇긴 하겠으나, 이거 봐봐. 80 가까운 할매가 이건 좀 그렇잖아? 난 레깅스 입고 다니는 사진 프사에는 안 올려."

가영 언니 말에 나숙 씨가 마침 생각났다는 듯 제안했다.

"우리 수 원장님 병원으로 가자."

수 원장님으로 말하자면, 1층 휴게실 바로 코앞에 있는 입주자 전용 병원 '수 병원'의 원장으로 과거에 대학병원 근무 당시 격무로 인해 살도 찌고, 운동 부족으로 뇌출혈 수술을 받았지만, 지금은 풍요실버타운에 오면서 일도 줄이고, 체력단련장에서 운동을 해 몸짱 60대 의사로 거듭났다. 여성 입주자들로부터 격렬한 지지와 사랑을 독차지하는 스타 의사이다. 이름은 강영수이나, 애칭은 수 원장으로 신경과 전문의이다. 수 병원은 내과 의사, 정형외과 의사 등도 있어 이래저래 입주자들이 많이 찾는 핫 플레이스다.

수 병원 로비에서 가영 언니, 나숙 씨, 다정 할머니 삼총사는 다시 수다를 떨었다.

"가영 언니, 미니 골프장 회원권 어떻게 생각해?"

"아니, 부르주아 프롤레타리아 나누는 것도 아니고 말이지."

다정 할머니가 더듬으면서 말했다.

"가, 가영 언니는 그, 그래도 사회에서 골프 치지 않았…어요."

"한 번에 드라마 3개 돌리느라 바빠서 못했지. 지금은 딸이 사업을 벌이는지 내가 맡겨 놓은 돈도 자꾸 아껴야 한다고 난리 쳐서 말도 못 꺼내. 여기 생활비 내는 것도 밀린 적 있는 것 같아."

"흠, 그렇다면 우리가 여기서 모양 빠지지 않으려면 가욋돈을 만들어야 한다는 말인데."

"그, 그거 나숙 씨… 드, 드라마 공모전 상, 상금은요?"

"공모전에 언제 넣어 언제 받아요. 아직 결말도 못 썼는데요. 다정 할머니도 그렇고."

다정 할머니는 워드를 못 쳐서 손편지 형태로 극본을 썼다. 그걸 한 번 내려다가 우편으로 안 받는 데서 포기한 적도 있었다. 가영 언니가 워드로 쳐 주려 했지만, 다정 할머니가 배워서 나중에 낸다고 극구 말렸다.

"나도 말이야. 돈 벌어서 여기 나가고 싶어."

가영 언니의 말에 나숙 씨가 놀랐다.

"정말?"

"응. 서울 나가서 살고 싶어. 여기에 사니 우리같이 친구도 많지만, 치과 치료도 요일을 정해서 셔틀버스나 김 실장이 모는 봉고 타고 나가야 하고, 성형도 받을 수 없고 그러네?"

"성, 성형…이요?"

"응, 눈이 처져서 다시 눈썹거상술 받아서 눈을 시원하게 뜨고 싶은데. 사실 쌍꺼풀 수술한 거 오래됐거든."

"그, 그러시군요."

"미용보다는 눈이 넘 답답해서. 졸리기만 하구. 눈꺼풀이 이렇게 무겁다는 거, 늙으면 안다니까."

나숙 씨는 가영 언니의 말에 수긍하듯 고개를 끄덕였다.

가영 언니가 화제를 바꾸었다.

"저기 있잖아. 903호 장 여사 말이야."

"아, 타운 나간다 해서 김 실장이 주마다 복권 한 장 드린다는 분이요? 복권 당첨되면 나가서 후회 없이 살라는 말에 넘어가는 90세 호호 꼬부랑 할머니?"

가영 언니가 말을 이어 나갔다.

"그으래, 김 실장 고단수 여우 짓에 넘어가는 왕언니. 그 언니가 사실 나한테 저번에 수영 수업 때 뭔가 부탁을 하긴 했거든. 돈을 준다면서."

"네? 돈을 줘요?"

"응. 내가 미스터리 드라마 전문작가였다는 말을 어디서 들었나 봐. 분명히 그 맨날 하와이 사는 괄괄 박 사장이 떠벌렸을지도 몰라. 말이 많잖아, 여기저기 참견하고 훈수 두고. 하여간에 그래서 말인데, 자꾸 자기 집에서 물건이 없어진대. 김 실장이 준 복권도 애지중지 꽃병 안에 감춰 두고 했는데 그것도 몇 장 사라졌다나? 나한테 탐정이 되어서 물건 사라지는 걸 알아내면 사건 의뢰비를 준다는데?"

"호오, 그거 재밌다. 나 어릴 적에 셜록 홈스 왕팬이었는데. 가영 언니야 뭐 워낙 추리 드라마 전문작가고."

"다정 할머니도 껴. 추리는 우리 같은 삼총사가 해야 제맛이지."

"셜…록 홈스도 왓, 왓슨과 둘, 둘인데요?"

"하숙집 아줌마 있으니까 삼총사야."

"그럼 일 시작을 어떻게 하지?"

"903호 장 여사네 가자. 지금 점심 드시고 한참 낮잠 자다 일어날 시간이야."

퇴행성 관절염을 앓는 나숙 씨를 위해 천천히 엘리베이터로 이동했다. 9층에서 삼총사가 내렸다.

잠시 후, 903호 앞에서 가영 언니는 한참 벨을 눌렀다.

"어? 슈퍼에라도 가셨나? 좀체 이 시간에는 움직이지 않는 분인데?"

"사실 그분 나이를 짐작하건대 언제 돌아가셔도….'"

"쉿!"

디지털도어락이 해제되면서 문이 빼꼼 열리고 허리가 90도로 굽은 백발의 할머니가 지팡이를 짚고 얼굴을 내밀었다.

"가영 작가님, 들어와요."

"네, 언니."

장 여사의 어투는 영화 더빙 성우가 내는 노인 목소리와 비슷했다. 진중하고 묵직한 느낌의 상류층 할머니 목소리.

삼총사는 903호로 들어가 장 여사가 천천히 주방과 거실을 오가며 내온 마카롱과 홍차로 티타임을 가졌다. 웨지우드 접시에 하나하나 천천히 가져오는데, 주방과 거실 사이의 3미터 정도 거리를 15분을 걸리면서 아주아주 천천히 오고 갔다. 중간에 힘들어 보여서 가영 언니가 휠체어를 가지고 가 타시라고 제안을 했다. 장 여사는 휠체어를 타고 티를 준비했다.

모두 느긋하게 기다리면서 수다를 떨었다.

홍차와 쿠키를 들면서 1층에 들어온 수 병원의 강영수 원장(일명 수 원장)에 대한 이야기꽃을 피웠다.

"그러니까, 어맛. 내가 피트니스에서 피티 받을 때마다 수 원장이 꼭 벤치프레스하고, 랫풀다운 90킬로씩 하고 그랬다니까, 우후후."

가영 언니의 말에 나숙 씨가 응수했다.

"호호, 저번에 하두 손이 저리고 머리도 어지럽고 아파서 가서 진찰받았는데, 참 친절하고 검사가 체계적이더라구요."

"그, 그렇죠…, 저, 저한테는 대, 대학병원 정밀진단을 권, 권했지만… 제, 제가 나, 나중에 간다고."

"가영 작가님. 그러니까 제가 의뢰드린 사건은 맡으시려고요?"

아주 느릿하고 또박또박 장 여사가 문의를 했다. 참으로 정중하고 진중한 어투였다.

"네. 언니. 정확하게 언제 즈음 무슨 물건이 없어졌는지 알아보러 왔어요. 여기는 제가 탐정 업무를 나누기 위해서

뽑은 직원입니다. 다정 할머니는 상황을 정리하는 일을 할 거고요. 나숙 씬 조사를 나서서 할 거구요. 저는 추리에 집중해야죠."

"그러니까 말이죠."

장 여사에 의하면, 김 실장은 장 여사가 외부로 나가 가족들과 사는 걸 원하지만, 건강을 걱정하면서 매주 복권을 한 장씩 금요일에 건네러 온다고 했다. 그리고 서울에 사는 아들 내외는 바빠서 안 온 지 두 달 정도 되었다고 했다.

장 여사는 고양이 입술처럼 주름이 지어진 인중을 들썩이면서 빨대로 홍차를 천천히 조금씩 마셨다.

"제 집에 오는 사람은 관리차 들르는 김 실장, 그리고 가끔 청소를 하러 들어오는 환경미화원 영순 씨 그리고… 비정기적으로 전구가 나가면 와서 갈아 주는 배선실 기사님이 계세요."

아주 천천히 말했지만 장 여사의 기억은 뚜렷했고 말도 확연했다.

"그럼, 없어진 물건은 무엇이죠?"

"말씀드렸는데요."

"아, 저만 들어서 여기 직원들하고 같이 들으려구요."

"아하, 탐정사무소라도 차린 겁니까?"

나숙 씨가 둘러댔다.

"네, 가영 언니 주축으로 풍요실버타운의 탐정단을 결성했어요."

가영 언니가 급조로 탐정단 이름을 만들었다.

"일명 풍요실버탐정단입니다."

"발음이 어렵네요. 할머니 탐정단이라 불러 드릴까요?"

"아, 그러면 그게, 할머니들이라 말하기는 싫고, 으음… 뭐가 좋을까나."

다정 할머니가 말했다.

"할, 할마시 어때요. 제 고향 사, 사투리예요…."

가영 언니가 오케이 사인을 보냈다.

"그럼 할마시 탐정 트리오라고나 할까요."

"음, 그렇군요."

나무늘보처럼 천천히 홍차를 마신 장 여사는 아주 느긋하게 검지를 펴서 들었다.

"사건의 진상은 이래요. 먼저 김 실장이 주고 간 복권이 두 장 사라졌어요."

"그 꽃병을 봐도 될까요?"

장 여사는 지팡이를 서서히 들어서 끝으로 60인치 대형 TV 옆의 웨지우드 꽃병을 가리켰다.

나숙 씨가 덧신을 끌면서 가서 꽃병을 들고 왔고 가영 언니가 그 안을 살폈다. 20장은 됨직한 복권들이 들어 있었다.

나숙 씨가 복권을 회차별로 정리했다.

"어, 정말 1000회차와 1025회차가 비는데요?"

"내 말이 맞죠."

가영 언니는 목에 걸린 목걸이 타입의 돋보기 코안경을 걸치고, 핸드폰 자기와의 대화 카톡 창에 일일이 받아 적으면서 물었다.

"그리고 또 없어진 건 뭐죠?"

"웨지우드 빈티지 접시가 비어요."

"어떤 품목이죠?"

"내가 웨지우드 공장이 이전하는 걸 기념하는 접시를 예전에 유럽 가서 사 둔 건데 벽에 걸어 놨거든요."

장 여사는 이번에는 지팡이 끝으로 왼쪽 끝 김기창 화백의 농가 그림 옆 빈자리를 가리켰다.

이번에도 나숙 씨가 천천히 퇴행성 관절염인 다리를 끌면서 가서 면밀하게 들여다보았다.

"우어? 정말 가영 언니, 여기 색이 조금 달라요. 그 접시가 걸려 있다 치워졌나 봐요."

다정 할머니가 휴대폰을 들어 사진을 찍었다.

"증, 증거 찍, 찍을게요…."

"내 말이 맞죠."

"음, 그럼 평소 여기 아파트를 언제 언제 비우시죠?"

"아침과 저녁 두 번의 식사 시간 그리고 월수 오전의 수영 수업에만 나가요."

나숙 씨가 고개를 끄덕였다.

식사 시간과 각종 취미 수업 시간이 매일 똑같은 타운은 늘 동일한 시간에 엘리베이터나 식당 혹은 스튜디오에서 같은 사람들을 만난다. 장 여사는 정말 그 시간에 동일 장소에서 마주쳤다. 허리가 90도로 굽어 지팡이로 짚고 다니지만 눈은 총총하고, 늘 느릿한 걸음걸이가 단정하고 기품 있었다. 휠체어는 아파트에서만 타는 걸 고집해 밖에서는 여간해서는 타지 않았다.

과거에 교장 선생님으로 은퇴했고, 남편이 돌아가자 이 타운에 들어왔다고 하는데, 무척 오래된 일이라 들었다. 30년 가까이 된 일들이다.

"저어, 근데 왜 최근에 타운 나가고 싶어 하신다고….."

가영 언니가 조심스레 물었다.

"그, 그냥요. 죽기 전에 재밌게 살고 싶어서요."

탐정 삼총사는 고개를 끄덕끄덕했다. 누구나 나이를 초월해 재미있게 살고 싶은 마음은 같다. 여기 60대 초중반 나숙 씨와 다정 할머니나 70에 가까운 가영 언니나 90의 장 여사나 똑같다. 다만 분수를 지키고 형편에 맞게 사는 것이다. 정신과 신체의 균형이 맞지 않아 괴로운 게 노년이다.

할마시 탐정 트리오

장 여사의 아파트를 샅샅이 뒤졌지만, 빈티지 접시와 복권 2장은 찾지 못했다. 화장실까지 찾아봤지만, 소변이 묻어 손빨래를 기다리는 속바지만 있었다.

삼총사는 일단 철수했다. 어차피 장 여사가 침대에 누워 잠을 청해서, 더 물어볼 것도 없었다. 조용히 문을 닫으며 아파트를 나왔다.

오후에 체력단련장에 삼총사는 체육복을 입고 나갔다. 가영 언니가 헬스 트레이너 켈리 쌤과 수업이 있었다.

켈리 쌤은 체육대학을 나온 27세 여성으로 피트니스로 멋진 몸매를 자랑했다. 가영 언니는 켈리 쌤에게 보디 프로필 사진을 찍고 싶다고 특별히 개인레슨을 받았다. 피티 비용은 반을 타운에서 대 주고 있어 밖에서보다는 저렴하게 낼 수 있었다.

나숙 씨와 다정 할머니는 일이 없으면 가영 언니가 레슨을 받을 때, 옆에서 헬스 기구로 운동을 느긋하게 했다. 다정 할머니는 주로 바이크를, 나숙 씨는 2킬로 아령을 천천히 거울 보면서 들어 올렸다.

레깅스와 크롭탑을 입은 켈리 쌤은 보는 것만으로도 싱그러웠다.

"켈리 쌤, 이 배 좀 봐요. 이래 가지고 보디 프로필 사진을 찍을 수 있을까요."

"작가님, 제가 몸매 만들어 드릴게요. 걱정 마세요. 오늘은 스쿼트 몇 개 들어갈까요?"

"네에? 나 내일 모레 70이어용, 봐주세요."

"아니죠, 몸매 만들려면 따라와 주셔야죠. 나이 드실수록 조심조심하신다지만, 그래도 낙상을 방지하고 혹시라도 낙상을 당했을 때 가장 부상 정도를 낮출 수 있는 방법은 근력 운동입니다. 특히 여기 풍요실버타운에서는 설거지나 청소 등을 많이 안 하시니까, 그러실수록 더 체력 단련을 하셔야죠. 운동은 경도인지장애를 예방한답니다. 잘 아시죠?"

켈리 쌤은 브이 스쿼트 머신에 가영 언니를 앉히고, 양쪽에 5킬로 바벨을 얹어서 일어났다 앉았다를 조심스레 시켰다.

"자, 해 봅시다. 천천히 무리하시지 말고 조금씩 가 보세요. 어깨에 힘이 들어가지만, 무엇보다 허벅지 근육에 힘이 가야 합니다. 하나, 둘, 셋, 넷…. 근육이 탄탄하게 붙어야 고관절도 안전하게 지키고, 건강하게 사실 수 있어요."

운동을 마치고 체력단련장을 나온 삼총사는 곧바로 1층 휴게실 앞에 위치한 수 병원으로 서로 부축하면서 천천히 이동했다. 벽에 붙은 안전 손잡이를 잡고 서로의 어깨와 허리를 부둥켜안고, 나숙 씨는 삼단 지팡이를 펴서 꾹꾹 짚고 걸었다. 평소 지팡이를 손가방에 넣고 다니다가, 정말 무릎이 아프면 펼쳐서 짚고 다녔다.

"아이고 다리야, 죽겠다. 레슨 후에는 근육은커녕 후들후들 휘청거려."

"가영 언니, 난 무릎에 주사라도 맞을까 봐요. 상체 운동해도 다리가 아픈 건 왜인지."

"나, 난 켈, 켈리 쌤 흉내 내면 어, 어깨가 시원해요…. 히히."

삼총사는 단서를 캐려 수 병원으로 향했다.

병원 벽에는 의료진들 사진이 걸려 있다. 수 원장은 특별히 의사 가운을 입은 전신사진을 로비에 걸었다.

꽃 노년 의사 수 원장은 나이답지 않게, 피트니스를 열심히 해서 뱃살도 하나 없었다. 항간에 식스팩이 있다는 소문도 있었다. 그는 청년들이 입을 법한, 딱 붙는 셔츠와 면 팬츠를 날렵하게 입고 진료를 봤다. 예전에는 피트니스 대회에서 입상했다고도 했다.

늘 병원이 붐볐는데, 안 아픈 사람들도 원장을 봐서 젊은 기운 받아 간다면서 수 원장에게 진료를 보거나, 약을 타거나, 건강 조언을 받길 원했다.

오늘도 청년 같은 노년 수 원장이 진료를 보는 병원에 인파가 몰렸다. 할마시 탐정 삼총사는 조르르 앉아 건강 관련 프로그램이 나오는 병원 대기실 내의 TV를 보았다.

별일 없으면 병원 대기실에서 이야기꽃을 피우는 것도 하루 중 일과였다. 하지만 오늘은 나숙 씨가 진료 신청을 해 두었다.

나숙 씨 옆 대기 의자에 앉은, 새로 들어온 입주자이자 스타일과 입담이 좋아서 단번에 인싸가 된 77세 화자 씨가 얼굴에 소녀 같은 홍조를 띠고 수다에 한창이었다.

"아니 글쎄, 내가 며칠 전에 팬티에 피가 묻은 거야?"

입주자들의 눈이 휘둥그레졌다.

"설마?"

"그래. 나도 놀랐어. 이 나이에 회춘을 했나 하고. 그런데, 그게 아니라 엉덩이 피부가 헐어서 잠자다 박박 긁어서 피가 났던 거야. 호호…. 여기 수 원장이 피부 질환을 보고 연고를 처방했는데, 글쎄 하루 만에 나은 거 있지?"

"옴마, 그럼 병원 선상님헌티 궁뎅짝을 보인 거야? 이 여편네. 완전 일부러 박박 긁고 온 거 아녀?"

"엥, 아냐. 나도 안 보여 주려는데, 환부를 봐야 한다고 하셔서 그랬지. 그럼 여기 실버타운 나가서 피부과를 어떻게 다녀오겠어? 안 그래? 아, 피부과 가서 얼굴에 프락셀 레이저 받고 싶다. 얼굴도 젊어지고 싶어. 신문서 봤는데, 사우디아라비아에서 낙타 미모 경연대회가 열린대. 상금도 수백

억이라나. 근데 참가하는 낙타 얼굴을 성형해서 꾸민다는데 말이지. 우리도 사람이다, 안 그래? 성형하고 싶어. 호호."

화자 씨는 주름이 가득한 얼굴을 만지면서 시선을 허공에 두며, 예전을 회상했다.

그들을 보던 가영 언니가 나숙 씨에게 조용히 말을 걸었다.

"나도 그래. 예전 살던 압구정동의 청년 사장 커피숍도 그립고, 연예인 자주 오는 미용실 원장하고 수다도 떨고 싶어. 그리고 길 가다가 좌판에 맘에 드는 양말이나 액세서리 팔면 몇천 원 주고 산 것도 그리워. 여기는 그런 게 전혀 없잖아. 자유를 박탈당한 대신, 내 동년배들하고 수다를 떨고 식사를 하지만 요즘 TV 광고하는 신제품 마카로니랑 치즈 잔뜩 들어간 맥앤치즈 버거도 먹고 싶다구."

"그, 그래요. 가영 언니…. 저도 딸, 하버드 손주하고 백화점 식, 식당에서 샤, 샤브샤브 먹던 게 그, 그, 리워요…."

딩동, 벨이 울리고 허리가 굽고 지팡이를 쥔 할머니가 진료실서 나오자, 이번에 나숙 씨가 들어갔다.

수 원장은 꼿꼿하게 앉아 있었다. 늘 검게 염색해 가르마를 잘 타서 넘긴 이태리 남자 같은 머리에 한 치의 오차도 허용하지 않는 와이셔츠의 피팅감. 그리고 단정한 니트 넥타이에 잘 맞는 팬츠를 입고 구두는 페레가모이다.

"어서 오십시오, 명나숙 님."

"선생님. 안녕하세요."

소문에는 와이프가 굉장한 빌런이라느니 자녀가 일진이라느니 이러저러하게 괴소문이 무성하지만, 글쎄 그렇게 보이지 않는 평온한 얼굴이다.

"가영 작가님과 체력단련장에 종종 오시던데요."

"네, 가영 언니가 같이 운동하자고 해서요."

"트레이너가 운동 가르쳐 주면 더 도움이 되죠. 어디가 불편하신지요?"

"저기 제가 아니고, 장 여사님이 요즘 최근에 부쩍 안 좋아진 것 같아서 문의드리려 왔어요."

원래는 관절염 상담이나 하고 시간 보낼까 했는데 사건을 의뢰받은 만큼 화제를 돌렸다.

"네? 의료 정보는 본인이나 가족 아니면 알려 드릴 수 없는데요."

"그게, 저…. 여기서 저는 장 여사님과 가족처럼 지내서 앞으로도 불편한 부분이 있으면 도와드리고 싶어서…."

수 원장은 은은한 미소를 띠었다.

"장 여사님 보다시피 건강하시잖아요. 자연스러운 노화의 현상입니다. 자, 그럼 괜찮으시면 다음 분을 모셔도 될까요?"

나숙 씨는 별 소득 없이 진료실을 나오는데, 갑자기 뒤에서 고성이 오갔다.

"아니, 이 할망탱이야. 뭐어어? 수 원장이 니를 좋아한다 꼬?"

"그래. 나를 좋아한댄다. 와?"

"말 되는 소리를 하라. 니 나이가 수 원장보다 열 살 더 처 먹은 거 아냐?"

"이 미친 여편네. 니 남편 드러누운 지 오래인데, 그것이 나 수발들라고. 난 싱글이다, 이 말이야."

"웃기고 자빠지 뿌렸네. 수 원장 유부남이다. 무슨 소리하 노? 미친 거 아이가?"

입주자들이 갑자기 서로 간에 머리채를 잡고 싸우기 시작 했다. 키 작은 할머니는 가발이 홀러덩 벗겨지면서 나동그 라졌다. 간호사들이 데스크에서 나와 이들을 말렸다.

삼총사는 한숨을 푹 쉬고 발길을 돌렸다. 이 요양시설에 서도 간간이 할머니들의 머리채 싸움이나 할아버지들의 지 팡이 끝자락 싸움이나 휠체어 바퀴 싸움이 벌어진다. 어쩔 수 없었다. 사람들이 옹기종기 모여 사는 곳이고, 무엇보다 24시 붙어 있다 보니 온갖 민원과 싸움이 발생한다. 그러다 보니 각종 갖가지 규칙만 늘어 갈 뿐이다.

치매 걸려 요양보호사 성추행하고, 똥오줌을 벽에 묻히는 이가 있다. 이들은 치매 판정을 받으면 집중적인 케어가 필요한 나동이나 다동으로 주거지를 옮긴다.

가동에 사는 입주자들에게 나동으로 이사하는 것은 추방이나 귀양과 같은 의미였다. 다시는 돌이킬 수 없는 신체와 인지 능력 저하로 강제 퇴거하게 되는 일. 생각으로도 두렵다.

휴게실에서 가영 언니와 다정 할머니가 나숙 씨를 둘러쌌다.

"뭐래?"

"아무래도 치매인지 아닌지 확인하는 건 내가 생각해도 별로야. 우리가 뭔가 잘못된 방향으로 가는 것 같아."

"하기야, 저 원장도 몰라. 뇌 MRI 종합병원서 찍어 봐야 아는 거지. 인지검사만으로는 알아내기 힘들걸."

"우, 우리 이, 이거 너무 양, 양심에 찔려요…. 남의 정보나 알아내구요…."

가영 언니가 고개를 끄덕였다.

"그래. 이보다는 다른 방법이 있을 거야."

나숙 씨는 뭔가 떠올렸다.

"그런데 장 여사님, 아파트 화장실에 빨랫감 그거는 장 여사님 자식들이 와서 해 주는 거야?"

"아니. 청소해 주시는 분이 조금씩 팁 받아 가면서 돕는다는 얘기 어디선가 들었던 것 같아."

"그래? 그럼 드나드는 분이 누구지?"

"청, 청소하시는 얼굴은 쪼, 쪼맨하고 머리 빠, 빠마 하시는 분 있어요…. 미, 미장원에 와, 와요…."

"아, 알 거 같은데. 왜 공용 공간 청소해 주시고, 입주자 중에 비용을 더 주고 아파트도 원하는 분 청소해 주는 분 계시잖아. 미장원에 가 볼까? 간만에."

가영 언니는 나숙 씨의 기분을 살폈다.

나숙 씨는 고개를 저었다.

"아니, 슈퍼에 가서 캐 보자. 나 그분 슈퍼에 자주 들르는 거 본 거 같아. 김 실장이 청소용품 급하게 떨어지면 슈퍼에서 그분이 사다 비치하는 것 같던데. 락스 대형으로 사는 거 봤어."

삼총사는 지하에 위치한 풍요 슈퍼를 갔다. 큰 마트지만, 영 인테리어나 상품 구색이나, 청소 상태가 느슨했다. 하지만, 또 그런 게 지금 노년의 나이대에 어울리는가 싶기도 했다. 익숙함과 신선함, 이 사이에 노년은 익숙함 쪽으로 기우는 듯싶었다. 당연 청년들은 신선함이겠지만.

가영 언니는 슬슬 풍요 슈퍼 계산대의 이 사장에게 이동해 질문했다.

"저어기요, 왜 가동 아파트 복도 청소해 주시는 분요. 궁

금한 게 있는데….'

"영순 씨요? 여기 가동 청소하시는 분요? 뭐어. 나이는 55
던가? 일하신 지는 3개월 되신 분인데 대체 왜요?"

"아, 아니 그, 그냥요….'

"흐음, 큼큼. 다정 할머니가 저렇게 손사래 치시는 거 보
니까 더 수상하다. 뭐 이상한 일 났어요? 그리고 그걸 왜 세
분이서 캐요? 뭐 취조하시는 거예요? 탐정처럼?"

"아무것도 아닙니다. 이 사장님."

가영 언니는 이 사장의 날카로운 시선을 피하면서 오이와
당근, 양배추를 들었다 놓았다 했다.

"어머, 싱싱하다."

나숙 씨가 뒤를 이어서 캐물었다.

"뭐 별거는 아니고, 제가 드라마 극본 공모에 내려고 사람
을 취재해서요."

"그래요? 영순 씨는 그래도 별다른 소문 없이 잘 지내는
거 같던데? 와이프한테 물어볼까요?"

갑자기 삼총사가 두 손을 흔들며 도리질 쳤다.

"아, 아니오!!!"

눈치 빠른 이 사장은 크게 눈썹을 치켜뜨고 말했다.

"또 어떤 어르신이 물건 없어졌다고 했죠? 그런 사람이 아
주 한둘이 아냐. 내가 여기서 가게 하면서 느낀 거는 노인들

말이 틀릴 확률이 높다는 거죠. 언제는 물건을 들고서 까먹고 돈을 안 내. 아니, 물건 진열대에서 집은 걸 여기 오는 사이 까먹는 거죠. 어떤 어르신은 바나나 들고서 여기 어디야 하시기도 하구요. 그리고 언제는 자기 아파트에 놓아 둔 홍삼이 없어졌다고, 김 실장이 서류 사인 받으러 왔는데, 행정 실장이 훔쳐 갔다는 분도 계세요."

가영 언니가 흥분했다.

"설마? 누가 그래요? 김 실장을 도둑으로 몰아요? 그깟 홍삼으로."

"그러니까요. 그러니 혹시 그런 의심을 하걸랑 그 할머니 기억력을 의심해 봐요, 먼저. 그거 채소 사실 거예요?"

"네, 네, 그럼요."

잠시 후, 삼총사는 오이, 당근, 양배추를 사서 나왔다.

"아무래도 이 사장 말이 일리는 있어."

"그렇지만, 가영 언니. 장 여사 아직은 기억력은 또렷한 거 같지 않아?"

"하지만 화장실에 소변 실례한 빨랫감 보니 장담은 못 하겠어."

"프, 프로파일러 나오는 방송을 보니, 현, 현장을 자주 간대요…."

"그래, 장 여사네 더 가 봐야 돼. 무엇보다 우리도 늙어서

노파심만 많아지고 의심만 많아지고 못쓰겠어. 일단 휴식
하면서 재정비 후 계획을 세워 보자구."

삼총사는 다정 할머니 아파트로 올라가서 서로 발 각질
크림을 발라 주면서 사건 회의를 했다.

가영 언니가 나숙 씨의 불편한 무릎을 잘 마사지해 주었다.

"피티 선생한테 물어보니 여기를 잘 만져 주면 그래도 연
골이 더 풀린대."

"고마워, 가영 언니."

"가, 가영 언니는 발바닥이 두, 두꺼워요…."

"응, 샌들 신고 다녀 그래요. 다정 할머니 손주는 진짜 인
물 좋다."

대형 TV 위로 훨씬 더 큰 액자에 바이올린을 들고 연주하
는 중학생 정도의 여학생이 있다.

"쟤가 지금 하버드 로스쿨에 진학했다구? 정말 대단하다.
그나저나, 접시를 일부러 하나만 가져갈 필요가 있어? 아무
리 거래 앱에서 팔 수 있다 하더라도. 그리고 회차 지난 복
권은 또 뭐야? 다 떨어진 건데 그게 어디에 쓸모 있지?"

나숙 씨가 아이디어를 냈다.

"지금 즈음 영순 씨가 와서 청소해 줄 타임이야. 오전에는
공용 공간을, 오후에는 장 여사님 등 특별 요청 입주자 공간

을 청소해 주거든."

"하는 수 없어. 현장을 다시 가 보자."

딩동, 903호 장 여사네 벨을 누르자, 영순 씨가 나왔다.

"어? 무슨 일이세요? 아무 말씀 없으셨는데."

"히히. 마실 왔어요."

"네, 들어오세요."

삼총사가 장 여사와 이것저것 다른 이야기를 나누다, 안마의자에 앉아 있던 장 여사가 잠에 빠져들었다. 조용히 의자 진동이 거실에서 울렸고, 그사이 영순 씨와 조심스레 이야기를 나누었다.

"장 여사님 건강은 어떠세요? 요즘따라 조금 힘겨워 보여요."

영순 씨는 정말 조심스레 고개를 숙이고 장 여사를 몰래 힐긋 보고 말했다.

"저래 보여도 귀가 밝으세요. 가까이서 말하면 못 들으셔도 속닥거리면 들더라니까요."

"보청기 성능이 좋아 그러나?"

가영 언니가 아주 조심히 입을 열었다.

"저어기, 정말 미안해요. 우리가 괜하게 의심하는 것도 그렇고, 실은 우리가 탐정단을 결성했는데, 사건 의뢰가 들어왔어요."

"네에?"

가영 언니는 장 여사의 사건 의뢰를 상세히 말했다.

영순 씨는 고개를 끄덕이며 시선을 맞추고 답했다.

"그렇잖아도 누구라도 이 일에 관해 말하고 싶었는데 잘 됐어요. 말할 사람이 없어요. 관심이 없으니깐요. 김 실장님 도 맨날 바쁘고요."

삼총사는 집중을 하면서 경청했다.

영순 씨는 손에 든 청소도구를 놓고, 식탁 의자에 앉았다. 삼총사가 나란히 맞은편에 앉았다.

"지난주던가, 장 여사님이 그날따라 아메리칸 식으로 드 시고 싶대서, 차려 드렸거든요. 원래는 식사는 식당서 하셔 야 하는데 종종 팁을 주셔서 원하는 대로 해 드리기도 했죠. 그런데 버터가 손에 조금 묻었나 봐요. 식사 차려 드리고, 벽에 걸린 접시를 들어서 뒤를 닦고 다시 거는데, 금이 가 있던 게 귀퉁이가 떨어져 나가더라구요. 위쪽에 손잡이가 있는 접시인데 떨어져 나갔죠. 정말 떨어뜨린 게 아니라, 금 이 간 게 떨어졌어요. 그래서 본드를 붙여서 잘 모셔 둔 거 죠. 바로 저 위에."

영순 씨는 고개 짓으로 찬장 맨 위를 가리킨다.

"복권도 2장 없다는데요."

영순 씨는 시선을 맞췄다.

"역시 기억력이 있으세요. 그건 본드 붙인 부분에 잠시 대어 놨죠. 잘 붙으라고요."

"지금은 갖다 걸어도 되지 않아요?"

"되죠. 깜박 잊었네요."

가영 언니가 안마의자에서 눈을 감고 자고 있는 장 여사를 살짝 보면서 슬금슬금 걸었다. 그리고 영순 씨가 건네는 의자도 마다하고 까치발해서 접시를 그릇장 위에서 손가락 끝으로 들고 가려는데, 갑자기 코 고는 소리가 났다.

"드르렁."

"엄마얏!"

가영 언니가 놀라 접시를 떨어뜨리는데, 나숙 씨가 무릎으로 받고 두 손으로 간신히 잡았다.

"하이고."

다정 할머니가 장 여사를 살폈다. 장 여사는 안마의자에서 잠을 곤히 자고 있었다.

잠시후 장 여사가 어푸푸, 하며 의자에서 일어나려 한다.

"일, 일어나요."

"잠시 막아! 다정 할머니."

다정 할머니가 순식간에 빛의 속도로 장 여사의 앞을 가로막고 안마의자 버튼을 눌러 껐다.

"잠, 잠이 드셨었어요. 불, 불편하실까 해서요."

71

"비켜요, 화장실 가게."

"제가 도와드릴까요. 장 여사님."

나숙 씨도 나섰다.

"천만에. 나 괜찮아요."

장 여사는 지팡이를 짚고 일어났다.

가영 언니가 아주 조심스레 접시를 들고 뒤돌아 살피는데, 장 여사의 지팡이가 가영 언니를 가리켰다.

"어, 왜들 아직도 여기에 있죠?"

가영 언니가 사색이 되어 뒤로 돌아선다. 그 앞으로 나숙 씨와 영순 씨가 가로막는데, 장 여사가 눈을 끔벅거리다 손을 조심히 내민다.

"내놔요. 내 접시 같은데."

가영 언니가 표정을 당당하게 지으면서 접시를 슬그머니 내놓았다.

"자, 보셨어요? 맞아요. 사실 영순 씨가 이걸 청소하다 금이 간 곳이 저절로 떨어져 잘 붙여서 두었는데, 이제 말라 다시 벽에 걸 거랍니다."

장 여사는 그럼 그렇지, 하는 얼굴로 고개를 끄덕였다.

영순 씨가 앞으로 나섰다.

"아이고, 죄송합니다. 제가 말씀드린다는 게. 변상하라고 하실까 봐 겁도 났어요."

장 여사는 고개를 저었다.

"아닙니다. 사실 그 접시는 원래 금이 간 걸 싸게 산 거였습니다. 해결됐으니 됐습니다. 참, 복권은요?"

"그건 본드를 붙여서 말리느라 본드 붙인 부분에 슬쩍 덧대었대요."

"알았어요. 말귀 알아먹으니 그렇게 크게 소리 안 내도 돼요. 보청기 쌩쌩하답니다."

"죄송해요, 장 여사님."

영순 씨는 접시 뒤에 놓인 복권 두 장을 집어 꽃병에 떨어뜨렸다.

"그럼, 난 침대로 가서 한숨 잘 테니 볼일들 보러 가요. 아차차, 화장실 다녀와 의뢰비 드릴게요."

장 여사는 지팡이를 짚고, 화장실을 아주 느릿하게 다녀와서는 거실로 왔다.

그녀는 지팡이를 의자에 세워 두고, 치마를 슬슬 들어 올려 고쟁이를 벗고 요실금 전용 팬티를 슬쩍 드러냈다. 그리고 옆 부분에 재봉되어 붙여진 주머니에 손을 넣어 5만 원권 3장을 뽑았다. 삼총사가 손을 저어 거절하는데, 부득이어서 자야 된다면서, 나숙 씨를 지팡이로 지목해 돈을 받게 했다. 그리고 5만 원 한 장을 더 꺼내 영순 씨에게 주고는 속옷 빨래를 부탁했다.

삼총사는 장 여사 아파트를 나왔다.

"장 여사 의심증이 심한 거 아냐? 괜하게 예민하고 누가 훔쳐 가는 것도 아닌데."

나숙 씨의 말에 가영 언니는 고개를 저었다.

"계절 등 환경 변화에 적응하느라 스트레스 신경증이 생긴대. 한마디로 노파심이라는 거지. 예전에 정신과 의사에게서 들은 말이야. 진실만 알면 안심하고 끝나. 장 여사만 봐도 정말 대단해. 내가 90세까지 버틸 수 있을지 의문이야. 여기서는 체력과 기억력, 인지력이 계급의 주 요건이지."

다정 할머니가 고개를 끄덕였다.

"맞, 맞아요."

실버타운에서 돈이나 명예, 가족보다 중요한 건 내가 가진 건강이고, 아울러 내가 조금 힘들어할 때 누가 도와줄 수 있는지였다. 가족들 방문은 점점 뜸해지고, 외부의 자극 없이 하루하루 가다 보면, 내가 낙오되어도 직원이나 가끔 들를까 스스로 다른 이를 찾지 않으면 와 줄 이가 드물었다.

"점점 몸도 힘들어지고, 그리고…."

나숙 씨가 담담하게 말했다.

"알아, 나. 장 여사 대소변 지리는 거. 화장실에 속옷들 엄청 쌓여 있는 거 봤어. 나도 정말 관절염 심해지면 화장실 기어서도 가니까 잘 알아. 저 맘이 어떤지. 갈 수 있을 거 같은데, 못 가고 가다 넘어질 것 같고. 그러다가 인간적 비애에 빠지는 거야."

"우리도 조만간 오겠지. 저런 날들이. 그런데 그걸 빌미로 외부에 도움 청하기는 죽기보다 싫어. 하다 하다 못해서 나중에 도움을 청하는 거지."

"우, 우리 받은 돈은 어떻게 하⋯죠?"

가영 언니는 씩 웃었다.

"뭘 어떻게 해. 받은 돈으로 아이스크림 사 들고 장 여사네 가끔 들여다보면 되지. 후후."

"그, 그럴까요?"

"다정 할머니가 총무해요. 우리 탐정단 첫 수임료니까 소중히 간직하도록."

"네. 그럴게요⋯."

다정 할머니는 돈을 허리춤에 붙들어 맨 꽃무늬 지갑 안에 곱게 접어 넣었다. 기억력이 가물거려 지갑을 잃어버릴까 봐, 나숙 씨가 직접 바느질해서 만들어 준 것이다.

다들 사건 해결 기념으로 가영 언니의 아파트로 몰려갔다.

가영 언니의 아파트는 10평대의 자그마한 평수에 심플한 이케아 가구나, 발뮤다 가전이 있었다. 하얀색 벽지에 하얀색 가구들이라 병원이나 스튜디오를 연상케 했다. TV가 없

고 대신 10년 전 찍은 비키니를 입은 가영 언니의 보디 프로
필 사진이 벽 곳곳에 걸려 있었다.

나숙 씨는 베란다 구석에 있는 자그마한 원형 테이블 위
노트북에 먼지가 뽀얗게 얹은 것을 보고 물어보았다.

"가영 언니, 지난번에 왜 다시 드라마 들어갈 것 같다면
서?"

냉장고에서 편의점 커피와 얼음 잔을 꺼내 오던 가영 언
니는 심드렁하게 말했다.

"아 그거? 엎어졌어. 피디가 별로 요즘 트렌드가 아니래.
시놉만 몇 장 줬는데 까였지. 이제 안 쓸까 봐."

왕년에는 〈사랑, 그리고 더하기 살인〉, 〈사기와 사랑 사이〉
등등 수많은 히트 드라마작가였던 가영 언니는 드라마 폭망
으로 인한 스트레스로 뇌경색이 왔고 지금은 N년째 드라마
를 쓰지 않고 실버타운에서 체력단련장과 수영장을 다니고
나숙 씨, 다정 할머니와 식사하고 수다를 떨면서 김 실장에게
컴플레인 하느라 바쁘다. 하지만 간간이 드라마 시놉시스도
쓴다고 했던 것 같은데 잘 안됐다니 나숙 씨는 짠했다.

"나숙 씨야말로 공모전은 아직 시간이 있다고 그랬지? 내기
전에 나한테 보여 줘 봐. 내가 도와줄 수 있는 건 도와줄게."

"응, 언니."

셋이 아이스 아메리카노를 시원하게 종이 빨대 꽂아 마시

는데, 가영 언니가 제안했다.

"다들 얼굴 피부 나이 마이너스 두 살 되게 페이스 왁싱 좀 해 줄까?"

"응?"

"나 저번에 왁싱기 하나 직구로 배달받았거든. 예전에 밖에 있을 때 저 보디 프로필 사진 찍고 그럴 때야 왁싱숍 다녔지만 지금은 그럴 수 있나. 수 원장도 멋지게 자기 관리하겠다. 나도 겨드랑이나 얼굴 왁싱 좀 해 보려구 샀어."

"해, 해 줘요…. 예, 예뻐지는 거면 다, 다 좋아…."

"알았어. 예뻐져서 하버드 손녀 만나려 하는 거지? 내가 페이스 왁싱으로 얼굴 눈썹하고 인중 콧수염 다 뽑아 줄게. 완전 수염이 하늘을 찔러. 우리 나이 되면 남자 된다니까. 면도기로 밀어도 샤프심처럼 나서 보기 흉하고 말이야."

가영 언니는 왁싱기 전원을 켜서 제품이 녹을 때를 기다렸다가 스패출러로 왁스를 떠서 다정 할머니와 나숙 씨 인중에 발라 주고 왁스가 굳자 탁 잡아뗐었다.

"아야야!"

"옴마!"

"이제 시작이야. 눈썹은 아주 그레타 가르보처럼 알쌍하고 섹시하게 만들어 줄게."

매콤한 연기가 코를 찌르는 가운데, 가영 언니는 능숙한

솜씨로 그녀들의 얼굴을 왁싱해 주고, 내친김에 겨드랑이까지 깨끗하게 제모해 주었다.

"다음번에 보디 프로필을 혹시 죽기 전에 찍는 날이 오면 밑에도 해 줄게."

나숙 씨가 홍조를 띠면서 부끄럽게 말했다.

"엄머, 그 브라질인가 뭐시긴가 그거? 유튜버 왁싱사가 설명하는 거 보긴 봤는데, 히히히."

"서양인들은 전신을 그렇게 제모해. 여름에는 그게 더 시원하지 뭐. 원시인들 몸에 털이 많은 건 생존에 유리하지만, 지금은 오히려 겹겹이 껴입잖아. 헤어처럼 다리도 팔도 거기도 털을 정리해 줘야 시원하지."

"역, 역시…, 드, 드라마작가라 아는 게 많, 많아요…."

"우리는 영정 사진 대신 보디 프로필 사진을 찍어서 올려야 돼. 그래야 평소 안 찾아오는 가족들이 미안한 마음이 덜 들고 장례식장에서 피식피식 웃지. 나숙 씨도 내 말 듣고 헬스 하니까, 무릎도 덜 아프지?"

"응, 근육이 잡아 줘야 연골에 무리가 덜 간다더니 그 말이 맞았어."

"켈리 쌤이 나이는 20대여도, 건강과 근육, 피트니스는 우리보다 훨배 전문가라니까."

"나, 나도 켈, 켈리 쌤처럼… 예뻤던 때가 있었어요…."

가영 언니가 다정 할머니 얼굴에 알로에 젤을 발라 주면서 웃었다.

"암만, 우리 다정 할머니 지금도 이렇게 미인인데. 리즈 테일러 같다니까. 헤어스타일도 비슷하고. 흑발 파마머리가 똑같아. 진짜야."

"부, 부시맨이라는데…. 원장님은…."

"어구, 거기서 노예처럼 왜 그러고 있어. 수건 개어 주고. 바닥 쓸어 주고."

"잼, 재미나서요…."

나숙 씨가 한숨을 쉬었다.

"맞아요. 여기선 남는 게 시간이니까, 어쩔 수 없죠."

"그건 그래. 난 갱년기는 드라마 작업으로 정말 바쁘게 지냈거든. 남편은 알아서 하라 그러고 애는 컸으니까. 그래서 열 오르는 것도 우울증도 모르고 맨날 피디들하고 싸우고 줄거리 고치네 마네 하고 배우들하고 회식도 하고, 작품 회의 여행도 하고 그랬지. 그러니 갱년기는 그냥 지났는데, 작품 관두자마자 60 중반에 여기저기 안 아픈 데가 없는 거야. 기억력도 형편없고."

가영 언니는 지난날을 돌아보았다. 풍요실버타운에 들어오기 전에 작품 세 편이 연달아 시청률 폭망하고, 더 이상 찾아 주는 피디들도 없자, 배우들은 싹 다 연락이 끊겼다.

그리고 화가 늘어나고, 온몸은 안 아픈 데가 없자, 자식들도 발길을 끊었고 남편도 이혼을 요구했다. 그러다 뇌경색이 왔고 간신히 치유됐다.

돌아보니 작품 쓰느라 돈만 벌어다 남 주기 바빴지, 자신을 위해 제대로 건강에 신경 쓴 지도 오래였다. 쉴 겸 작품도 재충전해서 다시 쓰려고 여기를 들어왔지만, 이상하게 한번 손을 쉬자 다시 글이 써지지 않았다.

친했던 배우들이 나오는 드라마도 보기 싫어 TV도 들여놓지 않고 과거 잘나가던 시절에 모 피디가 예능 프로그램에서 제안해, 헬스를 배워 보디 프로필을 찍었던 사진만 벽곳곳에 붙여 놓았다. 왕년의 드라마작가로서 전성기였던 리즈 시절의 몸과 자신감이었다. 소피아 로렌 드라마작가로 불리던 화려한 시절이었다.

"근데 가영 언니. 언니 히트작들 보면 정말 추리가 끝내주던데. 〈루미야, 내 안의 네가 보이니〉에서 주인공이 연쇄살인범일 줄 누가 알았겠어?"

"히히. 추리는 내 앞에서 명함을 못 내밀었지. 애거서 크리스티부터 코난 도일, 그리고 이상우, 김성종까지 광팬이어서 작가 생활을 추리 독자부터 시작을 했거든. 그러다 소설작가에서 드라마로 갔고. 잠깐 기다려 봐, 옷 나눔 할게."

가영 언니가 다정 할머니에게 옷장서 꺼내 온 옷을 건넸다.

"입어 봐. 이제 그 널널한 스트라이프 티는 놔두고 티셔츠의 넥스트 레벨로 진출할 때가 됐어. 티셔츠의 매운맛을 겪어 봐."

초록색의 민소매 티셔츠는 다정 할머니에게 상체가 딱 피트되고 날씬해 보였다.

"그리고 나숙 씨는 이제 아주 과감해져야 돼! 완경하면 내 맘대로 입어야 되는 거야. 미친 척! 요걸 입어 봐."

가영 언니는 옷장에서 반바지와 크롭티를 꺼내 왔다.

"내가 드라마 마지막 작업할 때 배우들과 해외여행 갈 때 입었던 옷들이야."

"히이, 이걸 어찌."

"날씬해서 잘 맞을걸. 나는 안 맞아. 내장 지방 때문에."

나숙 씨가 입고 허리를 곧추세워 폈다.

"그래, 좋다. 키도 커 보이고, 젊어 보여!"

"언니, 드라마 다시 본격적으로 해 봐. 다른 피디 시놉시스 주면 안 돼?"

"글쎄. 후우. 지금도 까인 게 너무 스트레스야. 그런 거 무서우면 일 못하는데. 여기 들어오기 전에 뇌경색 왔을 때 편측마비도 오고, 언어도 어눌해지고 그래서 얼마나 무서웠게. 좀 쉬었다 고쳐서 또 다른 피디 줘 보지, 뭐."

가영 언니는 뇌경색 후유증을 잘 이겨 냈지만, 늘 두려웠다. 행여 잘되어서 드라마 극본을 쓰다 쓰러져서 방송이 펑크난다면 정말 큰일이다. 아버지 상가에서도 노트북을 붙잡고 문상객으로 온 피디들과 회의하면서 작업을 이어 가던 일이다. 그런 하드한 일이다.

"일단 마음에 근육이 붙은 후에 본격적으로 더 해 보지, 뭐."

"그래, 그래."

"마, 맞아요. 건, 건강이 최고예요…."

"아, 맞다. 언니, 다정 할머니. 우리 비타민 씨 먹어야지."

나숙 씨가 조그만 손가방에서 비타민 씨를 꺼내 가영 언니와 다정 할머니 입에 쏙 넣어 주었다.

"씹어 먹어요, 어서. 그리고 요건 오메가 쓰리. 다음 주에 건강검진 받는 거 김 실장에게 신청할까."

"이제는 건강검진도 별루야. 유방암 엑스레이도 아프고, 내시경은 얼마나 또 고역이야."

"그, 그래도 받, 받아야죠. 자식들한테 걱, 걱정 끼치지 않으려면…."

"아이고, 우리 귀여운 다정 할머니는 맘이 너무 곱단 말이지."

삼총사는 그렇게 하루를 보내고, 베란다로 나가서 저녁놀 지는 걸 보고 식당으로 저녁 먹으러 나갔다.

할마시 탐정 트리오

03

노인은 곧 죽을 식물이 아니라,

내일보다 예쁜
꽃 시절을 오늘 보낸다

GRANDMA
DETECTIVES
TRIO

나숙 씨와 다정 할머니는 가영 언니가 입주자의 재능 기부 프로그램으로 강의 중인 쇼트 드라마 쓰기 반에 나와 있었다. 체력단련과 드라마 집필 강의 이 두 개가 가영 언니가 요즘 가장 힘 쏟는 일이었다. 여기에 탐정단 일이 추가되었고.

수강생들은 거의 60에서 70 사이의 비교적 젊은 축에 속하는 나이였는데, 아무래도 책을 읽으려면 그래도 백내장이나 노안에서 비교적 자유로운 사람들이 적합하기 때문이었다. 모두 젊을 적부터 직장 다니면서 아이 기르며 서평단 활동을 오래 했거나, 심지어 사회에서 소설가였던 사람도 있었다. 오늘따라 책 읽고 나서의 토론이 팽팽하게 진행 중이었다.

가영 언니의 작품을 집중 토론하는 중이었다.

"아니, 그러니까 본인의 작품 미니 시리즈 드라마 〈타임 슬립러브〉에 나오는 남편 해외 있고 빈 둥지 증후군 왔다고 바람피우는 여자가 올바르다는 거 아니에요?"

가영 언니의 작품을 늘 안 좋게 보는 할머니가 강하게 항의했다. 늘 가톨릭 신자를 강조하면서 불륜 등에 강한 반감을 가지는 분이다. 불륜 장면이 휴게실 TV에 나오면 가장 목소리를 높이곤 했다.

다정 할머니가 차분히 말했다.

"이, 이 나이에 용서가 안, 안 될 게 뭐 있어요….."

"그래도 그렇지, 작가는 교훈을 줘야 하는데요. 안 그래요?"

쇼트 드라마 시간이 갑자기 투쟁 시간이 된 듯해 나숙 씨가 한마디 했다.

"솔직히 사랑도 사람도 이제는 용서할 나이들입니다. 그리고 이 드라마로 잠시나마 사랑도 대리 체험하고 즐거웠으면 됐죠. 작가는 교훈보다 행복을 주는 사람이에요."

싸움이 가열되자 가영 언니가 정리했다.

"죄송합니다~ 한때 객기로 대본을 썼지만, 이제 여러분들과 쇼트 드라마 대본 쓰는 게 낙이에요. 다 같이 즐겁게 대본을 써 보도록 해요. 히히. 오늘은 시놉시스 강의 들어갑니다."

수업이 끝나고 나숙 씨는 투덜댔다.

"아니, 소설 속 허구는 그대로 두어야지. 본인의 가치관에 들어가게 가두는 거는 뭐람."

"괜찮아. 악평도 있어야 돼. 아무 말도 안 나오는 건 아무 것도 아닌 거야. 그 작품 바보로 만드는 거야. 악플이 달리든 선플이 달리든 달려야 작품이 살아나고 영구히 입에 오르내리지."

"그, 그래요. 저, 저는 가영 언니 작품은 여자 주인공들이 성격이 쎄한 게 맘, 맘에 들, 들어요…."

"그렇게 다정 할머니가 말해 주시니, 기운이 나는 걸? 자. 그럼 뭐 먹으러 갈까? 자꾸 살은 찌지만, 그래도 이 나이에는 뭐 먹어야 힘 나. 켈리 쌤한테 소리 들으니, 단백질 바라도 슈퍼서 사다 휴게실서 먹을까?"

삼총사는 오늘도 휴게실에 나와 앉아 담소를 나누었다. 긴긴 시간, 밤에 잠들기 전까지는 어떻게든 살아있음을 견뎌야 한다. 소파는 마주 보기 좋게 4인용으로 배치돼 있고 커피머신에서 에스프레소나 카페라떼를 마실 수 있다. 그리고 휴게실 중앙에 대형 어항이 설치돼 있고 대형 화면 TV

로 OTT 프로그램도 볼 수 있다.

비가 추적추적 내렸다.

"근데 다들 여기를 들어오게 된 결정적 계기는 뭐야? 구체적으로 말해 봐 봐. 쇼트 드라마 소재거리로 한번 써 보게."

가영 언니는 나숙 씨의 질문에 과거를 떠올렸다. 60 중반에 드라마를 연달아 실패하고 어떻게든 드라마를 새롭게 시작하면서 노장 피디와 기획하고, 영화배우로 이름을 날리던 L과 미팅을 했다. 치정 미스터리라 인물의 연기력이 잘 나와야 하는 드라마였다. 캐스팅이 관건인 드라마였다.

그런데 배우의 얼굴이 뭔가 부자연스럽고, 입이 조금 튀어나와 있었다. 가영 언니는 의아해 대사 연기를 시켜 보다 이유를 물으니, 최근에 시청자들이 나이 많아 보인다 해서, 보톡스를 1,000방 이상 맞았다는 것이다.

가영 언니는 불같이 화를 냈다.

"아니, 자연스레 감정 연기, 사랑 연기가 나와야 하는데, 뭐라구요?"

그걸로 끝. 그 드라마는 시작도 못 해 보고 쫑 났다. 캐스팅에서 L이 불발되자, 다른 배우들이 안 붙었던 것이다.

"그때 슬럼프가 왔지. 난 작가 개인이라 그런가 해서 홀로 제작사 차리고 성수동에 사무실 내고 그랬는데, 어느 날 혼자 사무실 들어가 작업을 하려는데 비밀번호가 생각이 딱 안 나는 거야. 심지어 그게 내 딸 생일인데도. 그리고 돌아보니, 일주일 동안 만난 사람은 딱 한 명 방송사서 독립한 노장 피디 한 명. 사람도 안 붙고, 안 만나 주고. 그렇게 고민하다가 뇌경색 후유증에 경도인지장애 경계에 있다는 판정을 받고, 일단 모든 걸 놓고 싶어 고민 고민하다가 재산을 딸한테 맡기고 들어왔다. 어느덧 4년을 여기서 보내고 있지만."

이후 다시 검사를 해 보니, 경도인지장애는 치매로 발전되지 않고 호전되었다.

"내가 누구야, 유명한 추리 전문 드라마작가인데, 비번이 생각 안 나다니 충격이었어. 잘나갈 때는 비번이 20자리 넘어도 단번에 딱 눌렀는데."

"그래서, 그 배, 배우는 보톡스 배, 배우 여배우는 누구예요?"

"남자야. 나도 그때 피부과 레이저나 성형 시술 예약 잡아놓던 시기인데. 괜하게 그 배우만 탓했어. 그도 오죽하면 그랬겠어."

가영 언니는 휴게실에 있는 통유리에 얼굴과 목주름을 비추어 보았다.

지금은 흰머리도 주름도 여기서 아무렇지 않지만, 그땐 핫한 신인배우들과 피디 앞에서는 왜 그렇게 나이가 창피했나 몰랐다. 작품의 트렌드가 늙었다는 평가를 받기 싫어서

였겠지 싶다. 늘 대사 연습에 나가면 10센티 지미추 힐을 에르메스 가방에 숨겨서 신고 있던 펌프스와 바꿔 신고 들어갔다. 그리고 차로 돌아와 힐을 뒷좌석에 벗어던졌다. 그랬던 시절이었다.

지금은, 털이 북슬북슬하고 바닥에는 하늘색의 미끄럼 방지창이 있는 실내화를 신고 다닌다. 여기선 이 신발이 고맙다. 무엇보다 안전하다.

"이제 나숙 씨도 말해 봐 봐. 본인의 경험도 좋은 소재야."

"난 교사 명퇴하고, 친구가 하나도 없는 거야. 아니, 있긴 했지. 방통대 다니면서 새롭게 친구를 사귀기도 했지만 그뿐, 학교를 졸업하니 그마저 끊기고. 독신으로 살아온 세월 동안 친구들은 모두 결혼하고, 아이 낳고. 그 아이들 혼사에 내가 하객으로 가고 가끔은 폐백도 받아 보고. 그 아이들의 자식도 보고 돌잔치도 가고.

나만 제자리인 거야, 결국 홀로 매일 집에서 버벅대고 연금이나 까먹고 뭐 가게를 해 볼까 하다 알바도 나가 보고. 그러다 도저히 안 되겠어서 여기 들어온 거지. 백화점 식당 알바해 보고 알았어. 난 가게를 해도 영 체력이 안 돼서 돈 까먹겠다는 걸. 금방 접으면 인테리어비 다 날리잖아. 연금을 생활비로 전환해 들어온 거야."

다정 할머니는 자신의 과거를 떠올렸다.

마침 휴게실의 전면 유리창 밖으로 소낙비가 시원하게 내리는 게 보였다. 쏴아아아, 정원 나무를 강타하는 비는 소리를 요란하게 냈다.

오늘처럼 비가 오던 날이었다. 다정 할머니는 새벽에 일어나 빗소리를 들으면서 먼저 간 남편을 생각해 봤다. 같이 고생하면서 일군 가게와 자식들도 모두 잘 자랐다. 오늘은 며칠째 아무도 연락이 없었다. 이빨이 시큰거렸다. 무릎도 허리도 신경통이 도지는데 무심코 땅콩을 집어 먹다 이가 깨져 얼른 뱉었다. 자그마한 조각이 나왔다. 치과도 가기 싫어서, 아파도 언젠가 빼 버리고 임플란트 심고 말자 하는 각오로 살던 시절이었다.

그런데, 누군가 벨을 다급하게 눌렀다. 다정 할머니는 천천히 아주 조금씩 걸어서 문을 열어 주는데 비에 맞은 딸이 껴안았다.

"엄마, 왜 연락이 안 돼. 걱정했어."

다정 할머니는 그제야 핸드폰을 봤다. 며칠째 꺼져 있었다. 어차피 문자가 와도 잘 읽지 못했다. 딸은 부산에 살아 서울 사는 다정 할머니는 두어 달에 한 번이나 볼까 했다. 냉장고를 열어 본 딸은 통곡했다.

"엄마, 반찬이 하나도 없어…."

시아버지가 몸이 힘들어 모시고 사는 딸은 다정 할머니도 같이 살자고 했지만, 다정 할머니가 거부했다. 불편한 사돈 어른과 살 수 없었다. 아들에게도 같이 살자 하기 미안했다.

딸은 시아버지 가고 나서 미국에 이민 갈 때, 같이 가자고 했지만 다정 할머니가 거절했다. 아들도 파견 근무를 해외로 나갔다. 자식들이 자꾸 걱정하자, 미안하고 걱정 끼치기 싫은 마음에 들어왔다. 하지만 점차 기억이 사라진다. 과거 어릴 적 기억 고무줄놀이, 산 넘어 학교 다니던 기억은 나지만 그 이후 하버드 갔다는 손주 얼굴도 가물거린다. 액자 봐야 떠오른다.

먼저 간 남편과 트럭 장사하던 시절이 가끔 기억나는데 엊그제 뭘 먹었는지는 도통 기억이 가물거린다. 지금은 남편과 일군 과일 가게를 남에게 넘겨 세만 받는다.

다정 할머니는 몸이 아프고 기억력이 가물거리고 아둔해져서 모든 바깥일을 관두고, 집에서만 칩거했다. 내성적이고 조용해 친구들도 그다지 없었다. 집에 있는 것도 힘들지만 동네 골목길 곳곳마다 의자나 휠체어를 놓고 종일 길 가는 사람들을 쳐다보는 할머니가 되기는 싫었다.

이러다 집에서 쓰러져 죽는다면. 그 생각을 딸도 다정 할머니도 동시에 하다 이곳으로 들어온 것이다.

"미, 미안해서 들어왔, 왔어요…."

나숙 씨와 가영 언니가 다정 할머니의 손을 꼬옥 잡아 주었다.

누군들 미안해서 안 들어왔을까. 하지만 다정 할머니는 더 그랬을 거다.

"그랬을 거야, 우리 다정 할머닌. 남편이 이런 다정 씨를 얼마나 이뻐했을꼬."

나숙 씨가 한숨을 쉬면서 커피 마셨다. 빗소리를 들으며 나직하게 말했다.

"젤 두려운 게 내 발로 커피 마시러 휴게실 못 내려가는 거."

가영 언니가 어두운 얼굴로 몸을 쓰다듬었다.

"나는 내 손으로 샤워 못 하는 거."

"저, 전 우, 우리 헤어지는 거. 그래서 다 잊, 잊어버리는 거. 다들 여기서 같, 같이 살, 살아요⋯."

가영 언니는 눈시울이 붉어진 눈으로 코를 훌쩍였다. 나숙 씨는 손등으로 눈물을 훔쳤다.

기현의 〈세월이 가면〉 노래가 흘러나왔다.

"아, 타이밍 죽인다. 하필 지금 이 노래가. 후후."

"왜들 이래, 아침부터. 얼마나 비가 멋지게 오시는데. 다들 수영 준비하러 가자."

삼총사는 손에 손을 잡고 탈의실 벽에 부착된 손잡이를 잡고 지퍼로 된 래시가드 수영복 상의에 무릎까지 오는 기다란 스커트형 수영복을 입고, 샤워를 하고 나왔다.

수영장에 조니 스팀슨의 〈Flower〉가 흘러나오고 있었다. 수영장으로 조심조심 손잡이 잡고 이동해서 허벅지까지 오는 물속으로 들어갔다. 온수가 미지근하니 몸을 덥혔다.

매끈한 근육질의 30대 남자 강사가 두 손으로 맞이했다. 아쿠아 에어로빅 수업이다.

"선수님들, 꽃 모양 대형으로 둥글게 만들어 주세요."

강사는 언젠가 아쿠아 에어로빅 시니어 부문 경기를 나가자면서, '선수님'이라고 불렀다.

수국 모양, 장미 모양, 해바라기 모양의 대형을 창의적으로 만들어 10명의 수영반에게 시켰다. 다정 할머니는 지긋하게 오래 버티는 게 힘들어 꽃술 부분의 가장자리를 차지했는데, 수영모자도 화려한 오방색 꽃술이 달려 있어 제법 어울렸다.

나숙 씨는 밖에서는 무릎 관절로 힘들어하지만, 수영 시간에는 누구보다 아름답고 활발하게 움직여 나갔다. 두 손을 들어서 하늘로, 내려서 아래로 서로서로 어깨동무를 하고 머리를 뒤로 젖히고, 고개를 숙이고 하는데 갑자기 가장 나이 많은 수강생 장 여사가 에구구 하면서 두 눈을 감고 고개를 숙였다.

"어머나, 선생님!"

할마시 탐정 트리오

모두들 원이 무너지면서 장 여사에게 다가가 살폈다.

"일어나 보세요. 장 여사님!"

수영 강사가 인명 구조하듯이 목을 팔뚝으로 붙들고 나가려는데, 장 여사가 실눈을 떴다.

"아함, 잘 잤다. 수업 끝난 겁니까?"

"아, 괜찮으세요? 무리하시면 안 됩니다. 자, 다들 수업을 마치고 나가겠습니다. 오늘 짠 수국 모양의 대형을 다음번 시간에 집중 연습할게요. 기억들 잘해 두세요. 제가 폰으로 단톡방에 방법을 자세히 일러 드릴게요. 안 읽으시는 분이 많은데, 글자 사이즈 키워서 꼭 읽어 두세요. 음성으로도 녹음해 파일 올려 드릴게요."

수강생들이 까르륵 웃으면서 수영장을 나갔다. 유일한 남성 수강생으로 패션 피플처럼 젊은 사람들 옷을 즐겨 입는 구 교수가 가장 먼저 수영장을 날렵하게 빠져나갔다.

몸에 군살이 없는 데다 구찌 브리프 수영복이 잘 어울렸다. 80 가까운 나이에 주책이라고 흉보는 할머니들도 많았지만 가영 언니는 감각이 젊다면서 인정해 주었다.

구 교수는 명품이나 빈티지 운동화를 리세일해서 재테크를 한다고 했다. 스스로도 자신은 경제학과 교수 출신이라면서, 스니커 더하기 재테크, 즉 스니커테크를 통해 여기 생활비를 번다고 입주자들에게 강의도 했었다.

탈의실에서 옷을 갈아입고 나오던 나숙 씨는 구 교수 이
야기를 꺼냈다.

"구 교수는 하여간 군살은 없어. 신기하다니까. 몸도 덜
굽었고."

"털, 털도 없, 없어요…. 온몸에."

"하얀 털 나니 싹 제모하나 보지, 뭐. 어마, 오늘도 선생님
이 우리 조심히 걸으라고 수건 꽃길 깔아 줬다. 수국 대형
알지? 다들 방에서 자기 전에 연습들 해 봐. 머릿속에 그려
보라구."

삼총사가 히히 농담하면서 꽃이 그려진 보디 타월을 길게
깔아 놓은 길을 걸어 수영장을 나왔다. 삼총사는 점심을 먹
으려고 식당으로 향했다.

밥을 먹고 휴게실에 가니 오늘도 민상태 씨가 입주자들에
게 둘러싸여서 식물 기르는 법을 가르쳐 주고 있었다.

오늘도 다이내믹한 풍요실버타운에는 수다가 요란하다.

"뭐어어어? 그 심부전 오빠와 하나 할머니가 불륜이었다
구?"

"그렇다니까. 드라마보다 더한 막장이야."

가영 언니는 79세의 하나 할머니와 심부전 오빠를 떠올
렸다.

할마시 탐정 트리오

돈 하나밖에 모른다 해서 하나 할머니 그리고 심부전을 심하게 앓아 휴게실에서 대자로 쓰러진 적도 있어 심부전 오빠라 했다. 어차피 입주자 이름을 외워도 금방 까먹으니 차라리 닉네임이 나았다.

그런데 그 둘이 불륜이라니. 하나 할머니는 남편이 돌아갔지만, 심부전 오빠는 엄연히 부인이 있다. 다동에서 파킨슨 등의 질환으로 누워 24시 케어를 받는 중이다. 게다가 하나 할머니는 평소 휴게실에서 아침 드라마를 보면서 불륜이다, 개막장이다, 망나니들이다 하면서 드라마 주인공들을 싸잡아 욕했다. 그런 사람이 불륜이라니.

나숙 씨는 시니컬하게 뱉었다.

"그러고 싶을까? 아니, 그 나이에 왜 할머니 방에 들어가. 그러니 걸려서 소문이 나지."

"하, 하지만 우리 나, 나이에 어차피 무슨 큰일인가 싶, 싶어요. 갈 날이 안 먼데요."

가영 언니가 땅콩사탕을 하나 까먹으면서 낄낄댔다.

"히히, 그래도 심부전 오빠 안 죽었네. 비아그라라도 먹었나? 그러다가 심부전으로 쓰러졌나 봐. 왜 지난번에 낮에 비 오고 번개 치던 날에 휴게실에서 쓰러지신 거 아냐? 다행히 병원 가서 깨어났고, 아무 이상 없다지만."

이상 없다는 게 곧 당장 죽는 게 아니라는 뜻이다. 그냥 퇴원. 어차피 병원에서는 더 해 줄 게 없으니까.

가영 언니는 잔잔한 쇼팽의 녹턴이 흘러나오자, 에스프레소 커피 한 잔을 내리고 마시면서 말했다.

"어떻게 죽는지에 관한 다큐드라마 극본을 쓴 적 있었어. 그때 스위스에 있는 조력자살을 돕는 글로벌 단체를 취재하고 이메일도 주고받았었어. 그때는 참 멋진 단체이고 그 신념에 감복받았어. 그런데 지금은…."

휴게실 밖으로 보이는 유리창에 빗방울이 하나둘 맺힌다.

"지금 내가 스위스로 향하는 비행기 편도 티켓을 끊고 갈 수 있을까."

다정 할머니는 조용히 가영 언니의 종이컵을 쥔 손을 잡았다.

"내가 첨에 여기서는 내 전용 코펜하겐 잔으로만 커피 마시려고 커피 잔도 싸 들고 다녔지만. 지금은 그럴 정성도 없어. 존엄사에 도전할 정신이나 용기도 없고. 돌아서면 까먹는데."

나숙 씨는 조용히 눈시울이 붉어졌다.

"그래도 우리랑 탐정단이잖아요."

"후후, 만약 내가 지금 이 상황을 드라마 대본으로 썼다면 비가 오게 쓰지는 않았을 거야. 너무 클리셰니까. 그런데 밖을 봐 봐."

할마시 탐정 트리오

갑자기 쨍하던 하늘에 빗방울이 치고 천둥 번개가 쳤다. 저만치 김 실장이 창문을 모조리 닫고 다녔다.

"현실은 보통 더 전형적이고, 더 파격적이지. 지금의 나를 봐 봐. 40년 가까이 하던 작가 일을 관두고 여기서 내일 집스나 안 하면 다행인 삶을 살고 있어."

휴게실의 화분을 카트에 실어 밖으로 내다놓는 민상태 씨의 모습이 보였다. 작업복에 장화, 그리고 온몸에 우비를 입고 손에는 두툼한 장갑을 끼고서 화분들을 일렬로 비 오는 정원에 두어 장대비를 맞게 했다. 그 화분들이 한 치의 오차도 없이 정렬해 있었다. 무척이나 꼼꼼한 성격이었다.

언젠가 나숙 씨가 그렇게까지 할 필요가 있느냐고 물어보니, 화분이라도 바깥세상의 자연 속에서 비를 맞아야 건강하고 튼실하게 자랄 수 있다는 것이다.

가영 언니는 문득 만약, 저 화분들처럼 바깥세상을 겪고 살았더라면 더 건강한 삶은 아니었을까 하는 생각이 들었다. 굳이 드라마 극본 쓰는 일이 아니더라도 편의점 카운터나 식당의 주방 일을 하면서 밖에서 건강하게 사회생활을 하는 건 어땠을까.

하지만 이내 고개를 저었다. 그 일도 원래 젊을 때부터 최소 50세 전후 했던 사람에게 능숙한 거지, 60세 넘어서 처음으로 도전할 때, 그 일을 과연 잘할 수 있을까 하는 생각이 들었다. 도전은 50 이상 된 사람에게도 힘들다. 하물며 60인데. 당연히 어렵다. 일단 체력도 안 된다.

가영 언닌 아파트에 홀로 살면서 침대에서 내려오다가도 넘어져 발목을 삐고 기어가다시피 해서 딸에게 전화해 응급실에 입원한 적도 있었다.

인생은 그런 거였다. 어느덧 하나의 문턱을 넘어 또 다른 세계로 가는 것.

불행하게도 50을 넘어서면서부터는 건강은 다운되고, 도전은 힘들어지고 맘은 불안으로 가득 찬다. 하지만 꿈은 늘 꾸면서 어딘가에 있을 사랑과 행복을 원하고 찾아 나가고 싶다. 몸이 안 따라 주지만.

잠깐 상념에 잠겨 있던 가영 언니가 입을 열었다.

"내가 말이지 나이가 환갑이 되니까 그동안 못해 본 걸 했지. 스포츠카가 몰고 싶은 거야. 돈은 드라마 계약해서 가지고 있었고, 후후."

가영 언니는 먼 옛일을 회상하듯 허공을 보았다. 마침 휴게실에 전람회의 〈기억의 습작〉이 조용히 흘러나왔다.

"아, 과거 돋는다. 김 실장 실연이라도 당한 거야? 아님 첫사랑을 못 잊는 거야? 요즘 추억 돋는 노래만 틀더라."

"그, 그러게 말예요…."

"가영 언니, 이야기나 계속해 봐. 그래서 어떻게 됐는데."

"그래서 차마, 마세라티는 못 뽑고 포르쉐 911로 했지. 몰기 어렵더라구. 운전법 숙지하는 것도. 하지만 신나게 몇 년 몰다 딸 주고 왔어. 지금은 사위가 맛깔나게 몰 거다."

나숙 씨도 허공을 보았다.

"나도 교사직 명예퇴직을 하는 김에 스스로에게 선물을 하고 싶은 거야. 그래서 밍크코트를 살까, 명품 가방을 들어 볼까 하다 무엇을 했게요?"

다정 할머니는 모르겠다는 듯 고개를 저었다.

"쌍꺼풀에 하안검 수술, 보톡스 다 했지. 히힝. 55에 교사 퇴직하고 나에게 주는 성형은 만족스러웠어."

가영 언니는 나숙 씨의 얼굴을 유심히 보았다.

"자연스럽다. 상처도 없어."

"그야 오래됐으니까."

다정 할머니도 질세라 말했다.

"저, 전 60에 뭐를 했게요…."

"글쎄…. 손주 보러 미국행?"

"아뇨. 60에 야동을 처, 처음 봤어요. 구, 구글서요."

삼총사는 깔깔 웃었다.

"정말 잼나다. 호호호. 어찌 됐든 나도 눈 하나 감았다 뜨면, 몇 달 지나 70인데 뭐라도 해야지. 이제는 이번 달이 며칠이나 남았는지 감도 안 와. 단어도 자꾸 까먹고. 폰은 아예 고쟁이 주머니에 넣고 다닐 판이야."

"언니 고쟁이 입어?"

"아니, 속바지인데, 레깅스 타입이지. 그 안에 주머니를 달아 놨어, 거기 돈 넣으면 어딜 가도 안심."

"그렇구나. 나는 가끔 신발 안에 돈 넣어. 그나저나 왜, 우리 엄마나 할머니들 장판에 돈 깔고 자는 거 이상하다 생각했거든, 어릴 적에 세뱃돈 거기서 나왔으니까. 그런데 내가 나이 들어 보니까 알겠어. 몸은 아프지, 다리도 관절염으로 시원찮지. 그러니 급할 때 돈 쓰려면 돈이 없으니까, 미리 찾아다 그저 장판이나 이불 밑에 넣는 거야. 깔고 앉아 있다 꺼내 쓰려고. 참 나이 들어 보니 이해되는 거 많더라."

"저, 저는 젊은 사람들 전, 전화기 그냥 들고 다니는 거 신기해요. 떨, 떨어뜨리면 어째요…."

"우린 이거지. 히히. 떨어져도 안심."

삼총사는 모두 폰을 꺼내 들었다. 다들 두툼한 지갑식 케이스에 들어 있어, 그 안에 카드가 여럿 있었다. 사실 쓰는 카드는 하나. 안 쓰는 게 더 많았다.

"폰은 지문 인식도 큰일 나. 나 쓰러졌는데, 연락 연고자에게 못하면 어쩔 거야. 뭐 여기서는 김 실장이 책임져 주니까 괜찮지만. 혹시 밖에 나가더라도 말이지."

"그나저나 식집사 민상태 씨 참으로 여전해. 본받아야 해.

정말."

그는 비가 그치자, 화분을 휴게실로 들여놓고 일일이 잎
사귀를 닦아 주고 비료를 주고, 영양 수액을 주사했다.

항상 본인의 아파트에서 아침마다 카트에 화분을 싣고
나와 해나 비를 맞게 하고, 저녁에 들여놓는 번거로운 일을
한다.

그녀들이 보니, 오늘도 민상태 씨는 여러 입주자들에게 둘
러싸여서 식물 가꾸기에 관한 여러 질문에 대답하고 있었다.

"그러니까, 제 안수리움 좀 봐주세요. 요즘 이파리가 시
들시들한 게 영. 이러다 곧 죽을 식물 될 거 같아요. 제발요.
비싸게 주고 들인 건데."

"에, 좀 봅시다."

민상태 씨는 안수리움을 자세히 돋보기로 살폈다.

"안수리움이 보통은 실내에서 잘 자란다고 생각들 하지
만, 역시 식물은 태생이 자연에서 왔죠. 직사광선을 피해 창
가에서 키운다 해도 직접 태양을 받는 것도 필요합니다. 오
늘처럼 자주 비나 볕을 쐬어 주세요. 아, 그리고…."

민상태 씨는 모종삽으로 흙을 파 봤다.

"비료가 과하네요. 농도가 강하면, 뿌리가 상해요. 적당해
야 하죠. 제가 특별하게 제조한 걸 드릴 테니 써 보시고, 주

문해 주시면 제가 가져다 드리겠습니다."

"감사합니다. 어구 큰 걱정 덜었네."

안수리움 화분 주인은 얼굴이 환하게 돼서 비료 가격을 물어봤다.

이때 화분을 들고 오는 또 다른 사람이 있었다. 보라색 실크 원피스 아래로 하얀 스타킹의 아찔한 각선미가 돋보이는 긴 머리 여성이었다. 바로, 핫한 입주자 처음이 할머니였다.

처음이 할머니는 69세의 아담한 체격의 호리호리한 몸매의 입주자로, 허리까지 오는 갈색의 긴 머리, 그리고 레이스가 달린 샤랄라 원피스를 철철이 입어 뒤에서 보면, 40대 이하로 보였다. 하지만 뒤돌아보면, 60대의 얼굴이라 반전 뒤태의 소유자였다.

처음처럼 소주를 신나게 회오리바람 기법으로 돌려서 소맥을 타 준다고 해서 별명이 처음이 할머니였지만 아무도 그 모습을 목격한 사람은 없다. 다만, 소문이 그렇고 언젠가 사이다를 그렇게 따랐다는 말도 있다. 사실 별명은 모든 걸 처음 본 것처럼 리액션이 활발해서 붙여진 별명이 아닐까 싶다. 그리고 그 브랜드 소주를 좋아하고.

"어머나, 이 몬스테라 잎사귀 좀 봐요. 역시 민상태 씨 화분은 신선하고 윤기가 좌르르해요. 제 화분도 좀 봐주세요. 어제 보여 드린다고 말씀드린 최상품종 필로덴드론 마이크

로스틱텀이에요. 200만 원에 사서 애지중지 정성껏 기르는
중인데, 아직 멀었죠."

"흠, 엽록소가 부족해서 생긴 돌연변이 종이로군요. 귀한
걸 소장하고 계십니다."

처음이 할머니의 화분에는 잎사귀 중간이 하얗게 변한 관
엽식물이 심어져 있었다.

나숙 씨는 '저런 게, 이백?' 하고 놀란 표정을 지었다.

"이거 말고도 알보몬도 위에 있어요. 나중에 저희 아파트
에 오시면 보여 드릴게요. 호호."

처음이 할머니는 목소리는 작고 말도 조곤조곤하게 이쁘
게 말하지만, 목소리가 허스키해 배우 같은 느낌도 들었다.
나숙 씨도 알보몬이 '몬스테라 보르시지아나알보 바리에가
타'의 줄임말이라는 걸 안다. 요즘 없어서 못 판다는 희귀한
식물이다.

며칠 후부턴 처음이 할머니는 레이스 원피스 위에 마샤
튜더가 입을 법한 레이스 앞치마를 두르고, 식집사 민상태
씨를 따라다니면서 원예기법을 배우고 있었다. 비싼 식물
도 들여 아예 전문적으로 공들여 배우려 한다고 했다.

점점, 그들이 주문하는 모종과 씨앗과 화분들 그리고 거
름이나 비료 등이 늘어나자 김 실장은 제발 자제해 달라고

부탁드렸다. 하지만 민상태 씨가 김 실장에게 풍요실버타운에 있는 화분 관리를 본인이 하겠다고 나서자, 김 실장도 가뜩이나 휴게실 미니 실내정원 관리가 힘들던 차에 흔쾌히 딜을 했다.

휴게실에서 민상태 씨와 처음이 할머니는 식물 관리에 전문적으로 들어갔고, 신문지를 깔고 화분을 뒤집고 부삽으로 분갈이를 했다. 그들을 추종하는 무리도 생겼다.

심지어 인플루언서 입주자 유튜버 할배는, 사실은 인스타그램 팔로워도 220명이고 유튜브 구독자도 50명에 불과하지만 온종일 그들의 뒤를 쫓으면서 '식집사의 하루'라는 콘텐츠를 편집해 올렸다.

자막도, 영상편집도 거의 없는 영상이지만, 그래도 풍요타운의 입주자들 얼굴과 생활상이 나오기에 입주자들은 알음알음으로 보고 있는 중이었다. 조회 수는 그래서 100회를 넘기기도 했다. 이곳서는 넷플릭스보다 인기 있다고나 해야 할까.

가영 언니도 '왕년의 인기 드라마작가 근황'이라는 영상에서 인터뷰하기도 했다.

며칠 후, 갑자기 타운에 비명이 들렸다.

"*끄아아악 끄아악!*"

할마시 탐정 트리오

그날 아침을 연 비명의 주인공은 바로 장 여사였다. 같은 층에 사는 처음이 할머니와 종종 아침을 먹으러 같이 내려가거나, 집으로 식물을 보러 놀러 가고는 했는데, 이틀 동안 종적이 보이지 않아, 처음이 할머니 집에 갔다는 것이다. 문이 슬쩍 열려 있어 지팡이로 비집고 들어갔는데, 발이 보여 일단 복도로 나와 소리를 질러 댄 것이다.

비상 상황이었다. 바로 노인이 쓰러져 발견된 것이다.

사실 풍요실버타운에는 입주 시설 곳곳에 비상벨이 있지만, 쓰러지기 전에 누르지 않으면 고독사를 해도 모른다. 오전 저녁으로 매일 점호를 하는 건 아니었다.

김 실장은 식사용 입주자 카드 찍히는 걸 보고 노인들을 살폈는데, 매일 식사를 하지 않는 분도 있고 슈퍼서 간단하게 사서 드시는 분도 있다.

게다가 최근에는 근처 식당에서 배달의 민족 앱에 배달료를 비싸게 주고서라도 외진 곳까지 음식을 받는 입주자도 있었다. 혹은 드론으로 빈티지 명품이나 리세일용 운동화 택배를 배달받는 구 교수 같은 힙한 인플루언서, 얼리어답터도 있었다.

김 실장과 수 원장, 간호사가 처음이 할머니 아파트로 달려 들어갔다. 그리고 119와 경찰을 동시에 불렀다. 이미 복도에는 소문을 듣고 온 많은 입주자들이 서성였다.

삼총사도 아침을 일찍 마치고 오다, 엘리베이터에서 소식을 듣고 올라왔다.

"이게 무슨 일이야."

장 여사는 삼총사의 부축을 받고 복도에 놓인 의자에 앉아서 상황을 일일이 설명했다.

119가 도착하여 수 원장과 상태를 확인하고, 경찰과 검안의 등이 왔다.

가영 언니의 눈이 화들짝 커졌다.

"119는 죽은 사람이면 그냥 돌아가. 이제부터 경찰과 장례식장에서 와서 시신을 내가. 분명히 어제도 휴게실에서 화분에 물 주고 그런 거 봤잖아."

"어머, 가장 친한 민상태 씨 정말 놀랐겠다."

"저, 저, 저기 계, 계세요…."

민상태 씨는 잠시 뒤에서 걱정스럽다는 듯 지켜보다 자리를 떴다.

그렇게 타운에는 처음이 할머니의 사망 사건으로 흉흉한 가운데, 어느 날 김 실장이 체력단련실로 삼총사 탐정단을 조심스럽게 찾아왔다. 그는 애지중지하는 '온두라스 리브레 셀렉션 파라이네마' 원두커피가 든 보온병을 건네면서 말을 꺼냈다.

"아주 귀한 드립 커피입니다. 진한 초콜릿 캐러멜 향이 일품이죠. 제가 아는 바리스타분이 특별히 저를 위해 만들어 주세요. 이따 드십시오."

"흐으음, 괜찮은 향이네요. 무슨 일이죠? 김 실장이 먼저 우리를 찾아오고."

김 실장은 손수건으로 땀을 닦으면서 은밀하게 말했다.

"저, 저 장 여사님 사건하고 이러저러한 사건들 해결해 주셨다면서요?"

최근에 장 여사의 알음알음 소개로 이러저러한 사건들을 해결해 탐정 삼총사로 이름을 높이긴 했다.

가영 언니는 랫풀다운을 멈추고 고개를 끄덕였다.

"대체 무슨 일이에요? 이런 귀한 커피도 주고, 호오."

"선, 선생님. 그 왜 요번에 돌아가신 김희랑 입주자님 말이에요."

"네, 그런데요?"

바로 처음이 할머니 본명이다.

"원래 유명한 미스터리 드라마작가셨고 지금 거 뭐냐 탐정단인가도 결성하셨잖아요?"

"할마시 탐정 트리오요."

"네, 소문으로 들었습니다. 저어기 이 사건 좀 조사해 주세요. 제가 이사장님께 매일 혼나고 기자들이 전화해서 우리 실버타운의 관리 소홀로 기사 쓴다고 그러고 난리도 아닙니다. 경찰에게 전화해 보면 기다리라 그러고, 실제 탐정 사무소에 전화하니 엄청 많은 돈도 요구하고 믿을 수가 있어야 말이죠. 무엇보다 코로나바이러스로 우리 시설에 들어올 수도 없구요. 어떻게 할 수가 없어요. 제가 입주자분들 일일이 캐고 다니면 또 말이 나오구요. 그래서 말인데."

김 실장은 가영 언니의 귀에 조용히 속삭였다.

"이 사건 잘 알아봐 주시면, 생활비 두 달 치 감면해 드리겠습니다."

가영 언니는 실눈을 뜨고 김 실장을 노려보았다.

어느새 바이크를 타던 다정 할머니와 아령을 들던 나숙 씨가 조용히 와서 헬스 기구 뒤에 숨어 엿들었다. 마침 음악은 영드 〈셜록〉 주제곡이 흘러나왔다.

"우리 셋 다 감면해 주세요. 저 뒤에 두 명이 탐정단원들입니다."

김 실장이 크게 숨 쉬고 고개를 끄덕였다.

"알겠습니다. 참, 5킬로 더 중량해서 치셔도 되겠어요. 그리고 제가 단서를 좀 이따 조용히 드릴게요. 몰래들 행정실 옆의 탕비실로 오세요들."

삼총사는 모두 김 실장에게 윙크를 찡긋했다.

잠시 후, 행정실 안의 탕비실에서 접선한 이들은 김 실장이 보여 주는 사진을 보고 고개를 끄덕였다. 홍 할배가 천연덕스레 웃는 사진이었다.

"홍 할배 알죠. 이 사람이 왜요?"

홍 할배는 친구 두세 명과 붙어 다니면서, 늘 여기저기 참견하는 스타일의 입주자였다. 오지랖도 넓고, 수다도 잘 떨고 지식도 많아서 이리저리 몰려다니는 편이었는데, 지난달에 단짝 김 영감의 낙상 후에는 홀로 조용히 지내기도 했다. 한때 어느 정도 오지랖을 떨었느냐면, 구 교수의 빈티지 운동화 판매하는 일에 아이디어를 준다면서 쫓아다녀, 구 교수가 에어팟을 부랴부랴 사서 힙합 음악을 듣고 다녔다.

"이분이 사실은, 정말 대외비입니다. 사건을 캐더라도 제가 이 이야기를 한 건 누구도 알아서는 안 됩니다."

"알겠으니 말해 봐요."

김 실장은 큰 체격에 터질 듯한 셔츠에 얼굴에는 땀이 가득했다. 긴장을 감추려 심호흡을 하는지 콧방울이 커졌다가 작아졌다. 다정 할머니가 손수건을 건네자 땀을 닦아 냈다.

"홍수봉 입주자님이 2주 전에 김희랑 입주자님 방에 무단 침입하고 둘 다 솔로인데 사귀자고 해서 기절초풍한 김희랑 님이 항의를 거세게 한 사건이 있었습니다."

삼총사는 뭔가 있구나 싶은 얼굴을 했다.

"흠 그렇다면 용의자 선상에 있는지 뭐 알아봐 달라는 거죠?"

"그, 그게 고 김희랑 입주자님이 용서해서 우리 실버타운에 홍수봉 님이 계속 머물게 된 거죠. 그런데 무슨 그런 원한이 있다면, 지금 경찰이 수사 중인데 의문점 없게 조사를 해 주십사 하는 겁니다."

가영 언니가 고개를 끄덕이면서 물었다.

"경찰은 뭐래요? 타살? 자살?"

"그, 그게 저. 자살보다는 변사 같다는…."

"그렇군요."

"타, 타살은 모르지만. 자연사는 아닌 것 같기도 합니다. 저도 고인을 뵌 경험이 많잖습니까? 그리고 국과수에서 지금 부검 중이라니까 조금 걱정도 되구요. 그런데 이 모든 일은 비밀로 부치셔야 합니다. 탐정단은 늘 그러잖아요. 조심스레 의뢰를 받고 조사하구 말입니다."

"김 실장은 걱정 마요. 알았으니, 일단 나갈게요. 너무 오래 있어도 안 좋아. 누가 왜 무슨 이야기 나눴느냐 물으면 연말에 자선 바자회 건의를 했다고 둘러대세요."

"네, 탐정단 어르신들. 알겠습니다. 그럼 부탁드리겠습니다."

"오키, 접수합니다. 사건."

할마시 탐정 트리오

다정 할머니는 쓰고 있던 꽃술 달린 모자챙에 경례하듯
손을 슬쩍 얹었다.

"접, 접수해요….."

그들은 행정실을 조용히 나와 눈을 크게 뜨고 시선을 맞추
면서 고개를 끄덕이며 얼른 가영 언니의 아파트로 이동했다.

"호오, 대박 사건. 정말 성욕은 저주다, 홍 할배가 한 80은
되지 않았나? 근데 김희랑 그러니까 처음이 할머니 집에 몰
래 침입한 적이 있다 이거지? 미쳤나 봐."

"사건은 그 정도가 아냐. 그 사건 이후 2주 정도 지나 김희
랑 씨가 죽음을 맞이한 거지."

"그, 그렇다면 살, 살인 사건이요…?"

"진짜 탐정이 돼서 억울함을 풀어 주는 거야. 아직은 사인
을 모르지만. 사전 작업을 해야지. 의뢰가 들어왔으니. 오늘
부터 홍 할배를 캐야 해."

"그, 그렇지만 김 실장이 누, 누구도 알게 해서는….."

"당연하지. 그러니까 홍수봉 할배는 미행을 하거나 의도
적으로 친해져서 슬슬 알아봐야지. 다이렉트로 사망과 연
관 지으면 그냥 도망가 버릴걸."

"가영 언니, 근데 홍 할배가 좀 오지라퍼긴 해도, 설마, 그
런 소문이 없었는걸. 만약 할머니들 귀찮게 했으면 소문이

좀 났을 텐데."

가영 언니는 고개를 저었다.

"모르는 거야, 암. 하여간에 추정을 미리 하지 말고 증거를 캐자구."

저녁을 먹고, 삼총사는 휴게실로 갔다. 민상태 씨가 식물을 가꾸고 있고, 입주자들이 삼삼오오 모여서 처음이 할머니의 사망을 입에 올리다 꾹 다물었다.

호기심과 죽음에 대한 두려움, 결국 몇 번은 왜 죽었는지 궁금하겠지만, 자신에게도 곧 닥칠 죽음이라는 본질을 깨닫고는 아예 입에 올리지 않는다. 그만큼 죽음은 이곳에서 말하는 게 금기시돼 있다.

홍 할배 홍수봉은 오늘도 빵모자를 쓰고, 굽은 허리를 추스르면서 휴게실 구석에 앉아서 조용히 신문을 보고 있었다. 늘 신문을 보고 기사 자료를 챙겨서 다른 입주자들에게 말을 섞거나, 오지랖을 떨고 참견을 하는 게 주 일과지만 최근엔 조용한 편이다.

홍 할배는 민상태 씨와의 언쟁이 일주일 전에 있었다. 휴게실에서 민상태 씨가 유난을 떨면서 식물을 가꿔서 물이나 흙이 바닥에 떨어져 미끄럽다고 불평을 했고, 할머니 입주자들은 모두 민상태 씨 편을 들었다.

그게 서운했는지, 며칠은 참견이나 오지랖도 안 부리고, 신문이나 TV 뉴스만 보았다. 하긴 단짝 김 영감도 낙상이라 방에만 있으니.

가영 언니는 커피를 조심스레 들고 가면서 건넸다.

"수봉 씨, 요즘 커피 원두를 바꾸었나 본데, 맛 좀 봐 봐요. 로스팅 상태나 원두 품질이 예전만 못하면 김 실장에게 다시 바꾸라고 건의하려구요."

"흠, 향은 좋아진 것 같은데요."

홍 할배는 커피를 들고 나서 고개를 까닥하더니, 집게손가락을 튕겼다.

"아, 지난번에 신문에서 봤는데요, 로스팅을 오래도록 하면 탄 내음이 난다고 하던데, 그런 현상 아닌가 싶습니다. 맛은 고소한 편이지만, 탄 듯한 향이 살짝 나네요."

"그런가요? 역시 매일 신문 뉴스를 챙겨 보시더니 박학다식하시네요."

"제가 드라마작가님만 하겠습니까?"

"어머, 호호. 이렇게 비행기를 태워 주시니. 어때요. 우리들과 같이 담소를 종종 나누어요."

홍 할배는 실눈을 뜨고 가영 언니 등 삼총사를 돌아보고는 고개를 저었다.

"내가 눈치가 구단인 편인데, 용건을 말해요. 뭐죠?"

"네에? 그게 저, 큼큼."

나숙 씨가 단도직입적으로 물었다.

"김희랑 입주자분 돌아가셔서 좀 그래서요."

"네? 그게 저와 무슨 상관인지…."

다정 할머니가 당황하는 나숙 씨를 보더니 바통을 이어받았다.

"저, 저기 방, 방에 들, 들어가셨다면서요…."

가영 언니는 깜짝 놀랐지만, 기왕 이렇게 된 거, 캐야 했다. 가끔 이곳은 24시 같이 지내다 보니 모든 일이 속전속결로 진척될 때도 은근히 많았다. 늘 서로 보고 다니니 못할 말도 없다.

"그래요, 왜 들어가셨죠? 정보의 출처는 묻지 마시고요."

"허, 참나. 그게 왜 이 일과 관련이 있죠? 그 일은 다 끝난 건데요. 사실 김희랑 씨는 처음처럼을 먹고 싶다, 입에 달고 다니는 거만 봐도 좀 유흥업 관련 사업을 했을 거란 생각이 안 들어요?"

나숙 씨는 인상을 찡그렸다.

"그게 왜요? 근데."

"그렇다는 거죠."

"그렇다는 거라뇨?"

"이건 말하기 좀 그런데, 사실 민상태 씨의 희귀식물을 김희랑 처음이 할머니가 자꾸 자기 집에 가져가서 기르고 그러는 일이 있기에 혹시, 이거 뭐 꽃뱀같이 돈 뜯는 거 아닌가 싶어 제가 캐 보러 간 거죠. 별 뜻 없습니다그려."

홍 할배가 다시 신문을 집어 들자, 다정 할머니가 스르르 신문을 잡아 끌어내려 시선을 맞췄다.

"그, 근데 이상허네요, 무, 무신 상관…?"

"난, 그저 이 풍요실버타운에 불미스러운 일이 없기를 바라는 마음에 들어가 충고하려던 거라구요. 뭐 오지랖이 젊었을 때부터 넓은 건 사실이지만, 여기는 내가 사는 집이 있는 타운이니 안전과 질서를 유지하는 데 힘쓰고 싶었던 겁니다. 서, 설마 내가 뭐 살인자 같은 거라 생각하는 겝니까? 처음이 할머니 힘 겁나 세 보이지 않아요?"

"왜요, 몸싸움이라도 했어요?"

가영 언니가 잡아채듯 물었다.

"그럴 리가요. 저 화분들 여자가 나르는 거 엄청난 힘 아니에요?"

가영 언니는 민상태 씨가 화분을 밖으로 내다 놓고 햇빛을 직접 쐬게 하는 걸 보았다. 카트에 싣고 나른다지만, 화분을 카트에 올려다 옮기는 것도 보통 힘으로 되는 게 아니다.

대화 후에 홍 할배가 자리를 뜨자, 삼총사는 고개를 갸웃하면서 회의를 했다.

"홍 할배를 한번은 자세히 취조를 해 봐야 하는데. 우리가 가장 무서워하는 게 뭐지? 우리 나이에."

나숙 씨가 손가락을 튕겼다.

"돈. 돈 떨어지면 여기 못 있어. 나가야 하는데 들어올 때 가지고 온 보증금으로 어디 가서 집을 얻냐구."

다정 할머니는 몸을 들썩이면서 소름 돋는 듯 시늉했다.

"저, 전 귀, 귀신요. 꿈에 영정 사진 나오면 소, 소름이 돈 아요…."

사춘기 때 공포영화에 탐닉하지만, 여기서는 공포의 '공'자도 꺼내지 않는다. 그럴 것이 공포영화 모티프는 주가 귀신, 고통, 저승사자, 악마 등등 죽음과 관련된 것만 나온다.

자연스레 시선이 가지 않는다. 뭐 로맨틱한 영화나 SF 판타지는 사실 저런 게 어딨어 하면서 시들하니 더 보지 않기도 하지만. 그냥 앵커가 고래고래 소리 지르는 샤우팅 창법으로 진행하는 뉴스나 동물의 왕국이나 여행기행 같은 다큐, 혹은 홈쇼핑을 틀어 놓고 무연하게 지켜본다. 가끔 정치 관련 유튜브를 보면서 흥분하는 정치에 탐닉한 정신파 노인도 있지만.

"하는 수 없지, 강수를 한번은 써 보자구."

삼총사는 모종의 작전을 짜느라 바빴다. 그날 오후 내내 소품을 구하느라 동분서주했다.

며칠 후 딩동, 홍 할배는 누구인가 싶어 인터폰으로 화면을 봤다. 지난번 꼬치꼬치 묻던 가영 언니, 나숙 씨, 다정 할머니였다.

흐음, 하는 생각이 들었다. 문을 열어 주었다.

"무신 일이죠? 세 분이서요."

"담소나 나누고 싶어서요. 정치와 경제, 그리고 여기 입주자 간의 도리에 관해 선생님의 고견을 전해 듣고 싶습니다."

나숙 씨가 말했다.

"무슨 말인지. 흠흠. 지난번 일은 좀 불쾌했습니다."

"그럴수록 오해도 풀어야죠. 잠깐이면 돼요. 호호."

홍 할배는 망설이다 들였다. 그러고 보니 삼총사는 화사한 옷을 입고 손에는 커피와 쿠키 등을 가지고 들어섰다. 거실에서 한참이고 여러 이야기를 나누느라 시간이 꽤 지났다.

"아구, 졸려라. 난 일단 눈 좀 붙일 테니 집으로 들어들 가세요."

홍 할배는 휴게실에서도 종종 눈을 붙여 낮잠을 잤는데, 초저녁부터 잠이 몰려들었다.

"알겠어요, 그럼 일어나 갈 테니 들어가 보세요."

홍 할배는 안방 침대에 누워 TV를 켰다. 그리고 잠에 빠져들었는데 갑자기 번득 일어났다. 감은 눈에 불빛이 비친 게 뭔가 싶어 어리둥절했다. 다시 눈을 감았다.

"일어나거라."

무슨 소리가 났다.

홍 할배는 눈을 깜박깜박하다가 가물거리면서 떴다. 어두 컴컴한 방에 TV에서 홈쇼핑이 흘러나오고 있었다. 보통 혼 자 잠들기 무서울 때 TV를 켜 놓고 잠을 청했다. 그러면 일 어나 화장실 갈 때도 불빛이 약하게나마 있어 안심이었다.

홍 할배가 이불을 손가락으로 집어 올리는데, 갑자기 눈 에 검은 모자를 쓰고, 얼굴은 하얗고 입술에는 붉은 연지를 바른 사람이 얼굴을 들이밀었다.

"으아아악!"

딱 저승사자의 모습이었다. 그것도 세 명씩이나.

"뭐, 뭐요. 난 아직 때가 안 됐는데….."

"때를 왜 니가 정해."

"대체 당신들 누구요!"

"우린, 저승사자다."

"뭐라구? 아이구야 살려 주십쇼. 하늘에 계신 우리 아버 지, 거룩이 임하옵시며."

주기도문을 외웠지만, 교회 안 나간 지 꽤 되어 기억이 안 났다. 하는 수 없이 반야심경을 외우려는데, 자지러지게 웃 는 소리가 났다.

"깔깔깔. 우리예요, 삼총사."

"뭐요? 이 양반들이. 아니, 아직 왜 우리 집에서 안 나가고 있어? 응? 이것들이. 신고한다."

나숙 씨가 대차게 응수했다.

"홍 할배 심장 질환도 없고, 평소에 입담이나 오지랖 하나 으뜸이니까 건강을 고려해서 이런 서프라이즈 이벤트를 기획한 겁니다. 게다가 우리 아까 허락받고 들어왔는데요?"

"이 할마시들이 정말, 여기서 쫓겨나고 싶어!"

가영 언니가 나서서 또박또박 말했다.

"왜? 당신도 고 김희랑 씨 집에 몰래 들어가 자초지종을 캐려고 했다면서 우리도 똑같이 해 준 거지. 어서 사실을 말해 봐욧. 대체 무슨 일이 있어 알아내려 한 거죠?"

홍 할배는 한숨을 쉬면서 씩씩대면서 몸을 일으켰다.

"난 떳떳하오. 왜 저번에 휴게실에서 낙상 사고 있잖소?"

가영 언니는 기억을 떠올렸다. 김 영감이 휴게실에서 넘어져서 고관절에 무리가 와서 단번에 온몸을 못 쓰게 돼서, 갑자기 침대에서 24시 간병이 필요한 상태로 갔다가 기적적으로 회생한 사건으로 꽤 크게 각인돼 있다. 건강한 노인도 다리를 못 쓰면 어떻게 되는지 잘 보여 주는 사건이었다.

그 당시의 김 영감을 정원에서 몇 번 보았다. 그는 휠체어를 타고 요양보호사와 산책 나왔는데, 눈빛에 총기도 사라지고, 입은 슬쩍 열려 있었다. 몸과 함께 정신적인 쇠퇴도

빨리 온 것 같았다. 게다가 연하곤란 증세가 와서 콧줄로 유동식 식사를 한다고 했다. 손톱에는 조갑증이 와서 새카맣게 되어 있었다. 사람이 갑자기 10년의 나이를 단번에 먹은 것 같았다. 지금은 그래도 상태가 나아졌다.

"그 낙상 사건이 왜요?"

"그 사건 고 김희랑 씨가 관련돼 있다는 소문도 있고 해서 그랬소. 그 영감이 나랑 보통 친한 사이가 아니었거든요. 사실 다치기 전에 김 영감이 김희랑 씨하고 좀 친했고, 집에도 초대받았다는 둥 그랬던 말들이 기억나서 가 봤수다. 캐물으려고 갔는데 나를 무슨 무단침입에 성추행 미수범으로 엮어서 김 실장에게 고해서 이 실버타운 나가라고 난리 치고 하여간 그런 불미스러운 일이 있었소."

"흐음, 그래요? 하지만 김희랑 씨가 돌아가셔서 확인할 방도도 없고 그러네요."

"대체 이 이야기 어디서 들었소? 김 실장이오?"

"뭐, 아니에요, 여기서 비밀이 어디 있겠어요. 다 한 다리 건너면 알지. 사귀자고 했다는 건요? 김희랑 씨가 그랬다던데."

"무슨! 아닙니다. 아니오!"

삼총사는 고개를 갸웃했다. 한 명은 갔으니, 알아볼 도리는 없었다.

"하여간 난 이 정도만 압니다. 더 알고 싶으면 다른 데서 캐요. 난 김희랑 씨 죽음과는 관련 없소. 무슨 나와 관련되어 이상한 말을 하고 다니면 나 어디로 튈지 모르니 그만 괴롭혀요. 근데 좀 이상했던 건…, 아, 아니오."

가영 언니가 촉이 발동했다.

"뭐 말할 거 있음 해요. 그럼 귀찮게 안 하죠. 핫딜합시다."

"별건 아니고, 그게 저 왜 김희랑 씨 집에 값비싼 물건이 있더라구요."

"뭔데요?"

"민상태 씨와 몰려다니면서 희귀식물인가, 비싼 거 키우고 가꾸는 거는 알고 있었는데. 그거 말고도 뭐, 신문 같은 데서 왜 신년에 금으로 된 도자기 비싸게 파는 거 있지요."

가영 언니는 고개를 끄덕였다. 도자기뿐이 아니라, 찻주전자 등의 다기 세트도 황금으로 입혀서 파는 고가의 물건 광고를 본 적이 있었다. 유명한 도자기 회사에서 파는 한정판 제품으로 금을 입힌 도자기였다.

"그런 게 이것저것 꽤 있더라구요. 그래서 아, 왕년에 한가닥 해서 재산 좀 모았다더니 그런가 하고 쫓겨 나왔죠."

홍 할배는 인상을 쓰면서 뭔가 생각하면서 말을 했다.

"나 괜허게 잡지 말고, 현장 조사를 해요. 형사나 탐정들은 모두 그렇게 시작하잖아요. CSI 안 봤어요? 사망 사건 현장으로 가 보란 말이요!"

삼총사는 그의 말에 고개를 끄덕이면서 눈을 맞췄다.

처음이 할머니의 집은 '폴리스 라인', '접근 금지'라고 인쇄
된 테이프가 둘러 있고 문이 슬쩍 열려 있었다. 도어 스토퍼
로 2센티 정도만 열리게 고정돼 있었다. 김 실장이 미리 해
둔 조치였다. 들어가 보고 나올 때 문 닫고 나오면 된다고
했다.

"먼저 들어가서 테이프 조금만 들어 봐 봐, 나 좀 들어가게."

체구가 작은 다정 할머니가 들어가 테이프를 떼서 가영 언
니와 나숙 씨를 들어오게 했다. 자정이 넘은 시각이었다. 지
금 이 시간에 복도를 돌아다니는 입주자는 한 명도 없었다.

이들도 이처럼 늦게 깨어 있는 건 거의 처음이었다. 졸리
기도 했지만, 사건을 밝혀야 한다는 사명감에 깨어 있었다.

"어맛, 어맛. 넘어질 뻔."

"쉬이잇, 조용."

가영 언니가 나숙 씨 입가에 손을 댔다.

처음이 할머니의 아파트에 들어간 이들은 집 안에 들어찬
화분에 놀랐다. 갖가지 꽃나무와 관엽식물 그리고 분재 등
이 있었다. 처음이 할머니가 공들여 기른 흔적이 보였다.

"흐음."

그리고 홍 할배의 말대로 금으로 입힌 도자기 세트와 고

려청자 등이 유리 진열장 안에 고이 모셔져 있었다.

이 실버타운은 돈 된다고 이걸 훔쳐 가는 사람이 거의 없었다. 이유는 하나, 나가서 팔 데도 마땅치 않고 무엇보다 죽은 사람의 물건을 만지는 걸 누구보다 싫어하는 게 바로 노인들이었다.

유가족들이 와서 부모님과 친했던 입주자에게 유품을 하나 골라 보시라 해도, 그게 보석이나 밍크, 명품이래도 고개를 슬며시 돌렸다. 하긴 여기서 가장 두려운 게 바로 질병의 고통과 신체적 퇴화, 최종적으로 죽음이 아니고 무엇이랴.

가영 언니는 진열장을 열고 돋보기를 들어 도자기를 살폈고, 그 옆에서 나숙 씨가 플래시 앱을 켜서 환하게 비추었다. 가영 언니는 도자기 표면 먼지를 유심히 보았다.

"별다를 건 없는데. 그냥 신년맞이 황금 도자기인데 말이지."

"이, 이거 보세요. 정말 회, 희귀한 꽃, 꽃이네요….'

베란다에는 화분들이 죽 늘어서 있었는데, 민상태 씨와 어울려 가꾸던 엽록소가 변이돼 하얀 점이 있는 몬스테라와 기이한 꽃을 단 난초들과 분재들이 보였다.

"가영 언니, 이거 봐. 참 처음이 할머니는 이쁜 걸 좋아했네. 가꾸기도 잘했고. 본인도 식물도."

방에는 진주 목걸이나 알 반지 등의 보석들이 보석 케이스 안에 보관돼 있고, 그 옆 행거에 각종 번쩍이는 스팽글이 달린 몸에 붙는 원피스 등도 보였다.

"히이, 이런 거 비싼 명품 드레스인데 정말 멋쟁이였구나. 아고, 저승서는 멋 낼 일 없으면 얼마나 서운할까."

가족들이 해외 멀리 살고 있어 도착을 못 해서, 일단 물건이 이렇게 방치돼 있었다.

화장대 거울에 스카치테이프로 붙인 종이를 플래시 앱 불빛으로 비추었다.

"가영 언니 이거 봐 봐."

"힉, 이 어둠서 거울로 보니 우리 진짜 대박 죽음의 여신들이야. 무서워라."

"우리 얼굴 말고, 어서 이거. 메모지 봐 봐."

벽에 각종 돈 관련 써 놓은 종이가 있었다. 생활비 지급 계좌 번호와 적금 현황, 그리고 휴면 보험금 5억5천을 찾아가라는 알림장 등이 붙어 있었다.

입주자 중에는 기억을 잘 하지 못해 거울이나 냉장고 혹은 거실 달력 등 잘 보이는 데다 종이를 붙여 놓고, 할 일을 계획하는 사람이 꽤 있었다. 바깥에서는 혹시 외부인이 들어왔다 혹심을 품을까 이렇게 하지 못했지만, 여기는 설마 누가 그러려니 싶어 이렇게 오픈하고 살았다. 그만큼 실버타운에 들어와 직원들이 안전을 책임져 준다는 데 믿음이 있었다.

"흠, 정말 부자로군. 안 찾아간 보험금이 이렇게나 많다니."

"이거 뭐, 누군가 이런 거 보고 혹해서 어쩌려다 확 우발적으로 그런 건 아닐까?"

"그럴지도. 후우. 사진으로 남기자."

찰칵, 현장 곳곳을 사진으로 찍었다.

삼총사는 별다른 단서를 찾지 못하고 다정 할머니의 아파트로 모였다. 신문지에 글씨 연습을 한 흔적이 엿보였다. 벽걸이 큰 글자 달력에도 병원 가는 날, 누구 생일 등등 무슨 무슨 날이 적혀 있었다. 기억을 붙들려는 필사의 노력들이다.

"그나저나 살인 말이야. 돈과 사랑, 그러니까 비즈니스와 섹스의 문제가 커. 내가 미스터리 드라마 쓸 때 얼마나 많이 살인 동기에 대해서 연구했는지 알아?"

"아직은 살인은 아니잖아. 부검 결과도 안 나왔는데."

가영 언니가 고개를 저었다.

"자연사는 아니니까 김 실장이 저렇게 난리를 치고 하다하다 우리한테 의뢰를 다 하고, 폴리스 라인 테이프도 쳐져있지. 살인은 모르겠지만, 자살이거나 변사일 확률도 있으니 부검에 들어간 거야."

다정 할머니가 따뜻한 홍차를 내오면서 몸서리를 쳤다.

"아, 아 무서워요…. 휴, 휴게실 낙상 사고에다가 이런 사, 사건까지….

가영 언니가 다정 할머니 어깨를 껴안았다.

"우리가 지켜 줄게."

"그나저나 벽에 붙어 있던 휴면 보험금 계좌하며, 보석이나 희귀식물, 금 도자기까지. 뭐 재산 관련 범죄 아냐? 아니면 혹시 유가족이 몰래 침투해서 들어와 사건을 저지르고 사라진 그런 거 말이야. 상속받으려고."

"하지만, 아직은 물건이 없어진 정황은 모르겠어. 게다가 유가족은 멀리 있잖아. 그리고 먼지가 있는 상태를 손으로 찍어 보니, 물건을 빼서 먼지가 들쑥날쑥한 흔적은 없었어. 즉 물건은 그대로 제자리에 있다는 말씀."

"그, 그러니까, 물, 물건 빼, 빼앗으려다 그, 그런 건 아, 아니란 거죠."

"예스. 이건 좀 더 알아봐야 돼. 김희랑 씨 곁에서 붙어 다니던 사람은 누가 있지? 민상태 씨야 원예 배우려고 같이 다닌 거구."

모두 고개를 절레절레 흔들었다. 그녀는 혼자 솔로 플레이 하는 스타일이었다.

다정 할머니가 손가락을 튕겼다.

"유, 유트브 하는 할배요. 식, 식집사 찍는다고 최근에 붙어 다녔어, 어요…."

"맞다! 우리 유튜브 찍는다고 청하고 뭐 물어보자."

다음 날 아침 일찍, 유튜버 할배에게 콘텐츠 찍겠다고 전화 문자로 남기자, 득달같이 그가 아파트까지 달려왔다.

"정말요, 콘텐츠는 삼총사의 우정, 뭐 이런 걸로 하실래요? 참, 요즘 사건이다 뭐다 탐정이라면서요? 셜록 음악 깔고 가 보실라우?"

"그게 저."

가영 언니는 김 실장이 의뢰했다는 이야기는 쏙 빼고 지금 사망 사건을 입주자들의 안전을 위해 조사 중이라고만 했다.

"아, 흐음."

유튜버 할배는 좀 망설였다.

"그게 말하기는 좀 뭐 하지만…."

"자세히 좀 말해 봐요."

"그럼 정말 비밀로 합시다. 저도 요즘 인스타와 유튜브 영상에 식집사 콘텐츠가 인기 많아서 그 둘을 쫓아다녔는데 둘이서 싸운 적도 있어요. 김희랑 씨 집에 가서 찍는데, 분재를 독학해서 기르는 걸 보고, 그 연약한 애들을 철사로 가둔다고요. 김희랑 씨는 왜 그게 문제냐고 따지던데요. 엽록

129

소 통제하는 알보몬은 왜 괜찮은 거냐고요, 다 같은 식물 돌보기와 가꿈인데 왜 방식을 이해 못하고 욕하냐 그랬어요."

"흐음, 그렇군요. 둘이서 다툼이 있었다."

"네. 그런데 그 영상은 편집해서 올렸죠."

"그거 날짜가 어떻게 되죠?"

유튜버 할배는 계정을 보여 줬다.

"지지난 주 '식집사 집들이 갔어요.' 이 제목 영상이요."

"네, 고마워요."

나숙 씨는 고개를 숙여 감사 인사를 했고, 다정 할머니는 사탕을 주려는데 유튜버 할배는 고개를 저었다.

"아니요. 됐습니다. 구독 좋아요 그리고 댓글 좀 달아 주세요. 그거면 됩니다."

"오호라, 넵~."

삼총사는 유튜버 할배가 가고 나서 회의를 했다.

지금까지 조사한 내용을 까먹기 전에 나숙 씨가 수첩에 일일이 적었다.

"그러니까 김희랑 씨가 분재에 손대는 걸 민상태 씨는 싫어했다는 거네?"

회의는 이어지면서 저녁을 식당서 먹는 대신, 간식으로 때우기로 했다. 자연스레 이야기는 다른 수다로 이어졌다.

할마시 탐정 트리오

다정 할머니가 몸 아플 때마다 먹는다는 소주에 장수말벌을 담가놓은 술을 가져와 마셨다. 가영 언니가 조금 흥분해서 목소리가 높아지고 말이 빨라졌다. 맛은 그냥 그랬지만 뭐 관절염에 좋다 하니, 공짜 보약이나 진통제 먹는 느낌으로 홀짝 마셨다.

"근데 말이지, 과거에 내가 30인가 드라마 등단하고 처음 쨍쨍한 피디랑 일할 때였는데, 하두 내 아이디어를 박살 내기에 '이 퇴물 피디야!' 하고 소리 질렀지."

"우어? 으하하."

"그런데 그 양반이 나중에 방송사 사장 되고 나서 나한테 뭐라 했는지 알아? 그때 패기로 오래오래 버텨 달라 했는데. 그만 60 넘어서는 나도 퇴물 작가가 되어 가더라구."

"그랬구나. 우리 진실게임이니까 이제 비밀도 말해 보자. 가영 언니 지목. 자식들한테 부끄러웠던 때는?"

나숙 씨는 소주를 반 잔 따라서 건넸다. 가영 언니는 슬금슬금 마시고 입을 열어 길게 한숨을 내쉬었다.

"아무한테도 말 안 했던 거야. 내가 왜 아들하고 사이가 안 좋은지 알아?"

다정 할머니는 천천히 고개를 저었다.

"그래, 이제야 말할 수 있다. 첫 남편하고 이혼하고, 아들은 대학생이었지. 아들이 우리 부부 재결합을 원하는 눈치

더라구. 그러다 알게 된 남자가 있었는데, 그 남자와 글쎄 뜨겁게 불붙어서. 음…. 중년의 사랑이 더 불타잖아. 오후 네 시의 사랑이 가장 불타는 시간이지. 40대의 사랑이란 말이야. 그런데 아들이 비번으로 문 따고 들어오는데 그 밀회 시간을 딱 봐 버리고. 그대로 기숙사로 들어가서 다시는 나랑 안 살고. 나는 그 남자랑 재혼하고 그랬지, 뭐. 그래서 얻은 딸이 지금의 성희야. 내가 낳지는 않았지만, 내 맘을 가장 잘 아는 가족. 지 아버지랑 이혼했어도 나를 엄마로 여겨."

"저, 저는… 남편 말고는 남, 남자가 없는데 가, 가끔은 다른 남자는 잠자리서 어떨까 궁, 궁금혀요…."

쿠하하, 삼총사가 웃음이 터져 나왔다. 나숙 씨가 핸드폰으로 무언가를 보다가, 놀란 얼굴로 말했다.

"대박, 방금 유튜버 할배가 계정에 영상을 올렸는데, 잠깐 보니 식테크라고 몬스테라 알보 그러니까 알보몬, 이게 90만 원이라는데?"

"뭐, 뭐라구요…. 화, 화분 하나가?"

"아니, 그 하얀색 얼룩덜룩한 이파리 삽수 하나가. 그러니까, 이파리 하나 꺾꽂이해서 파는 거래. 그거 심어서 기르면 된다나."

가영 언니는 눈을 동그랗게 떴다.

"히익, 그게 그렇게 비싼 거야? 잘하면 천도 넘겠구만."

할마시 탐정 트리오

"내가 한번 검색해 볼게. 잠깐만,…히이익, 여기 매매 전문 앱 봐 봐."

진짜 몬스테라 희귀종들이 이파리 하나에 100만 원을 호가하고 있었다.

"이렇게 엽록소가 부족한 돌연변이종은 희소성이 있어서, 기르기도 어렵고 까다롭지만, 식집사들 사이에서 인기라네. 그런데 최근에 전문적으로 기르는 업자들이 나타나서 시장이 교란되고 있다구. 신문기사에 나왔네."

"대체 그렇다면 돈이 문제였던 거야? 이렇게 고가일 줄이야."

나숙 씨가 머리를 긁으면서 큰소리를 냈다.

"그거 말고도 보험 관련이라면 휴면 보험금도 꽤 있고. 그럼 강력 사건이야."

삼총사는 고민을 하다, 보험에 해박한 지식을 가진 보험 박사 오보험 할매를 생각했다. 보험 설계사로 은퇴한 그녀는 지금도 현역으로 보험 일을 하고 있었다. 게다가 보험 관련 일이라면 장소와 일시를 가리지 않고 뛰어다녔다.

삼총사가 건너 건너 알게 된 연락처로 조심스레 보험 관련해 물어보고 싶다고 톡을 남기자, 바로 다음 날 휴게실로 삼총사를 찾아왔다.

"자아 이 서류들 보시고, 아직 안 늦었어요. 사망 보험부터 치매 간병 보험까지 한번들 훑어보세요, 어느 종류부터 설명을 원하시나요. 솔직히 들고 내일 죽어도 이득이지 뭐유, 돈은 남아요. 나는 가도. 호호."

오보험 할매는 자질구레한 사탕과 과자를 내밀면서 서류를 보여 주었다.

가영 언니가 조심스레 말했다.

"저기 사실, 돌아가신 김희랑 씨 말이에요, 왜 닉네임이 처음이 할머니요. 그분, 혹시 보험 관련해 무슨 말씀 의논하신 거 없으신가 해서요."

오보험 할매가 의심스러운 눈으로 보았다.

"왜요? 뭐, 나야 누구나 보험으로 말을 주고받긴 하지만요."

"아니, 그렇게 가시니 보험금은 어떻게 되나 뭐 그런 거도 궁금하구요."

"아, 그분 재산은 가족들에게 가요. 사망보험금도 가게 설계가 돼 있어요. 같이 말해 본 적 있어요."

나숙 씨가 조심히 물었다.

"여기서 낙상 입으신 김 영감님 말이죠. 그분이 보험으로 김희랑 씨와 얽힌 건가, 혹시 말이죠."

삼총사가 낙상과 보험과의 연계성도 고려해 던진 질문이다.

"에에. 여기는 자해공갈 보험사기 없어요. 일부러 낙상하다 잘못하다가 골로 가는데요, 여긴 몸이 최고 자산이잖아요. 설마요. 근데 참, 그건 있죠. 김희랑 씨가 워낙 여기 오기 전에 보험금 납부를 성실하게 해서 휴면 보험금도 꽤 있고 그렇다는데요. 그걸 노린다고 해도 죽으면 가족에게 돌아가는데, 뭔 상관이래요."

"아하, 그렇죠? 그냥 수다 떨면서 궁금한 거 물어본 거니 어디 가서 이런 얘기 하지 마시구요. 참, 이 보험은 어때요?"

가영 언니는 암보험 하나를 들었다. 오보험 할매가 고맙다고 연신 인사하고 서류를 챙겨 일어났다.

"대체 보험 관련도 아닌 것 같고 뭘까."

"나, 미장원 다녀올게요⋯."

다정 할머니는 일손을 도와 달라는 미장원 원장의 전화를 받고 일어났다.

타운 미장원엔 오늘도 여러 할머니들과 구 교수 등 패셔니스타 할아버지들이 있었다.

다정 할머니는 미장원 원장이 건네는 빨래해 말린 수건을 수십 장 받아 개 주었다. 그리고 커트를 막 마친 입주자의 머리를 감겨 주었다.

이때 〈아모르파티〉 벨소리가 들리고, 방금 머리를 로트로 만 전화 할매가 전화를 받았다.

전화 할매는 늘 손에서 폴더폰이 떨어지지 않는 입주자로, 들어온 지 얼마 되지 않아서 바깥 친구들이 전화를 많이 걸어 동정을 살폈다. 이곳에 들어온 게 어떤지 묻는 전화가 많은 모양이었다.

"으응, 승자야, 왜에. 잘 지내지. 지금 타운서 머리하고 있어, 밖보다는 훨씬 싸게 책정돼 있지. 응 그래. 어, 어 여기? 괜찮아. 며느리, 딸, 아들 눈치 보지 않고 잘 먹고 잘 살아. 그래, 그래 멋진 분들도 많고 말이야. 먼저 간 그이만 안타까워. 같이 살아서 들어왔으면 얼마나 좋아. 응, 아, 그분? 원예 가드닝 천재? 그분. 잠깐만~."

전화 할매는 목소리를 낮추면서 갑자기 일어나 미장원 문밖에 서서 조용히 통화했다. 다정 할머니는 놓치지 않고 따라가 몰래 엿들었다.

"민상태 오빠? 여기 핫한 식집사? 응 근데 요즘 좀 이상해. 성격이 예민하고 그러네. 아무래도 별루야. 다른 사람으로 갈아타야겠어."

전화 할매는 10대 소녀와 다를 바 없이 입주자, 특히 남자들의 품평을 하고 전화를 끊었다.

"히익! 뭐예요? 엿듣고."

"민, 민상태 씨 이, 이상하다는 거 뭐, 뭐예요?"

"별거는 아닌데, 흐음."

다정 할머니는 얼른 탐정단을 호출했다.

잠시 후, 삼총사는 전화 할매를 찾아와 정원에서 이야기를 나누었다.

"아니, 그러니까 민상태 씨 근황을 일러 달라는 거죠? 그게 왜 무슨 일이죠?"

가영 언니는 미소 지으면서 말했다.

"별건 아니구요, 여기 생활이 무료하고, 또 코로나로 어디가는 일도 거의 없으니 우리도 가드닝 배워서 식집사 할까봐요. 식테크인가 알보몬 비싸게 팔린다믄서요."

"아하, 그래서요? 그런데 어쩌나, 저도 그 민상태 씨 한참 따라다녔는데, 요즘 이상하게 성격도 예민하고 가드닝 수업도 잘 안 해 주고 며칠 전에 누가 알보몬 삽수 하나 살 수 있냐 물었더니 식물을 돈벌이 취급한다고 방방 뛰고 그래서 배우던 거 관뒀어요."

"그래요? 민상태 씨는 식물을 돈벌이 취급하는 걸 싫어하시는구나."

"그뿐 아니구, 왜 돌아가신 김희랑 씨 말이에요. 뭐, 소주 좋아했다는 할머니. 그분 가고 나서 이상하게 더 성격이 남을 의심하는 것 같고 그랬어요. 자기 화분을 누가 훼손했다고 길길이 뛰지 않나. 하여간 그래서 이상해요. 그 할머니를 좋아했었나?"

"설마요."

"그렇죠? 하여간 이제부터는 구 교수 쫓아다니면서 그 운동화 되파는 거 그거 배워 보려구요."

"아, 네에."

전화 할매가 가고 나서 삼총사는 의논했다.

"뭐지? 예민하고 피해의식이 있었다는 건?"

"가영 언니, 아무래도 민상태 씨 살펴보자. 다짜고짜 물어보면 분명히 내성적인 그 완벽한 성격에 절대로 말 안 해 주고, 상대도 안 할 거야."

"네, 그, 그럴 거예요…."

삼총사는 계획을 짰다.

그날 저녁, 가영 언니는 휴게실에 내놓았던 화분을 카트에 실어 아파트로 가지고 올라가려는 민상태 씨에게 다가가 화분 옮기는 것을 도우려 했다.

"그냥 냅두쇼. 잘못 건드리면 상합니다."

"어우, 네. 죄송해요. 가드닝을 뒤늦게 배우려는데, 수업료도 드리고 싶어요."

민상태 씨는 가영 언니를 한 번 쳐다보고 대꾸를 안 하고 화분을 옮겼다.

"수업료 드린다니까요."

"아무나 하는 거 아닙니다. 인내심도 많아야 하고, 돈 보고 함부로 덤볐다가는 오래가지도 못합니다. 여기서 희귀식물이 뭐, 비싸게 거래되느니 소문이 난 모양인데, 당신이 몇 번째 찾아와 거절당한 사람인지 아시오? 그냥 돌아가시죠."

민상태 씨는 곁을 안 주고 엘리베이터로 카트를 끌고 올라갔다.

가영 언니가 고개를 젓는데, 나숙 씨가 다가왔다.

"근데 말이야, 눈과 인중이 파르르 떨리는 게 꽤 열받은 모양 같아."

다정 할머니가 제안했다.

"우, 우리 귀찮게 하, 하기 작전은 어떨까요…."

"귀찮게 하기?"

"흐음."

다음 날부터 삼총사는 민상태 씨가 화분을 가지고 나올 때마다 모여서 참 정성껏 가꾼다, 식물 이름이 무엇이냐 꼬치꼬치 캐묻고 따라다녔다.

특히, 가영 언니가 그의 말이 떨어지지도 않았는데 관찰한 대로, 물주전자에 물 채워 오기, 수도꼭지 호스로 연결하기, 치워 둔 카트 가져오기 등을 알아서 해 주었다.

민상태 씨는 처음에는 하지 말라더니, 이제 그냥저냥 가영 언니를 지켜보았다.

3일째 되던 날에는 가영 언니에게 조금씩 가드닝을 가르쳐 주었다. 4일째 되던 날, 가영 언니는 민상태 씨와 간식을 먹게 되었다.

6일째 되던 날, 민상태 씨가 가영 언니에게 처음으로 실크 천을 주면서 알보몬 잎을 닦으라고 시켰다. 가영 언니는 잎 하나를 몰래 땄다. 그리고 호들갑을 떨었다.

"옴마. 이거 어째!"

가영 언니는 잎사귀 하나를 들고 부들부들 떨었다.

"아니 우씨, 그걸 그렇게 다루면 어떡해!"

민상태 씨가 흥분하고 버럭 소리를 지르면서 손에 든 모종삽을 번쩍 공중으로 치켜들었다.

가영 언니가 눈 하나 깜짝하지 않고 말했다.

"왜 그걸로 나 내리치게요? 처음이 할머니, 아니 고 김희랑 씨와 무슨 사건 있지 않아요?"

가영 언니가 은근하게 떠 보니 민상태 씨는 불안한 눈빛으로 주변을 둘러보았다.

나숙 씨와 다정 할머니도 점점 포위망을 좁히면서 다가들었다.

민상태 씨가 잠시 침묵 후에 한숨을 쉬고 말했다.

"내가 지금부터 진실을 말할 테니 들어요."

그는 화를 가라앉히고 차분히 말했다.

"친절하게 내가 하는 모든 일을 돕고 진실로 식물을 대하는 마음이 고왔지. 하지만 그것뿐이었소. 점차 상업적으로 나를 이용한 거에 불과했더군. 돈이 된다고 이제는 분재까지 만들어다 파는 걸 거래 앱에서 보았소."

이어지는 민상태 씨의 진술은 이랬다.

처음이 할머니가 알보몬을 기르는 걸 배우다가, 최근에 물건 매매 앱 등에 민상태 씨가 파는 가격보다 낮게 그리고 다양하게 팔고 있었던 것이다. 따라서 민상태 씨는 품질이 좋지 않은 식물을 비싸게 파는 것에 집을 찾아가 항의했다는 것이다. 게다가 분재는 식물의 생장을 가로막는 방법이라 하지 말라고 충고했지만 더 화를 냈다는 것이다.

민상태 씨는 화를 참지 못하고 다음날, 김희랑의 아파트로 가서 항의를 했다고 했다.

"나, 난 잘못 없소이다. 그냥 항의만 했을 뿐인데, 갑자기 흥분하더니, 왜 남의 앞길 가로막느냐면서 이제 참견하지 말라고 배울 것 다 배웠다고 하는 통에 그만 버럭 소리를 질렀는데…."

하필 그때가 노인들이 다 저녁 식사를 하거나 휴게실에서 담소를 즐기면서 TV를 즐기거나 잠자리에 이르게 들던 시간이라 복도에서 이웃 등의 목격자는 없었다고 했다.

"모, 몰랐습니다. 그냥 김희랑 씨가 어지러워하면서 소파에 앉아서 가라고 손짓만 해서 나갔습니다. 그런데 그럴 줄은. 혹시 나보고 사람들이 여자 입주자 집에 들어갔다고 이상하게 오해할까 봐 아무 소리 안 하고 있었소이다."

나숙 씨가 질타했다.

"아니, 우리가 내일 어떻게 될지 모르는 식물처럼 다들 약한 존재인데, 왜 내버려 둬요. 당장 여기 행정실이나 1층 병원에 알려도 되는데요. 식물만 신경 쓰고 사람은 신경 안 쓰여요?"

민상태 씨는 고개를 저었다.

"식물은 배반을 안 하니까."

그리고 입을 꾹 다물었다.

"흐음, 이 말 그대로 김 실장하고 경찰에 가서 얘기해요. 그리고 그 말들이 맞는지 검증을 하는 데 도움을 줘요."

민상태 씨는 고개를 젓더니 휴게실에 돌부처처럼 앉아 요지부동이었다. 김 실장을 삼총사가 불러와 자초지종을 말하고 탕비실로 안내했다.

민상태 씨는 행정실 탕비실에 앉아서 김 실장이 달랬다. 경찰이 찾아와 진실을 말해 줄 것을 부탁하고 임의동행을 요구했지만, 꼼짝하지 않았다.

경찰은 민상태 씨의 허락을 받고 그의 아파트를 조사했다. 10평 공간 전부에 가구는 거의 없고, 식물들이 가득 차 있었다. 삼총사도 그의 아파트를 문가에 서서 지켜보았다. 침대도 없이, 작은 이부자리 하나만 있고, 그 주변으로 식물원처럼 온통 이파리들이 가득했다.

경찰이 외쳤다.

"여기 이상한 게 있는데요."

식물 비료들 옆으로 약통이 하나 감추어져 있었다.

"아지드화나트륨? 이거 부검 결과에서 검출된 약물 맞지? 제초제 성분이라는 거."

"선배님, 맞습니다."

"증거물로 기록해서 가져가자구."

경찰들이 조용히 말했지만, 귀가 밝고 눈치가 빠른 삼총사는 놓치지 않았다.

경찰들은 증거를 가지고 나갔다.

가영 언니가 폰으로 검색해 꺼내 나숙 씨에게 건넸다. 나숙 씨가 빠르게 읽었다.

"무색무취, 흰색 고체, 농업용 살충, 살균제에 쓰이고, 인체에 유입되면 구토, 기관지염, 뇌손상, 어지럼증을 유발한다."

김 실장이 비밀이라고 부탁하며 전한 말에 따르면, 민상태 씨는 입을 다물고 가족이 도착하면 만나고 나서 경찰서에 가겠다고만 했댔다. 경찰이 가족이 오길 기다렸다.

그렇게 시간이 흐르고 가족들이 저녁에 도착했다. 민상태 씨는 휴게실에서 자신이 공들여 키운 화분을 내놓고 여느 때처럼 매만지고 있었다.

민상태 씨의 딸이 와서 그의 손을 잡고 눈물을 흘리면서 제발 진실을 말해 달라고 부탁했다. 경찰서에 가자는 딸을 그는 외면했다.

민상태 씨는 울부짖는 딸의 손을 거칠게 밀쳤다. 그리고 알보몬 화분을 꼭 안았다.

"뭐라구 하지 마! 난 잘못한 거 없어. 식물을 가두지 못해 안달 나고 돈으로만 취급하는 미친 할망구한테 소리 한 번 지른 거밖에 없다구! 내 아이한테 감히 삽수로 하나하나 분리해서 그때그때 팔아 보라구? 그럼 더 잘 팔린다구? 지가 뭘 안다구? 그건 과거 내 3년의 노고가 들어간 니깟 것들보다 더 중요한 내 아이들이라구! 그걸 그냥 돈으로만 환산하는 년이었어. 좋은 사람이라 기대한 내가 바보지, 사람을 믿다니."

경찰이 민상태 씨를 달래서 임의동행을 요구했다. 다른 경찰은 품에 안은 식물을 내리라고 했지만 동의하지 않았다.

"이 아이는 희귀 몬스테라라 제 손길을 타지 않으면 죽습니다. 안 된다구요. 제가 24시 끼고 살펴야 돼요. 이 아이는 내가 여기 생활비로 충당할 겸, 몇 년간이나 눈독 들이던 종을 분양받아 온 힘을 다해 기르던 중이었어요. 잘만 하면, NFT 같은 대체 불가 토큰으로 식물 시장에 내다 팔아 경매 부치려던 중이었단 말이오! 온전한 모습으로 유일무이한 작품이란 말입니다. 예술작품이요!"

나숙 씨는 가슴 아프게 민상태 씨를 보았다. 가영 언니는 휴게실에 둘러선 입주자들을 살폈다. 모두 경악스러운 얼굴 그리고 안타까운 얼굴이었다.

여기서는 누구나 온 정신을 쏟을 게 필요하다. 안 그러면 미치거나, 망각으로 지름길로 달음질쳐 달려간다. 아마도 그에게는 저 화분이 그랬을지 모른다. 그는 여기서 또 다른 감옥으로 가는 거겠지.

가영 언니는 입가에 손을 가져가 막고는 과거를 돌아봤다.

인간에게 감옥이 아니던 적이 있던가. 요람에서 무덤까지 모두 감옥이지만, 그래도 고등학교 졸업하고, 대학 때부터 취업해서 잠깐은 자유로웠고, 결혼 후에는 시댁과 남편의 감옥에, 자식을 낳고는 육아의 감옥에 갇혔다. 중년 이후 드라마 쓸 때는 자유로웠지만, 그것도 편성, 트렌드에 밀려 투자받지 못하거나 시청률이 폭망해 책임을 물을 때는 무기수의 심정이었다.

그리고 지금, 청년들 오가는 번화가 커피숍의 커피 한 잔 여유도 없는 녹음이 가득한 이 실버타운에서 이상 시인의 수필 〈권태〉를 떠올릴 수밖에 없다.

"하늘은 왜 저렇게 오늘도 내일도 푸르냐는 조물주에게 대한 저주의 비명이 아니고 무엇이랴."

가영 언니는 눈물을 흘리면서 수필의 한 구절을 입에서 되뇌었다.

이상이 시골에 요양하러 가서 보는 농가의 아이들은 장난 감 하나 없이, 두 팔을 들고 하늘을 향해 비명을 지른다. 그 는 그걸 보고 이렇게 표현한 것이다. 여기도 다르지 않다. 밥과 집은 보장되지만, 생활비를 못 내면 보증금을 돌려받 고 쫓겨나 갈 곳 없는 우리들이다. 나가도 고용해 주겠다는 직장은 거의 없을 것이다.

그리고, 여기 있어도 계급이 나뉘고, 사교에 아무나 낄 수 없고 따돌림이 존재한다. 가영 언니는 민상태 씨가 식물을 기르고 설명할 때는 한없이 꿈꾸는 소년의 얼굴이지만, 언 젠가 식당에서 혼자 밥 먹고 나갈 때 싸늘한 얼굴로 입가에 무언가 묻히고 나가는 걸 보았다.

'저 양반 왜 저러지? 혹시 건망증이 있나?'

하는 생각과 함께, 이제는 손녀들 이름도 가물거리는 자 신도 떠올렸다. 무지개다리 건넌 강아지 이름도 안 떠오르기도 한다. '쪼꼬미'였던가.

그렇게 잊히고, 또 아무도 안 돌아봐서 외롭고 그리움에 사무치다가도 모든 걸 까먹어 버리는 그런 무용하고, 한편으로 정신은 소년 청년이어서 안타까운 사람이 노인이다.

방금 뭐 하려던 건지, 여기는 어딘지, 내가 뭐 알아보고 있던 건지 다 까먹는 건망증은 심한데 왜 그렇게 남이 나한테 잘못했다고 여기는 일들은 50년 전 일도 그렇게 떠오르는지 모르겠다.

노인을 정의하자면, 매일 똑같은 일을 해서 얻는 성과가 터무니없이 적은 사람.

곧 죽을 식물, 그건 바로 우리다.

민상태 씨는 그걸 어떤 방식으로라도 깨려고 하다 큰 사건을 저질러 버렸다. 무료함을 견디지 못하고, 새로운 일에 도전하고 과하게 다른 사람을 억압하려 하고, 쓸데없는 고집을 부려서 자기 뜻에 맞지 않는다고 사람을 해쳤다.

그는 벌을 받을 것이다. 갇히는 벌.

청년들은 감옥이나 여기나 매한가지로 여기겠지만 아니다. 그곳에는 식물을 기를 자유가 없다. 그럼 그에게는 가장 고통이 큰 무간지옥이다.

삼총사는 휴게실에서 커피 한 잔씩 들면서 대화를 나누었다. 이미 경찰과 민상태 씨가 떠났고, 2시간이 지나 있었다. 그래도 여기는 여전히 식물과 어항의 물고기들에게 둘러싸여서 신에게 저주의 비명을 지르는 이들이 머물고 있다. 이 자체가 바로 신의 저주이다.

노화와 그로 인한 갇혀 있음.

"무어라구요? 그 맨날 식물만 키우고 고고하게 사는 민상태 씨가 그랬다구? 믿을 수가 있나."

입주자들의 분란을 몰래 지켜보던 삼총사는 뒤에서 조용히 말을 나누었다.

"민상태 씨가 기르던 식물 중에 희귀식물이 있었대. 왜 저번에 정원에 내놓고 햇빛을 쬐게 한다던 그 애지중지하던 변이종 몬스테라 그게 몇 억짜리라던데?"

가영 언니는 김 실장한테 들은 자초지종을 설명했다. 사실은 이런 일이 있었다고 했다.

엽록소의 부족으로 고스트로 불리는 변이종 몬스테라는 남미에서 들여와 뿌리를 잘라서 플라스크 안에서 육묘를 키워 분양받은 것으로, 살 때도 500만 원을 들였다는 것이다.

그걸 살리느라, 민상태 씨가 죽을힘을 다했는데, 처음이 할머니가 원예 공부를 한다면서 민상태 씨 아파트를 드나들다가 삽수로 파는 게 낫지 않느냐면서 제안했다고 했다. 그리고 자신에게 하나만 팔라고 했다는 것이다.

민상태 씨가 거절하자, 몰래 가져가려고 이파리를 가지치기했다는 것이다. 들켜서 이왕 이렇게 된 거 돈으로 달라고 하니, 김희랑은 줄 돈도 없지만 자식 같은 식물을 돈벌이로 삼느냐고 가식적이라고 도리어 적반하장으로 화냈다는 것이다.

게다가 그녀가 돈이 전혀 없대서 열이 받았다고 했다. 보험금이 꽤 있다고 소문이 나 있었는데, 화가 나고 열 받아서 몰래 약품을 동충하초를 다려 마시는 물병에 넣었다고 했다. 경찰서에 가서 그렇게 진술했다는 것이다.

가영 언니는 김 실장에게 이 이야기를 들었다. 그리고 민상태 씨 관련해 앞으로 입을 다물겠다고 약속을 했다.

그녀들은 다정 할머니의 집에 모여 향을 피우고 명복을 빌었다. 소주도 한 잔 따라 놓았다.

"슈퍼 사장이 몰래 하나 줬어. 처음이 할머니 명복을 빈다고 향을 찾으니까 주더라. 다정 할머니 장수말벌주는 조금 쓰니까, 이걸로 마셔 보자."

지하 슈퍼에서는 알코올 중독 방지를 위해 입주자들에게 술을 팔지 않았다.

가영 언니는 소주를 잔에 가득 따라서 천장으로 높이 들었다.

"처음이 할머니, 명복을 빕니다. 하늘 가서도 예쁘게 화장하고 꾸미고 사세요. 넘 멋졌어요. 잘 올라가세요. 억울한 거 풀렸으니까."

"아, 아마 벽에 붙은 휴, 휴면 보험금 봤을지 몰, 몰라요."

"그럴지도, 그러니 배상을 안 해 준다니 화가 났겠지. 골탕 먹이려 했겠지만 너무 위험한 방법이야. 그런 방식으로는 안 돼. 죗값을 치러야지."

가영 언니는 향을 피우고, 술을 조금 마셨다. 사건을 해결했지만 맘이 불편했다. 입주자가 사건과 관계돼 있다니, 인생사 뭔지 허탈한 마음이 들었다.

며칠 후, 민상태 씨의 아파트에서 한 무더기의 식물들을 비롯한 옷가지들과 소지품들이 이삿짐 차에 실려 나갔다. 자식들로 보이는 이들은 마스크를 쓰고 입주자들에게는 단 한마디 말없이, 이삿짐센터에 물건을 나누어 실으라 지시했다. 아마도 버릴 물건, 가져갈 물건을 나누는 모양인데, 식물들은 모두 버릴 물건 쪽으로 분류되었다. 이삿짐센터 직원이 무게가 많이 초과된다고 가족에게 말했다.

"이거 여기다 두고 갈 수 있을까요?"

민상태 씨의 딸이 김 실장에게 조심히 물었다. 지켜보던 허리가 굽고 카키색 운동모자를 쓴 입주자가 일갈했다.

"살인자 할배 물건을 왜 여기다 두어? 것 땜시 살인 났다 메. 썩 내다 버려요!"

딸은 울면서 눈물을 손등으로 훔쳤다. 그리고 화분들을 모두 옮기게 했다.

아무리 고가의 식물이라도 죽은 자, 혹은 갇힌 자의 물건을 건들지 않는다는 게 여기의 룰이다.

후에 들은 얘기로는, 민상태 씨는 재판정에서 진술을 번복하고 기억이 안 난다면서 진술을 거부했는데, 딸이 와서 눈물로 호소하고 변호인의 설득에 입을 열었다. 하지만 진술이 잘 이어지지 않아 뇌 검사를 진행하니, 경도인지장애가 나왔다고 했다.

며칠 지나 삼총사는 맑게 갠 날, 휴게실에서 커피 타임을 가졌다.

민상태 씨는 식집사를 해서 이곳 생활비를 떳떳이 벌어 자식들에게 손도 안 벌리고 살았다는데 이런 일이 벌어졌다고 어떤 입주자가 한탄했다. 여기저기서 너무 빡빡하게 살지 말자고 하는 말이 삼총사 귀에 들렸다.

가영 언니가 커피를 한 모금 마시고 입을 열었다.

"난 말이지. 인간이 계속 살아야 하는지 의문이 든다."

가영 언니는 한숨을 쉬면서 말을 이었다.

"침팬지는 완경기에 접어들면 거의 활동을 못하고, 앉아서 생활하다가 죽음을 곧 맞이한대. 그렇게 수명을 40년만 산대. 그런데 인간은 너무도 오래 살지? 민상태 씨가 희귀 식물 때문에 살인자가 되어 교도소에서 여생을 보낸다는 게 가슴이 너무 아프다. 내가 범인을 김 실장에게 말한 게 잘한 건지 모르겠어."

"무슨 소리예요, 가영 언니. 정의는 밝혀야죠. 돌아간 처음이 할머니가 얼마나 안타까워요. 그렇게 처음처럼을 좋아했다는데, 저 위선 마실 수 있나 몰라?"

"그, 그러게요."

"여기가 그런 게 참 불편하지. 술도 못 마시게 해, 흡연도 어느 곳서도 금지. 난, 자잘한 쇼핑을 좋아하지만 그런다고 무턱대고 택배로 보내게 하면 직원들도 골치 아프지. 물건을 밖에 있을 때처럼 사들일 수도 없어. 쓰던 화장품도, 마시던 홍차나 커피도, 속옷도 원래 쓰는 게 따로 있는데… 참 아쉬워. 그냥 여기 슈퍼에서 사다 써야지. 그래도 디펜드 기저귀는 주문을 할 수 있는 거니 좋아. 그건 누가 뭐라 하지 않잖아? 아, 처음이 할머니처럼 나도 스벅 돌체 라떼 커피 좀 마시고 싶다, 스벅 할매로 불리고 외칠 용기가 필요하다."

나숙 씨가 말했다.

"난, 교사일 때 아이들에게 항상 꿈을 잊지 말아야 한다

했는데. 여기선 밥, 잠, 똥밖에 없어. 그냥 먹고 자고 싸고 야. 꿈이 없어."

다정 할머니가 배시시 웃으며 조용히 말했다.

"쉬, 쉬도 있, 있어요…."

"섹스도 없지. 여기에는 사랑이나 로맨스 섹스 따위는 없으니까."

나숙 씨가 쉿, 하면서 웃었다.

"왜 없어? 주절거리기만 하는 주절이 할배랑, 항상 말 안 하는 입꾹 할매랑 사귄다는데. 여기 나가 살림 차린다고 자식들 불러오고 했잖아. 나이가 85 동갑인데 한창이야."

다정 할머니는 히죽 웃었다.

"숨, 숨도 있어요…. 숨, 숨 안 쉬면 꽥이어요…."

가영 언니가 진지하게 말했다.

"사랑에 빠지는 힘도 대단한 거야. 난 드라마 사랑을 잊은 지 오래야. 사실, 난 말이야. 내가 드라마 일을 멈춘 게 나이 들어 피디들이 안 찾아 주는 건 줄 알았어. 아니면 노안이 와서, 아니면 손이 더뎌 타자를 느리게 쳐서 것도 아님 노화로 밥도 해 먹기 귀찮을 지경인데, 글 쓸 시간 없어 그런 건 줄 알았지. 아님 까이거나 해서.

근데 작가가 글을 안 쓰니 산 게 아니더라. 그래서 여기 들어오면 혹시 피디들이 날 찾아 줄까, 아님 밥을 누가 해 주니 글 쓸 시간이 남고, 자식들이 귀찮게 안 하니 더 여유 있어지나 했지만 웬걸. 권태로워서 글을 못 써. 아마도 내 집서도 그래서 못 썼겠지. 커피가 참 쓰네. 오늘따라."

이때 이들에게 다가오는 중년 남자가 있었다. 단정한 양복을 입고 있었다. 김 실장이 같이 다가와 인사를 나누게 했다.

"저, 선생님들. 고 김희랑 선생님 아들 되십니다."

아, 자세히 보니 닮은 듯도 해 보였다.

"저희 아버님의 사망 사건 진실을 밝혀 주셔서 감사합니다."

처음이 할머니의 아들은 가영 언니를 비롯한 삼총사에게 조심스레 인사했다.

놀란 얼굴인데, 김 실장이 아주 조용히 소곤거렸다.

"저, 사실은 입주자들에게 비밀로 한 일입니다. 김희랑 입주자님은 트랜스젠더로 성별도 정정하셔서 여성으로 소개해 드렸지만 원래는 남자로 태어나신 분입니다."

아들은 말을 이어 나갔다.

"어머니는 따로 계시니, 저희는 아직도 아버지라 불러 드리지만 여성으로 사신 지 꽤 오래되셨어요."

아들의 말에 의하면, 40대에 어머니와 이혼하고 성전환 수술 후 이태원에 바를 차려서 돈을 벌어 자식들 유학 뒷바라지를 하고, 여기에는 5년 전 자식들에게 폐 끼치기 싫다면서 들어오셨다는 것이다. 음주를 좋아하셨지만, 그래도 자식들에게 다정한 아버지이자 어머니로 기억된다는 것이다.

　그가 가고 나서, 삼총사는 정원으로 나가 벤치에 앉아 하늘을 보았다.
　참으로 인간의 일은 알다가도 모르겠고, 어떻게 죽음을 맞이하는지도 모르겠다는 생각이 들었다.
　하지만 하나는 확실했다. 여기서 24시 다같이 단체 생활을 하지만, 너무나 깊게 서로 간의 생활을 간섭하고 친해지면서 경계가 무너질 때를 가장 조심해야 된다는 것 말이다.

04

존엄사를 향한

디그니타스
예약 티켓

GRANDMA
DETECTIVES
TRIO

휠체어를 타고 나타나는 오 총장은 80에 가까운 나이로
여러 가지 노인병을 앓아서 오랫동안 투병을 했다. 그를 모
시고 오는 이는 32살의 청년 이시훈 비서로 대기업 비서실
출신으로 요양보호사 자격증과 스포츠마사지 자격증을 획
득해, 연봉 1억에 오 총장의 비서로 채용됐다. 항상, 정장이
나 와이셔츠 혹은 단정한 카디건을 입는 이 비서는 오 총장
의 양치와 옷 입는 것부터 목욕과 대소변 기저귀를 가는 일
까지 모든 수행 비서 역할을 잘하고 있었다.

그는 유일한 젊은 남자 간병인으로 힘도 세고, 일도 잘하
고 늘 딱딱 절도 있는 대답으로 오 총장의 마음에 쏙 들었

다. 하지만 사립대학교 총장으로 은퇴한 오 총장도 가끔은 여러 장애로 행동이 부자연스러웠다.

"이 비서, 식판을 좀 더 앞으로 가져와요."

오 총장은 손을 흔들거리면서도 굳이 홀로 식사를 하곤 했는데, 식사 뒤에 식판이나 테이블이 엄청 지저분해졌다. 그럴 때마다 이 비서는 두말없이 깨끗하게 치우고 갔다.

사실 오 총장이 이 풍요실버타운에서 가장 인정받는 인사로 소문난 데는 이유가 있다. 그가 디그니타스 회원이기 때문이었다. 스위스에 위치한 조력자살단체에 회원으로 입회해, 일정 기간 회비를 낸 그는 이제 죽을 날을 기다리고 있는 중이라 했다.

아내는 가고, 자식들은 모두 미국에 있어 거의 만나지 못하는데, 이곳에 들어온 지 어언 10여 년이 흘렀고, 몸을 못 쓰게 되면서 디그니타스에 회원으로 가입하는 메일을 보내 간신히 허락을 받고 날짜를 정하는 중이라는 것이다.

죽고 싶다고 죽어지는 신체가 아니기에 잘 살다 존엄하게 가는 인생은 여기서 무엇보다 아름답게 칭송된다.

"누가 99세까지 살다 이틀 앓고 돌아갔다는군."

이런 전설적인 이야기를 들을 때마다 모두 역시, 하는 표정과 고개를 끄덕이면서 수긍한다.

하지만 이런 게 쉬운 일인가. 교황도 추기경도 병상에 누워 1년은 고생을 하고 돌아가신다.

오 총장이 "투 리브 위드 디그너티(To live with dignity). 존엄하게 살아야 합니다." 외치면서 다닐 때, 입주자들은 둘로 나뉘었다.

"그게 어째 존엄사야, 안락사지. 그냥 돈 받고 사람 죽이는 거 아냐? 그게 뭐가 달라. 살인하고."

"아, 나도 정말 용기만 있으면 스위스 편도 끊고 가서 홀로 조용히 가고 싶어. 이 무료한 인생, 몸은 더 아파질 텐데."

저만치 휴게실 어항 앞의 터진 공간에서, 여성 입주자들이 머리에 큰 리본을 달고, 번쩍이는 옷을 입고 김완선의 〈삐에로는 우릴 보고 웃지〉를 부르고 있다. 제법 리듬을 타면서 과격한 동작을 하는데, 가영 언니는 걱정이 되면서 뭐하는가 싶었다.

"왜들 저래? 저 하이힐은 뭐구, 넘어진다구 저러다. 깁스하고 싶나, 원."

"숙영 낭자가 저걸 오늘 시켰대."

"아니 글쎄 숙영 낭자가 누군데 그걸 시켜?"

"앱이야, 앱."

"나, 나도 깔, 깔았어요…."

"엥?"

가영 언니가 다정 할머니가 보여 주는 앱에 시선을 고정했다. '50가지 미션을 줘서 노인을 청년으로 만들어 주는 숙영 낭자'라 적혔고, 토끼 머리를 한 선녀가 손짓하면서 웃고 있었다.

"그래서 애 숙영 낭자가 시켜서 저걸 한다구?"

"응, 그렇다니까. 게임 앱인데 50가지 미션이 연령별·성별·지역별로 주어지는데, 60세 이상만 가입할 수 있어. 나도 가입했는데 귀찮아서 안 했지, 뭐. 탐정 일 하느라도 그랬지만. 그런데 저거 다음 미션은 블랙핑크 노래던데, 어떻게 따라 하려구."

"뭐어어?"

"가영 언니, 첨에는 맷돌 체조처럼 시니어에게 간편한 체조를 하라고 하다가 갑자기 김완선, 아이돌로 튀어서 큰일 난다니까."

아니나 다를까, 할머니 중에 한 분이 주저앉더니, 아이구야를 했다. 수 원장이 정형외과 의사와 간호사와 달려와 병원으로 모시고 들어갔다.

"아이구, 우리가 보통 나이야. 나 여기 아파트 다용도실에 깁스도 안 버리고 뒀어. 방에서 걸어가다가도 다치는데, 원. 저러다 큰일 나."

다정 할머니가 손가락을 튕겼다. 이런 동작은 맨날 말해

할마시 탐정 트리오

줘야지 생각하다 생각 안 나 묵혀 뒀는데, 갑자기 그게 떠오른 거였다.

"빅, 비비빅, 빅, 빅 뉴스예요."

다정 할머니는 미장원에서 입주자들이 파마하면서 하는 수다를 듣고 이야기를 전했는데, 이 정도면 꽤 큰 뉴스일 거다.

"뭔데?"

"그, 그, 글쎄 말이죠…. 그, 그 따뜻한 마, 마음 커플요."

"아! 알아! 그 다정다감한 커플!"

매일 정원 벤치에서 두 손 꼭 잡고 커피를 마시면서 다정다감하던 부부가 사실은 부부가 아니었단 것이다. 늘 커플 모자와 티를 입어 그런가 했는데, 사실은 할머니가 라동 호스피스 병동에 오래 누워 있는 남편을 간병하려고 최근에 가동에 입주해 들어왔는데, 호스피스 병동에 매일 드나들다 그곳에서 아내를 간병하던 방문객 할아버지를 만나서 서로 간의 고충을 토로하다 친해졌다는 것이다.

그래서 이래저래 '따뜻한 마음'이라 적힌 커플 모자와 티도 맞췄다는데, 하여간에 할머니가 병석에 누운 남편의 존엄사를 도와주는 단체를 알아봤다는 둥 소문이 무성하다는 것이다.

"그러니까, 서로의 배우자가 호스피스 병동 라동에 있는데, 둘이 만나서 친해져서 할머니가 존엄사 신청을 알아봤다는 그런 거네?"

"아이구, 하지만 존엄사 신청은 대상자가 직접 정신이 말짱할 때 해야 하는 건데. 흐음."

삼총사는 씁쓸한 표정을 지었다.

"배우자가 누워 있는데, 새로운 사랑이 다가오니 마음이 다급해질밖에. 이걸 뭐라 해야 하나. 불륜이라 해야 하나, 노망도 아닐 거고. 참으로 그렇다."

나숙 씨의 말에 가영 언니는 커피를 한 모금 마시면서 입을 열었다.

"그냥 판타지라고 하자. 어차피 이루어질 수 없는 꿈. 게다가 미장원서 나오는 말들이 사실도 있지만, 헛소문도 많잖아. 그 할머니가 입주한 지 얼마 안 돼서 우린 몰랐나 봐. 그래도 따뜻한 마음이라 적힌 문구가 의미심장해. 처음에는 아마도 뭔가 잘 도우려고 했을 거야."

휴게실 중앙에서는 오늘도 핵인싸들로 인한 웃음꽃이 흘러나왔다.

오 총장과 이 비서의 멋진 콤비 플레이가 펼쳐지고 있었다. 그들을 둘러싼 입주자들은 대기업 회장 출신, 국회의원 출신, 판검사 출신, 변호사 부부, 의사 부부 등등 한국의 노블레스들로 다양했는데, 그래도 30대의 멋진 청년 비서를 수행원으로 둔 오 총장은 단연 무리에서 뛰어나 보였다.

"그러니까 내가 한참 필드에서 뛸 때는 사업 확장을 마치 검은 갈기 사자처럼 했었죠. 내가 초원의 사자가 되어 하이 에나를 쫓아내고, 먹잇감을 쟁탈하는 것처럼 했소이다. 허허허. 그런 시절에 프랑스 고위 인사가 나한테 이 독수리 머리 지팡이를 선물로 주었다니까. 허허허. 우리 대학과 프랑스 대학이 자매대학으로 협력한 기념으로다요."

매우 정교한 조각의 지팡이는 40센티 정도 되는 미니 사이즈였는데, 비싸 보였다.

오 총장은 웃으면서 이 비서가 건네는 쌍화차를 마셨다. 갑자기 사레가 들린 오 총장은 캑캑했다. 이 비서가 손수건으로 닦아 주었다.

"이 비서, 잣을 5개만 넣어. 알겠나."

"네, 총장님."

이 비서가 오 총장을 모시는 데는 절도와 품위가 있어, 항상 그를 둘러싼 사람들은 감복했다.

어느 자식도, 어느 요양보호사도 그만큼 멋진 양복을 입지 않았고, 젊지 않았다. 게다가 이 비서는 지적인 엘리트의 느낌도 있어, 참으로 오 총장의 사회적 지위와 명예를 잘 드러내 보였다.

"요즘은 내가 숙영 낭자한테 관심이 있어요."

"하하하, 그러시군요. 오 총장님 정도면 그런 미션 100개라도 거뜬할 텐데요."

오 총장은 휠체어를 보면서 고개를 저었다.

"춤을 못 추지만, 정신적으로 하는 건 가능하지요."

이때 의사 출신 입주자 남자가 말을 건넸다.

"저와 내기를 하지요. 미션을 누가 빨리 성공하느냐 하는 걸로요. 하체가 움직이시기 힘드니, 그런 제약이 있는 미션을 택하면 됩니다."

"그럴까요? 으허허허허허. 이 비서, 당장 그 앱에서 우리 내기에 알맞은 종목으로 알아봐서 코치해 줘요. 저의 일정이나 생활 전반 모든 건 우리 이 비서와 소통해주시면 감사하겠습니다."

오 총장의 너스레와 이 비서의 깍듯한 모심에 다들 웃음꽃을 피우면서, 세상 돌아가는 이야기를 했다. 흡사 프랑스 베르사유 궁전의 귀족 파티를 보는 듯했지만, 사실상, 저 이 비서가 모시는 듯한 상황이 없다면 그냥 실버타운의 전형적 꼰대들의 집합일 뿐이다. 자식 자랑, 돈 자랑, 과거에 내가 무슨 직업을 가졌는데 이만 자랑에 하루를 소일거리 하는 부류들.

하지만 청년 이 비서가 홀로 꿋꿋이 오 총장의 시중을 모

할마시 탐정 트리오

두 들어 주고 있어서, 저들은 상류사회 사교 클럽에서 환담을 나누는 중년의 모습으로 되돌아가 있는 듯한 느낌이 드는 것이다.

며칠 후, 오 총장은 이 비서를 대동하고 의사 부부 등과 맷돌 체조 미션을 수행하고, 실버타운 전용 앱에 관련 사진과 영상을 올리고 글을 달았다.

- 오늘도 숙영 낭자의 미션 맷돌 체조 대성공!

댓글이 달렸다.

- 풍요실버타운의 청년 총장님 멋져요, 그 옆의 이 비서는 정말 훈남 아이돌급~.
- 이 구역의 방탄이라니까요. 아이돌 총장님 최고~~~
- 인스타에 올려도 되쥬?

미션 성공을 알리는 축하 글들이 올라가고, 숙영 낭자 앱에도 같은 포스팅이 올라가자, 오 총장은 다음 날부터 식사 10분 이내 마치고 이 닦기, 화장실 다녀와 손 씻고 스마일 미소 짓기 등등 미션을 수행했다. 그 외에도 손으로 난이도 있는 요가 동작 따라 하기 등등 여러 미션을 수행했다.

물론 이 비서가 그 옆에서 찰떡같이 붙어 있으면서 화장실, 식당이고 모시고 다니고, 양치질 컵, 칫솔, 치약 등을 대령해 놓느라 더 바빠졌다.

오 총장의 미션 놀이에 점차 동참하는 사람도 늘고 그러던 중에 몇 주 지나 갑자기 오 총장이 안 보였다.

삼총사는 휴게실에서 커피와 쿠키를 들다 다정 할머니가 고개를 번쩍 들고 손가락을 튕겼다.

"오, 오 총장님 안, 안 보인 지 벌써…."

"정말 그러네. 그 숙영 낭자 앱인가 하다 몸살 나신 거 아냐? 덩달아 이 비서도 아파트서만 모시는지 안 보여."

이때 갑자기 경광등 소리가 요란하게 울리더니 119구급 차량이 가동 앞에 섰다. 휴게실에서 전면 창문으로 보였다. 들것과 이동식 침상과 제세동기를 들고 급하게 엘리베이터로 향하는 구급대원들.

"비켜 주십시오, 응급 상황입니다."

노인들이 슬며시 비키는 가운데 구급대원들은 엘리베이터에 올라타고, 7층에 섰다.

"대체 이번에는 누구야?"

구 교수가 스냅백 모자를 쓴 채, 핸드폰을 꺼내 뭔가를 입력하려 했다. 가영 언니가 슥 뒤로 다가가 보았다.

할마시 탐정 트리오

"뭐 적어요?"

"아, 그게 저. 별건 아니고요, 여기서 쓰러지거나 돌아가시는 분 그냥 캘린더별로 적고 있어요. 입주자가 나가는 것도요. 사라지는 분들은 아마도 방 빼고 나가시는 거겠죠? 가끔 보이다 안 보이는 분들도 있어서요."

"죽음의 리스트 그런 걸 작성하신단 말이죠? 일본 영화던가? 만화던가?"

나숙 씨가 끼어들었다. 구 교수가 답했다.

"흐음, 뭐 일본 만화 〈데스노트〉 같은 건 아니고요."

"그럼 뭐 〈지옥〉 화살촉이나 시연 같은 거예요? 지옥사자가 보내는 선고?"

"설마요, 그냥 그렇단 거죠. 어? 오 총장님이신데요? 저기 이 비서 봐요."

오 총장이 구급대 침상에 실려 나가고, 이 비서가 그의 소지품과 옷이 담긴 백을 들고 뒤따르고 있었다.

"세상에나. 이게 뭐람. 그렇게 호탕하게 웃던 분이."

"이, 이게 다 숙, 숙영 낭, 낭자 저주래요."

"웅? 무슨 저주?"

"숙영 낭, 낭자가 저주를 내려 다치거나 죽는데요…. 무, 무서버."

그 후 며칠간 풍요실버타운에 숙영 낭자 관련 소문이 분

분한 가운데, 오 총장이 중환자실에서 3일 있다 사망했다. 사인은 심장 부전에 의한 사망이었다.

이 비서는 장례 일을 잘 돕고, 유족들 부탁으로 유품 정리하는 동안 타운에 보름간 머물기로 했다. 그는 식사도 식사 시간 외에 하는 것처럼 모습을 잘 드러내지 않았다.

구 교수가 삼총사를 찾은 건 그의 장례식이 유명 대학병원에서 오일장으로 치러진다는 기사를 접하고 나서 일주일 후였다.

구 교수는 상의드릴 일이 있다고 조심스레 휴게실로 삼총사를 찾아왔다. 오늘따라 뿔테 안경에 머리를 따옴표 모양으로 만들어 꼭 코난 같아 보였다. 그 머리 스타일에 빈티지 힙색을 멋들어지게 어깨에 가로질러 둘렀다.

"오 총장님 사인이 아무래도 자연사 같지 않아요."

"아니 대체 무엇 때문에요? 장례도 잘 치르고 여기서 친했던 사회 인사들도 장례식장 다녀오고 그랬잖아요. 아무 문제 없는 것 같던데요."

"그 숙영 낭자 앱서 무리한 미션을 줘서 심장에 무리가 온 건 아닐까요?"

"아니, 그러니까 그 숙영 낭자 앱이 경찰 조사를 받아야 한다는 거죠?"

구 교수가 고개를 끄덕였다.

"그렇다니까요, 러시아 개발자처럼 사람 조롱하고 그러면서 죽게끔 만드는 거죠. 노인들을 서서히 죽어 가게 하는 걸로요. 신체를 힘들게 해서요. 그 바보 같은 미션을 왜 따르는지, 원. 나이를 헛먹었어요. 그런다고 젊어지나요?"

구 교수가 말하는 사건은 시사 프로그램에서 다루어서 가영 언니도 알고 있었다. 러시아의 필립 부데이킨이라는 게임 설계자가 만든 SNS 게임 '흰긴수염고래게임'에서 여러 가지 잔혹한 미션을 주어서 러시아 청소년들 140여 명을 죽게 만든 사건이 있었다.

구 교수는 스냅백 모자를 힙색에서 꺼내 옆으로 돌려쓰면서 이마에 주름을 지어 심각한 표정을 보였다.

"그게 이상한 게, 그 오 총장이 죽기 2주 전부터 두문불출했잖아요."

"그랬죠?"

"그런데 2주간 매일 밥을 이 비서가 방으로 가져갔다는데, 드론으로 배달 음식을 그렇게 시켜 먹었대요."

"드론요?"

실버타운이 도시에서 외진 데 있다 보니, 배달 음식 전문점에서 주문을 해도 배달기사가 멀다고 콜을 받지 않을 때는 가게에서 드론을 써서 배달하기도 했다. 그래서 김 실장이 참 귀찮다고 싫어하기도 했는데, 나중에는 본인도 스타벅스 등지에서 배달을 시킨 걸 보면, 이래저래 입주자나 직원들이 음식뿐 아니라 생필품도 드론으로 배달받은 모양이었다.

나숙 씨가 말했다.

"아니, 이 비서가 먹을 수도 있지요."

"그런다고 매일 시켜 먹어요? 그것도 그렇고, 자기가 모시는 분이 하늘로 가려는 증세가 분명 보였을 텐데 무슨 배달받을 정신이 있어요. 내가 오 총장 가기 3일 전 오 총장 옆집 이 사장이 운동화 하나 반품시킨다고 해서 받으러 갔다가 오 총장이 버럭버럭 이 비서를 혼내는 것도 들었다구요."

가영 언니는 구 교수 말에 귀를 기울이며 호응했다.

"흐음, 그렇다면."

"이상한 거죠. 죽을 사람이 음식을 그렇게 시켜 먹고. 그렇게 화도 낼 기력도 있구요."

"그, 그러다 마, 마비가 온 건 아닐지…."

"하여간 그렇습니다. 저는 주문이 와서 이만."

구 교수는 힙합 바지를 물결처럼 출렁이면서 엘리베이터 쪽으로 향했다.

삼총사는 어리둥절한 얼굴로 의논을 했다.

할마시 탐정 트리오

"아무래도 사건 의뢰는 없지만, 우리 풍요실버타운의 안전을 위해서 조사는 필요할 거 같은데."

"저, 저도 동감이에요⋯."

"그래, 우리 한번 조사해 보자. 수상쩍어."

"먼저 이 비서가 그렇게 음식을 지금도 많이 시켜 먹는지 한번 살펴보자구."

식사 시간에 삼총사는 식당과 슈퍼를 나누어 지키면서 이 비서를 살폈다. 나숙 씨는 오 총장의 아파트 복도 구석에서 잠복했다.

이 비서는 저녁 즈음에 아파트를 나섰다. 나숙 씨가 톡을 보냈다.

- 지금 집을 나섰어요. 미행 중.

나숙 씨는 이 비서가 엘리베이터에 타자, 슬쩍 뒤로 올라탔다. 서로 시선을 주지 않았다.

오 총장 돌아가고 나서, 이 비서는 두문불출하기도 했지만, 입주자들과 말을 전혀 섞지도 않았다. 이 비서는 지하 슈퍼로 가서 라면과 햇반, 어묵과 소시지 등의 반찬거리, 빵을 잔뜩 샀다. 한 번에 며칠씩 음식을 사서 가는 모양이었다.

이 비서는 음식만 한가득 사서 조용히 엘리베이터 쪽으로 갔다. 나숙 씨가 관찰을 끝내고 절뚝거리면서 지팡이를 펴서 짚고 나가는데, 슈퍼 이 사장이 앞을 슬그머니 가로막았다.

"분명히 뭔가 수상한 냄새가 나는데요?"

"네에?"

"제 와이프가 최근에 장 여사님 사건도 해결해 주신 어르신 탐정단인가 뭔가 새로 생겼다고 했거든요. 지금 오 총장님 비서 캐는 거 맞죠?"

나숙 씨가 당황했다.

"아, 아니에요. 비켜요, 저 화장실 가게요."

"이상하다, 근데 왜 이 비서 뒤에서 호박만 만지고 있었어요? 사지도 않으시면서요."

"저기 바쁩니다. 가요, 사장님."

나숙 씨는 슈퍼를 나와서 톡을 보냈다.

- 작전 실패. 미행 중 놓침. 음식을 꽤 많이 사 간 걸로 보임. 슈퍼 사장이 눈치 깜.
- 휴게실로~

삼총사는 휴게실에서 만나 작전 회의를 하는데, 노블레스 핵인싸들이 모여서 오 총장의 죽음을 애도한 후, 쉬쉬하면서 주변을 살피고 이야기를 나눴다.

노블레스 중 의사 출신 입주자가 말했다.

"그래도, 심부전이 심하진 않으셨는데 갑자기 악화됐다니, 나이가 나이인가 봅니다."

이번에는 변호사 출신 입주자가 조용히 목소리를 낮추었다.

"이상한 게, 가족들이 아무리 재산을 뒤져 봐도 금액이 적다는데요. 아파트에서도 별다른 재산 관련 문서는 안 나오구요."

"흐음, 그럼 대학 재단에 미리 기부한 것은 아닐까요?"

"기부 내역도 드러나기 마련인데요, 참 이상하죠. 그나저나 이 비서 아까운데, 제가 고용하고 싶어도 1억 원이나 되는 연봉은 해결해 주기 힘들죠."

"그 스위스인가 존엄사 해 준다는 단체에 가입해도 이렇게 먼저 가는 경우도 있네요."

삼총사는 어항 뒤로 몰래 숨어서 화분 잎사귀 사이로 들여다보며 이들의 이야기를 엿듣고 고개를 갸웃했다.

"가영 언니, 오 총장님 아무리 봐도 여자도 여기서 안 사귀고 그랬는데 당최 재산을 빼돌릴 데가 없는데 빈다니 의아해."

"그, 그래요. 게다가… 그렇게 재산이 많다고 자, 자랑을 하셨는데…."

가영 언니는 고개를 끄덕였다.

"이 비서는 몰래 방에 박혀 있고, 가족들은 드러난 재산이 적다 그런다. 솔직히 차명으로 되어 있다면 밝히기 어려워. 왜냐면 사망신고 후에 상속재산 조회 결과를 톡 문자나 이메일이나 우편으로 보내 줘. 그때 실명 재산만 알려 주거든. 여러 은행에서 사망자 잔금 찾아가라고 연락이 오는 거야."

"이 비서를 아파트 밖에서 매일 밤마다 살피다 미행하는 건 어때? 나올 날이 있겠지."

"언제 나올 줄 알고."

"아, 아마 밤에만 나올 거예요. 자주 안 보이는 걸 보, 보면요⋯."

삼총사는 그날부터 밤에 순서를 정해 망을 보기로 했다. 복도 끝에 소화전 옆에 의자를 두고 거기 앉아서 구멍 뚫은 상자를 뒤집어쓰고 보기로 했다. 만약 이 비서가 나와 의심쩍은 행동을 하거나 어디론가 가면 연락해 다 같이 미행하기로 했다.

첫날에는 이 비서가 나오지 않아, 가영 언니가 허탕을 치고 돌아갔다. 그리고 다음 날에는 나숙 씨가 허탕을 쳤다.

그다음 날 다정 할머니가 망을 볼 차례다. 갑자기 단체 톡방에 떴다.

  -비상! ㅁ모, ㅇㄴ여요.

다정 할머니는 문자로 오타를 많이 내고는 했다. 하지만 찰떡같이 알아본 가영 언니와, 나숙 씨는 만반의 준비를 하고서 다정 할머니가 알려 준 건물 밖 계단으로 나갔다. 가동 뒤에 마당과 분리수거장과 산책로로 향하는 계단이었다.

달빛 아래, 가영 언니는 머리에는 스카프를 두르고 트렌치코트를 입었다. 나숙 씨는 삼단 지팡이를 짚고서 검은 쫄바지에, 단추 달린 검은색 카디건을 입었다. 다정 할머니는 여전히 꽃무늬 금단추 니트였다.

"이, 이 계단으로 좀 전에 내려 갔, 갔어요⋯."

삼총사가 만나 슬그머니 내려가는데 나숙 씨가 나직이 부른다.

"저기, 언니⋯."

"무슨 일이야, 쉬잇."

"가영 언니, 먼저 가 따라잡아. 나 내려가는 계단은 무서워."

최근 수 병원서 엑스레이를 찍고 외부 정형외과와 협진을 통해 나숙 씨는 퇴행성 관절염 2기라는 진단을 받았다. 통증 지수에서도 40점대가 나와서 고통이 심각하다는 판정을 받았다. 그래서 그간 계단도 붙잡듯이 하고 내려갔던 것이다. 올라가는 것보다 내려가는 데에서 하중을 더 받아 위험도가 높고 고통도 심했다.

가영 언니가 돌아오려는데, 다정 할머니가 가라는 시늉을 하고 나숙 씨를 부축해 천천히 걸었다. 다정 할머니는 이러저런 장사를 오래도록 해서 힘이 제법 셌는데 거뜬히 나숙 씨를 케어했다.

"나, 나만 믿어요."

"거기 가만히들 있어. 내가 먼저 미행해 볼게."

가영 언니는 스카프를 눌러쓰고 몰래 살금살금 남자를 뒤따랐다. 저 아래 보이는 이 비서는 검은 사파리 점퍼로 온몸을 두르고, 어디론가 향했다.

비상계단을 내려간 그는 외부로 통하는 쪽문을 열고 나가서, 타운의 담벼락으로 걸어갔다. 쓰레기장과 재활용 분리수거장이 있는 곳이라 외진 곳이었다. 고양이 몇 마리가 획 사라졌다.

이 비서는 가로등 불빛 아래에서 무릎을 굽히고 고개를 숙여 무언가를 찾았다. 잠시 후, 담벼락 바닥에 얼굴을 가까이 대고 플래시를 비추면서 벽돌을 두드렸다. 통통 소리가 나는 벽돌을 손가락으로 집고 힘을 주었다. 벽돌이 빠지고, 그 안에 손을 들이밀어 여러 개의 통장과 도장, OTP 카드 등을 뺐다. 그는 물건들을 살펴보고 개수를 세고 나서 다시 넣었다.

"어구야, 이 지랄을 언제까지 해."

어느덧 다정 할머니와 나숙 씨가 가영 언니 뒤로 다가와 등을 툭 쳤다. 삼총사는 무언의 눈빛을 교환하면서 입가에 손가락을 쉿 하면서 가져다 댔다.

다정 할머니가 핸드폰을 주섬주섬 빼서 몰래 영상을 찍어 두었다. 나숙 씨도 녹음 버튼을 켰다.

이 비서는 잠시 후 작은 초 하나를 주머니에서 빼서 불을 붙이고, 두 손을 모아 합장했다.

"오 총장, 이제 내 꿈에 나오지 말고 제발 저리 저승으로 돌아가십시오. 그러길 바랍니다. 에이 씨. 남의 수면 방해하지 말고 제발 좀 올라가시라구요! 왜 그렇게 죽어서도 저를 귀찮게 해요. 네? 꿈에서도 양치질해 달라 하고!"

이 비서가 담벼락의 구멍에 꺼진 초를 집어넣고, 벽돌로 다시 구멍을 막고 일어서는데, 삼총사가 뒤에서 플래시로 얼굴을 비추었다.

"이 비서, 뭐 하는 거죠?"

"아이고, 깜짝이야! 엄마얏!"

이 비서가 뒤로 나자빠졌다.

"우리 엄마 아니고 할마시들인데."

가영 언니가 당당히 말했다.

"아이 참나, 아니 여기서 이 밤중에 뭐라는 겁니까? 사람 놀라게."

"방금 그거 손에 들고 살핀 거 뭐죠? 그리고 뭐라고 기도 한 거죠?"

나숙 씨가 핸드폰을 흔들었다.

"녹음했어요, 우리."

"영, 영상도."

"아, 아무것도 아니에요. 들어들 가서 주무세요."

가영 언니가 노려보았다.

"아니던데, 우리 녹화했다니까. 죽어서 귀찮게 한다면서요. 그게 무슨 뜻이죠? 오 총장님 죽음과 이 비서, 연관 있죠?"

이 비서가 한숨을 푹 쉬더니 눈이 뒤집혀 삼총사를 노려봤다.

"좋은 말 할 때 그 영상 지워요."

"이걸 어쩌나. 그럴 수 없는데. 김 실장 보여 줘야지. 히이."

"아니, 이것들이! 확 그냥! 늙어서 그냥 봐주려니까."

이 비서는 사파리 점퍼 안에서 독수리 머리 지팡이를 꺼내 들었다. 오 총장이 애지중지하던 물건이었다.

"이 할머니야, 조용히 안 있으면 나한테 골로 가니까, 알아서 기어요. 그 늙은이가 얼마나 악질인 줄 알아? 아파트에서는 이걸로 내 머리를 콩콩 찧었다구."

이 비서는 독수리 머리 지팡이를 들고 흔들었다.

가영 언니가 달래려 목소리를 낮추고 안타까운 얼굴로 말했다.

"진정해요, 그 양반 성질머리 괴팍하고 고집 센 거는 우리가 더 잘 알아요. 우리가 더 먼저부터 이웃이었으니까요. 이 비서 채용하기 전에. 정말 고약한 양반이죠. 가셨기에 좀 그렇긴 한데, 얼마나 인색한지 다 알잖아요?"

가영 언니가 슬슬 떠봤다.

이 비서는 한숨을 쉬었다.

"다 아시죠? 그럼요. 수전노 같으니라구. 소셜 공간에서는 노블레스 오블리주인 척 오지게 하다가, 아파트만 가면 나를 아예 잡아 쳐 죽였다구요. 얼마나 힘들게 한 줄 알아요? 폭언에 폭행에 장난 아니라구요. 주먹이나 지팡이로 마구 머리를 쳐, 인격 모독하면서요."

"그, 그래도 그, 그렇게 허망하게 가실 줄이야…."

"그 많던 재산은 이 비서에게 좀 떼 주지 않았어요?"

나숙 씨가 조심스레 다시 떠보았다.

"흥, 나한테 디그니타스 신청해 곧 존엄사 하면, 그 재산 모두 관리해 달라고 립 서비스만 된통 했습니다. 근데 그게 유산 코스프레였고, 사실 저한테 한 푼도 안 남겼어요. 변호사한테 유언장 사본 받아 봤다구요! 유산 절반을 재단에 기증한대요. 자녀 절반 남기고요. 이 비서랑 의논하라고 적혀 있습디다! 그래도 전요, 의리를 지키느라 저를 배신한 총장님 머리카락 바닥에서 쓸어 담아 여기다 보관 중입니다. 명복을 나 홀로 기린다구요."

가영 언니가 한숨을 쉬었다.

"후우, 명복을 비는 건 의미 있지만, 그래도 아까 보니 통장 같은 건 왜 숨긴 거죠? 본인 거라면 그럴 필요가 없을 텐데요."

이 비서가 갑자기 눈꼬리가 올라가고 표정이 매섭게 변했다.

"거짓말로 그동안 날 속였다구요."

"네?"

"아니 존엄사로 가면, 재산 관리권을 준다느니 1년 넘게 말해 놓고, 갑자기 안 죽고 무슨 고구려 시대 역사소설 10권을 집필 시작한다고 원고지를 개발새발 써서 나보고 워드로 쳐 오래요! 그게 무슨 개뿔 작품이라고! 엉터리 작품이라고요. 한문만 가득하고. 어허, 뽀글머리 할머니, 핸드폰 모두 녹음 꺼요! 바닥에 안 내려놓으면 정말 가만 안 있어요!"

그는 지팡이를 하늘로 처들어 당장이라도 내리칠 기세였다.

다정 할머니는 움찔하면서 핸드폰을 바닥에 내려놓았다.

"그, 그래서 이 비서가 그랬어요? 오 총장님이요."

가영 언니는 직접적으로 사인을 물었다.

이 비서는 손에서 지팡이를 조용히 내려놓고, 잠시 숨을 고르고 답했다.

　　　　　　　할마시 탐정 트리오

"아니, 절대 아니죠. 난 그저, 숙영 낭자 앱 개발자에게 돈을 건네고, 단계별로 심장에 무리 줄 수 있는 미션을 보내라 했죠."

개발자는 돈을 받고 '와인을 3잔 이상 연거푸 마셔라', '음식을 폭식해라', '주변인에게 분노를 폭발해라' 등의 미션을 주었다고 했다.

이 비서는 잠시 입을 닫고 과거를 더듬었다.

그는 이런 일을 개발자와 정보를 주고받고, 미리 그의 옷에 음식을 엎고, 기분을 안 좋게 해서 분노하게 하고, 혹은 폭식을 하고 와인을 마시는데 최선을 다하도록 기분을 맞춰 주었다. 그리고 공포 음악 등을 틀어 불안을 유발하고, 가족이 아프다고 이메일을 받았다고 말해 주고 연락을 못 하게 했다. 어떤 방법이든 써서 오 총장을 고립과 불안에 휩싸이게 했다.

심지어 그가 대신 관리하던 주식이나 채권 관련 정보도 주식 값이 하락해 재산을 날렸다는 등, 정보도 날조해 불안에 떨게 했다. 그리고 최근 몇 주간 오 총장이 몸이 불편하다고 주변에 말해, 식사도 드론 배달 등으로 대신 가져다주었다.

거기다가 오 총장에게 전화는 불통이고, 현재 실버타운에 여러 공사가 진행 중이라 통신망이 잘못됐다고 했다. 심지어 코로나보다 더욱 괴이한 바이러스가 돌아 밖에도 한 발자국 못 나간다고도 했다. 휠체어도 수리 중이라 없다고 해서, 거실의 안락의자에 앉아 있게만 했다.

이런저런 사정으로 폭식과 운동 부족, 그리고 외부의 자극 전혀 없이 공포와 고립과 불안감에 결국 심장이 마비된 것이고 그날 구급차에 실려 간 것이다.

이 비서는 잠시 생각에서 빠져나와 삼총사를 직시했다.

"자세히 말해 줄까요. 나한테 오 총장이 맨날 뭐라는 줄 알아요? 투 리브 위드 디그너티, 존엄하게 살래요. 그런데 왜 나는 그 사람 똥오줌 기저귀 같아요? 저는 있는 점잔 없는 점잔 다 떨면서 야동도 몰래 보면서. 흥! 파렴치한 사기꾼 늙은이 같으니라구. 총장 했으면 다예요? 제가 비트코인 실패만 안 봤어도 회사 잘 다니지, 여기서 이러지는 않았다구요. 그런데 나한테 뭐라 했는지 알아요? 딱 2년 후에 디그니타스로 존엄사를 할 테니, 자기 죽으면 재산을 관리하라는 거예요. 연락 두절 아들도 안 보겠다면서요, 저보고 유산 관리하면서 좋은 일 하라 꼬셨어요. 그런데 이제 와 디그니타스 신청 포기한다고 메일 보낸다는데 그게 나한테 사기 친 게 아니면요? 잘 죽었어요! 그런 사람이라구요."

삼총사는 에휴 한숨을 쉬었다. 뭔가 기대감을 주고 그걸 박살 내 버리면 화가 나는 것도 이해는 된다.

"저기 사실 제 이력도 다 뻥입니다. 대기업 다니지도 않았고 명문대 출신도 아니고 빚지고 공장에서 일하다 우연히 식당에서 혼자 밥 먹다 총장님 만났어요. 식사하는 게 힘들어 도와드리다 알게 된 사이에요. 총장님이 가족과 만나려고 실버타운을 잠깐 외출했는데 바람맞았다고 해서 불쌍해 노인 도와드린다는 게 악연의 시작이었죠."

이 비서는 잠깐 침묵 후 말을 이어 나갔다.

"저도 피해자라구요. 꼭 〈오징어 게임〉 나오는 그 설계자 할아버지처럼 사악하다니까요. 술 마시면서 뭐랬는지 아세요? 저 여기 데려오기 전에. 뭐? 지가 사자들이 새끼를 지키는 것처럼 지켜서 제가 안전하게 살 수 있게 돕는댔어요. 노인이 하는 말이라 설마 했지만 홀렸죠. 그래서 처음에는 운전사 겸 집사로 들어갔는데 이제는 간병까지⋯. 그만 여기까지 오게 됐다구요. 1억은 개뿔, 한 달에 꼴랑 200만 원 줬어요. 모두 지 체면 차리느라 이런 생쇼도 한 거죠. 그리고 품위? 웃기시네. 야한 사진이나 보면서, 흥."

가영 언니가 참다못해 대차게 나섰다.

"야 이 자식아. 우리도 야한 사진 본다. 그런다고 계획 세워서 죽이냐? 나쁜 놈. 니가 200 받고, 다른 사람한테 거짓말하는 게 불편하면 관둬야지."

"이용당한 거는요? 나한테 존엄사 후에 재산 관리하게 한다면서 거짓말하고 그런 거는요?"

"어찌 됐든 관뒀어야지. 안 맞으면."

"정말 이 할마시들이! 뒈질라고!"

이 비서가 독수리 머리 지팡이를 들고 가영 언니를 공격하려 하자, 갑자기 다정 할머니가 발을 떡하니 차서 명치를 날렸다.

"으아악!"

이 비서가 뒤로 나자빠졌다.

"아니, 대단하다!"

나숙 씨의 칭찬에 다정 할머니가 쑥스러워했다.

"맷, 맷돌 체조 동작 중 하나예요⋯."

"이 할마시들이! 야, 다 죽었어!"

가영 언니가 기염을 토했다.

"이미 우리 사회적으로 다 죽은 몸들이야. 누구 하나 찾는이 없다구! 이래 죽으나, 저래 죽으나!"

가영 언니가 이 비서에게 돌진하고 박치기를 한다. 그리고 다정 할머니는 지팡이를 뺏어서 도리어 때린다. 나숙 씨는 이 비서의 다리를 물고 놔주지 않는다.

"으으아아악! 살, 살려 주세요. 할머니들, 제발요."

세 명이 머리에 두른 스카프와 손수건으로 이 비서의 손과 발을 꽁꽁 묶어 버린다. 그리고 핸드폰으로 경찰과 김 실장에게 전화하는 그들.

"선생님, 이 밤에 무슨 일이십니까?"

"어서 이리로! 여기 쓰레기장 알죠? 뒷마당 후미진 데요! 어서요! 오 총장 그리 하늘로 간 거 사실과 진상을 알아냈어요. 경찰도 불렀다구요!"

이 비서가 발악하고 몸부림을 치자, 다정 할머니가 지그시 목을 눌러 진정시켰다.

"가, 가만있어. 죽, 죽어….."

"캑캑! 안 그럴게요. 가만있을게요. 살, 살려 주세요."

김 실장이 반들반들한 실크 잠옷 위에 가운을 걸치고, 슬리퍼 차림으로 달려 나왔다.

"아니 선생님들, 이게 무슨 일이세요? 아니 이 비서를 이렇게 만들어 놓고 대체 무슨! 제가 숙직이어서 여기 묵어서 다행이지."

"우리 정말 고생했어요."

"네? 무슨 고생요?"

"이 비서 때문에 개고생했다고요. 자, 녹음 파일 들려줄게."

김 실장은 잠시 녹취록을 들으면서 미간을 찌푸렸다.

"어, 이건 중대 사안입니다. 경찰은요?"

"당근 불렀지. 사인은 밝혀져야겠지만, 우짜 됐든 우리가 알아낸 건 이 정도. 그리고 저 뒤에 담벼락 벽돌 사이에 통장이나 카드 같은 거 숨긴 거 봤어요."

나숙 씨가 몸을 숙이고 돌을 퉁퉁 쳐서, 통장과 OTP 카드 그리고 재산 목록이 적힌 작은 수첩을 찾아냈다.

경찰들이 도착했고, 이 비서는 진술하기 위해 임의동행 형식으로 서로 향했다. 그리고 통장 등도 일단 증거로 경찰들이 들고 갔다.

"선생님, 저는 이 밤중에 뜬금없이 찾으셔서 정말 놀랐다구요."

"왜 노망난 줄 알았나 보지?"

김 실장은 진지한 얼굴로 말했다.

"비슷하게 느꼈습니다. 하지만 이렇게 진실을 밝혀 주시니, 나중에 더 큰 일이 벌어질 뻔한 걸 막아 주셨어요. 당장 공문을 걸고, 그 숙영 낭자 앱인지 입주자분들 모두 삭제를 부탁드리고, 앱 개발사에 항의할 겁니다. 정식으로 수사하라고 경찰서에 공문으로 요청드릴 겁니다."

"그래요, 내가 녹음과 영상 파일 보내 줄게요, 톡으로다."

그날 밤, 삼총사는 가영 언니의 집에 모여서 잤다. 사건을 해결한 뿌듯함보다는 이 비서가 그렇게 오 총장을 죽게 하려고 계획을 세운 게 무섭게 여겨졌기 때문이다.

침대 한 이불에 옹기종기 들어가 도란도란 말을 나누면서 어느덧 잠에 들었다.

일어나 보니 아침 7시, 평소 새벽 4시에 깨서 잠을 설치는데, 피로했는지 커튼 사이로 들어오는 아침 햇살에 눈이 번쩍 떠졌다.

그날 수영 수업이 끝나고, 점심 먹기 전에 휴게실에서 커피 타임을 가진 삼총사, 이들에게 입주자들의 삼삼오오 속삭이는 소리가 들려온다.

"오늘 단톡방이나 행정실에서 게시판 공문 봤지. 그 숙영 낭자 앱이 건강에 유해하니 모든 입주자들에게 금한다고 하는 말. 세상에나, 아니 오 총장님 그거 하다 건강 나빠진 거 아냐?"

아직, 경찰 조사 중이라 김 실장은 이 일 관련해 입단속을 했다. 그는 숙영 낭자 앱 금지만 하고, 이 비서 관련한 다른 말은 일체 적지 않았다.

나숙 씨가 숙영 낭자 앱을 검색하다 관련된 나무위키를 검색하고, 숙영 낭자 앱과 비슷한 사건이라고 보여 주었다.

러시아의 필립 부데이킨이라는 게임 설계자가 만든 SNS 게임 '흰긴수염고래게임' 말고도 '모모 귀신'이라는 다른 귀신 캐릭터가 어린이들에게 해를 끼친 사건도 있었다.

"아니, 왜 이런 게임이 이제 늙은이들도 혹하게 하는 거야. 참으로 평생 미혹을 경계해야 된다니까."

삼총사는 커피를 마시면서 어젯밤 일로 놀란 가슴을 쓸어내리고, 부디 오 총장의 사건이 잘 해결되기를 바랐다.

며칠 후, 숙영 낭자 앱을 금지시켜 달라는 국민 청원이 몇몇에 의해 진행됐다. 삼총사는 이 비서가 오 총장의 죽음과 관련해 조사를 받고 재판을 받게 될 거라는 소식을 김 실장으로부터 전해 들었다.

사실, 오 총장의 방을 뒤늦게 조사해 보니, 심부전 관련해 먹는 약이 많이 남아 있었는데, 이 비서가 의도적으로 약을 바꿔치기해서 안 먹게 한 정황이 드러나 경찰들이 더 조사 중이라는 것이다.

삼총사는 놀랐다. 이건 살인 의도가 다분히 있었다. 물론 숙영 낭자 앱으로도 그런 분위기를 조성했지만, 약을 감추고 다른 약을 먹이다니. 그래서 그렇게 가게 된 것이라는 확신이 들었지만 모든 건 경찰과 검찰, 재판정에서 밝힐 일로 남길 수밖에 없었다.

05
—

몸캠피싱 피해자

박 교장의
사건 의뢰

GRANDMA
DETECTIVES
TRIO

풍요실버타운의 넘버 원 패셔니스타 구 교수는 오늘 구찌 스냅백에 룰루레몬 조거팬츠에 상의는 딱 붙는 폴로 니트에 신발은 나이키 빈티지를 신었다. 구 교수는 옷차림은 20대 청년이지만 얼굴 피부는 그대로 70대였다. 과거 경제학과 교수로 근무할 때는 점잖은 슈트만 입은 게 여한이 되어서 실버타운에서 입고 싶었던 옷을 해외 직구로 사서 착용하는 중이다. 그걸 또 리세일해서 재테크도 잘한다고 소문났다.

그의 뒷모습은 청년 같아 배달기사인가 싶어 입주자들이 자녀들이 보낸 택배 문의하러 잡지만, 자세히 보면 조거팬츠 실루엣으로 보이는 O자 다리가 제 나이로 보이게 한다.

그는 수영 수업서도 날렵하게 발군의 실력을 드러내기도 한다.

구 교수는 단짝 친구인 박 교장을 데리고 가영 언니의 탐정사무소에 찾아왔다. 최근에 삼총사는 '할마시 탐정 트리오'라는 탐정단 명을 적은 명함을 입주자들에게 돌렸다. 간간이 사건 문의도 있었다. 사무소는 가영 언니의 아파트였다. '할마시'라는 말은 할머니가 미울 때 부르는 방언이라던데, 임시 탐정단 명칭이었다. 최근에 빌런들이 대거 영화나 드라마에서 인기를 끄는 걸 보고 나숙 씨가 오히려 순한 할머니 같은 이미지보다 할마시 이미지로 세게 나가 보자 해서 아예 정식 명칭이 되었다.

"무슨 일이세요?"

나숙 씨가 노트와 펜을 들고 날짜와 구 교수, 박 교장의 이름을 적고 사무 일을 보면서 물었다.

"여기가 어떤 데인 줄은 알고 오셨죠?"

"그럼요. 이제는 명함도 팠잖아요. 나도 그간 알게 모르게 도움도 줬잖아요? 정보로."

"그거야 그랬죠."

구 교수가 날렵하게 옷차림을 뽐내면서 다정 할머니가 주춤거리며 내주는 낚시 의자에 앉았다. 의자 뒤에 가영 언니의 드라마작가 시절 필명 '이가영 작가'라고 적혀 있다. 스태

프용 의자에 특별하게 작가 이름을 새겨 만들어 준 선물이라 했다.

"집기를 아직 못 갖춰서요. 거기 앉으세요."

"저어, 사건 의뢰를 하러 왔습니다."

구 교수는 진지하게 말했고 박 교장은 엉거주춤 헐렁한 양복바지 자락을 올리면서 쑥스럽게 고개만 숙여 보였다.

"이 친구 박 교장이 사기를 당했어요."

"사기요?"

"네, 그게 참⋯."

가영 언니가 눈을 새초롬하게 뜨면서 물었다.

"차근차근 말씀해 보세요."

"저기 할마시 탐정단이 오 총장님 사건 해결에 일등공신이라는 이야기를 들었죠. 대단들 합니다."

"어맛! 그건 특급 비밀인데. 흐음, 말해 보세요."

구 교수가 입을 열려는데, 박 교장이 손을 잡아끌고는 한숨을 쉬고 입을 열었다.

"사실 제 일입니다. 그게 저, 제 체면이 말이 아니게 됐소. 사실은 작년에 집사람도 가고, 아이들도 여기 찾아오지 않아 적적하던 차에, 한 달 전에 앱으로 이미정이라는 분을 알게 되었소."

박 교장의 말에 의하면, 남편과 사별한 60대의 이미정은 잠실에 사는데, 심심해 50대 이상의 싱글을 위한 소개팅 앱에 가입했다가 박 교장을 만난 것이라고 했다.

"첨에는 미정 씨가 제 사진을 보고 젊다고 했고 또 여기 방이 건조하다고 하니, 보디로션이나 미니 가습기도 보내주고 그랬소. 주소는 에휴, 이제 와 검색해 보니, 존재하지 않는 곳 같소이다."

"네, 그런데 박 교장님은 예전부터 참, 사극 말투가 어울리는 분 같습니다. 제가 사극 드라마는 안 써 봤지만 언젠가는…"

나숙 씨가 다른 데로 이야기가 새는 가영 언니의 허벅지를 볼펜 뒤 꽁지로 쿡 찔렀다.

"아, 죄송해요. 말씀 계속하세요."

"미정 씨가 참 사근사근하고 말도 예쁘게 해서 저도 체력 단련실에서 근육 단련하는 모습도 젊은 감각으로 찍어 보내주고 그랬소."

구 교수가 인스타그램 사진을 보여 주었다. 사진에는 박 교장이 메리야스를 입고 체력단련실에서 기구로 광배근 운동하는 모습이 있었다. 구 교수가 설명을 이어 갔다.

"이 사진 내가 찍어 준 겁니다. 그런데 이 친구한테 그 이미정인가 하는 여자가 자꾸 요상한 걸 요구했다지 뭡니까? 허 참, 내가 리세일 재테크에 한참 빠져서 이 친구와 안 놀아 줬던 그 시기 바로 이런 일이 일어난 겁니다."

이미정은 점차 몸에 딱 붙는 원피스를 입은 사진을 보내더니, 언젠가는 박 교장에게 누드 사진을 요구했다는 것이다. 박 교장은 그만 요구에 못 이겨 누드 사진을 보냈다고 했다.

그런데, 이미정은 선물을 보냈다면서 택배 관련 문자를 보내 박 교장이 열게 했다. 박 교장이 그 문자를 열고 프로그램을 다운받았다. 이미정은 그때부터 박 교장의 폰에 피싱 앱을 깔았으니, 연락처에 있는 지인에게 누드 사진을 보내겠다고 협박했다는 것이다. 그 협박을 받은 지 3일이 됐고, 이번 주말까지 돈 천만 원을 보내지 않으면 바로 지인들에게 사진을 뿌린다고 했다.

박 교장은 사실을 털어놓고 고개를 푹 숙였다.

"경찰에 신고할 수는 없소. 자식들 볼 면목이 없고, 이런 사이버 피싱에 걸린 내가 너무 한심하오."

"하구, 이 친구가 고민하다가 나한테 오늘 오전에 겨우 털어놓았는데, 경찰에 알리면 자결할 거라고 해서 고민고민하다 여기까지 온 겁니다."

가영 언니는 잠시 후 입을 열었다.

"그 이미정이라는 사람 사진 좀 봐요."

박 교장이 내민 사진에는 중년 여성이 원피스나 니트를

입고 포즈를 취하고 있었다.

"60대로 안 보이는데?"

다정 할머니가 입을 천천히 열었다.

"나, 나 이 쇼, 쇼핑몰 알아요…. 본 적 있어요."

다정 할머니가 폰에서 찾은 쇼핑몰은 중년 여성을 위한 의류를 파는 데였다.

"이럴 수가, 사진을 도용했네요. 이미정 씨는 남자인지 여자인지도 확실하게 몰라요."

박 교장은 눈물을 뚝뚝 흘렸다.

"그, 그동안 이미정 씨를 무척 사랑했소. 그런데 사실 일주일 전에 병원비나 임플란트비도 모자라다고 해서 오백만 원을 급하게 보냈지만, 또 돈 꿔 달라는 요구가 있었소. 그래서 더는 안 되겠다고 했소이다. 고민하다가 서울서 직접 얼굴을 한번 보고 만나자 했더니 갑자기 태도가 돌변하면서 피싱 문자를 보내 협박했소. 그리고 천만 원을 보내라고 하고. 경찰에 신고도 못 하겠고, 이제 나는 어쩌면 좋소. 어흑흑…."

박 교장이 흐느끼는데, 가영 언니는 고민했다. 구 교수가 박 교장의 폰을 열어 사진을 보였다. 박 교장이 중절모로 성기 부분을 가리고 찍은 누드 사진이었다.

나숙 씨는 히익 놀라고, 다정 할머니는 시선을 돌려 천장을 보았고, 가영 언니는 사진을 뚫어져라 봤다.

"이게 양호한 정도이고, 다른 사진은 정말 올 누드랍니다. 이번 주 일요일 자정 12시까지 돈을 안 보내면 퍼뜨린다는데 어떻게 합니까?"

"뭐 어떻게 해요? 당장 경찰에 신고해야죠."

"아, 아니 되오. 흑흑, 내가 차라리 자결해야…."

가영 언니가 물었다.

"저기, 그 이미정이라는 그 사람은, 사실 이미정도 본명은 아니겠지만 하여튼 그런 쇼핑몰 사진 말고는 다른 사진 없어요? 아무 거나요."

구 교수가 재빨리 톡 방을 열어서 누드 사진 등은 얼른 스크롤로 내리고 다른 사진을 보였다.

"이미정이란 사람이 보낸, 이런 사진이 있더라구요."

여자의 구두를 찍은 사진이 보였다.

"아하, 그러니까 얼굴과 몸은 쇼핑몰 모델로 그리고 구두를 찍은 사진을 보냈네요? 이것도 도용한 게 아닐까요?"

"그게 저, 이건 여러 장의 사진을 찍어서 보냈던데요?"

구 교수 말처럼 여러 각도의 구두를 아파트 놀이터 같은 데서 찍어 보낸 사진들이 3장 정도 있었다.

"일단 이 사진 좀 저한테 보내 주세요. 아이폰이니까, 에어드롭으로 보내 주세요."

구 교수는 얼른 사진을 보냈다.

구 교수와 박 교장이 돌아간 후, 삼총사는 남아서 사진을 분석했다.

"나숙 씨, 이거 봐 봐. 사진을 같은 각도에서 여러 장 앞뒤로 찍어서 보냈어. 이건 그래도 범인이 찍은 것 같은데."

"근데, 발목 말이야. 저렇게 힘줄이 퍼렇게 나와 있는데 아무래도 남자 같지 않아?"

"그렇게 보이긴 해."

"나, 남자 맞아요. 구두도 펌프스 같, 같은데 남자용 같, 아요."

"가만 있자. 여기 이 놀이터 시소 보이지?"

가영 언니가 사진을 확대했다.

"여기에 푸른타운이라고 적혔어."

"어? 맞다. 우리 실버타운에서 가장 가까운 신도시 아파트 잖아."

"이 근처 사는 사람인가? 것보다 그렇다면 혹시 아는 사람 아니야?"

"에이, 설마."

가영 언니는 짚이는 바가 있어 박 교장에게 전화를 걸었다.

"박 교장님, 혹시 최근에 핸드폰 누구한테 맡겼던 적 있었어요? 기억을 더듬어 봐요. 그 앱으로 이미정 씨 만나기 전에요."

박 교장은 기억을 더듬은 후에, 한두 달 되었나, 핸드폰을 휴게실에 놓고 가서 잃어버렸는데 행정실에서 되찾았다고 했다.

삼총사는 부리나케 행정실로 달려갔다. 김 실장과 말을 나눌 수 있는 좋은 기회를 놓칠 가영 언니가 아니었다.

김 실장은 마침 사무를 보고 있었다.

"무슨 일이세요? 작가님?"

"김 실장님, 한두 달 전에 박 교장님이 핸드폰 잃어버린 거 여기서 찾았다는데요? 그 일 자세히 좀 알아보려구요."

김 실장은 뭔가 싶어 실눈으로 떠 보는 표정을 지었다.

"무슨 일 때문에 그러시죠?"

"드라마 쓰는 일로 취재차 알아보려구요."

김 실장은 일어나서 분실물 장부를 열어서 보여 주었다.

"여기 지난달 13일 핸드폰을 박 교장 선생님께 찾아 드린 기록이 있네요? 하얀색 아이폰 7이구 잃어버린 장소는 휴게실입니다. 그날 오후에 찾아가셨는데 무슨 드라마 취재가 되는지 모르겠습니다."

다정 할머니가 손으로 조심스레 짚었다.

"박, 방 과장님이 누구인…지요?"

찾아다 준 사람에 방 과장이라고 적혀 있었다.

"어, 왜 의료용품기 품질 조사해 주는 분 기억나시죠? 휠체어나 안마의자 같은 의료기 생산하는 효도메타테크 의료용품회사 방정호 과장님이세요. 그분이 주워다 주셨어요."

가영 언니는 기억이 났다. 키가 작고 땅땅한 체격에 항상 검은색 서류 가방을 들고 다니면서 입주자들에게 휴게실에 있는 의료기기 품질을 묻고 설문조사도 하고 AS 문의도 받는 사람이었다.

"그 사람 맨날 여기 오죠? 오늘 들렀다 갔나요?"

가영 언니가 다급하게 물었다.

"아까 오셔서 휴게실에 계실 텐데요."

삼총사는 일단 행정실을 나와 휴게실로 향했다. 나숙 씨가 관절염으로 절룩이자, 나숙 씨와 가영 언니가 양옆에서 손을 잡고 천천히 휴게실로 갔다.

1층에 있는 휴게실에 최근 체험존이 확대됐다. 여러 종류의 식물들 사이사이 곳곳에 안마기와 안마의자 그리고 물리치료기 등이 체험할 수 있게 되어 있다. 의료기기를 들였을 때 처음에는 사람들이 붐볐지만, 점차 수영 수업이나 체력단련실에 몰리면서 지금은 한산한 편이다.

그런데 오늘따라 가영 언니의 눈에 풍요실버타운의 힙한 영감들하고 노파들이 모여 있었다.

"무슨 일이지? 휴게실 안마의자가 자식들이 사 준 거보다 별로라 거들떠도 안 보던 양반들이?"

노블레스 핵인싸들도 있었다.

그들을 헤치고 안으로 들어가 보니, '청춘을 메타버스 공간에서 되돌려 드립니다'라는 플래카드가 걸려 있고 그 아래로 테이블과 의자를 치워 마련된 공간에 침대 3개가 놓여 있다. 그리고 할머니, 할아버지들 등 입주자들이 침대에 누워 있었다.

방 과장이 특유의 사람 좋은 미소로 살갑게 굴면서 설명했다.

"앞으로 저희 효도메타테크 의료기회사에서는 메타버스로 청춘을 찾아 드리는 프로젝트를 진행해, 더 나은 실버로서의 생활에 진입하게 해 드립니다. 자, 다들 체험해 보세요. 어서 오세요, 판사 아버님."

판사를 아들로 둔 공 영감이 나와서 침대에 누웠다. 도무지 방 과장에게 분실 핸드폰 이야기를 건넬 틈이 없었다.

"저, 저 저거 저, 저도 해 보고 싶, 싶어요…. 메, 메타버스…."

다정 할머니는 순서를 기다렸고, 드디어 가영 언니와 나숙 씨의 도움으로 침대에 누웠다.

방정호 과장 일을 돕는 여자 직원이 다정 할머니 폰을 받아서, 돌아간 남편과 자식들 그리고 하버드 손주 사진을 컴퓨터에 입력했다. 그리고 다정 할머니의 더듬거리는 말을 가영 언니가 해석해서, 보고 싶은 과거의 이야기들을 메타버스 프로그램에 입력했다.

젊은 20대 남자 프로그래머가 그 옆에서 바로바로 비슷한 캐릭터에 사진을 입히고, 공간을 따와 만드는 일을 진행했다.

1시간여 기다린 후에 다정 할머니의 눈에 스마트 안경 고글이, 손에는 장갑이, 귀에는 무선 이어폰이 그리고 머리에는 전기 자극 침이 꽂혔다. 몸에 극세사 이불이 덮이면서 귀로 명상음악이 흘러나왔다.

다정 할머니가 눈을 살포시 감았다 천천히 뜨는데, 갑자기 오래된 주택이 나타난다. 과거 남편과 살았던 단독주택 같다. 꼭 같지는 않지만 꽤 비슷하다. 마당에 소나무, 자그마한 의자와 테이블, 그리고 삽살개 한 마리와 집 안에는 딸과 손주가 나와 다정 할머니를 꼭 안아 준다.

남편의 얼굴이 젊어지면서 다정 할머니는 40여 년 전, 과일 트럭 장사 다니면서 아이를 끌어안고 젖 주던 모습이 보인다.

"아, 아, 해인아."

딸이 아기를 낳는 그 경이로운 순간도 눈에 보인다. 다정 할머니는 손을 내밀어 손주를 꼭 안아 준다.

"아구구, 우리 손주."

순간, 눈에 갑자기 명동 거리가 보인다. 명동의 음악다방에서 쎄시봉의 노래가 흘러나온다. 20대의 남편이 커피 잔을 더듬거리다 용기를 내서 다정 할머니의 손을 잡는다.

"평생 행복하게 해 줄게요."

다정 할머니 눈에서 눈물이 안경 너머로 흘러나온다. 손수건으로 눈물을 닦아 주는 가영 언니.

한편, 나숙 씨도 신청해서 스마트 안경을 끼고 영상이 흘러나오는 걸 무연하게 본다. 과거 교사로 근무하던 시절 학생들과 학교 축제를 준비하면서 웃고 떠드는 나숙 씨.

그보다 더 과거로 회귀한다. 지금의 공차 비슷한 카페에서 붉은 반소매 티셔츠를 입고 알바생이 된 나숙 씨, 자세히 보니 가영 언니, 다정 할머니도 20대 초반의 얼굴이 되어서 음료를 제조하고, 나른다.

딩동, 벨이 울린다.

"네, 음료 나왔습니다. 손님."

거울을 보니 모두 20대의 생생한 활기찬 얼굴들이다.

"인스타에 올리게 사진 좀 찍어 줘, 가영 언니."

"알았어."

망고 요쿠르트 음료를 제조하는 나숙 씨.

"룰루랄라, 요구르트에 얼음을 보통으로 넣고, 당도는 50 퍼, 그리고 화이트펄을 추가."

손으로 타피오카를 넣고 휘휘 저으려는데, 손님이 소리를 빽 지른다.

"할머니, 왜 그걸 손으로 저어요?"

"네?"

나숙 씨가 손을 들어서 보면서 환상이 끝났다. 스마트 안경을 빼 주는 방정호 과장.

어리둥절한 채 손을 잡고 천천히 일어나 선다.

방정호, 박수를 유도한다.

"어르신, 보셨죠? 우리 효도메타테크의 메타버스 청춘 되찾기 프로그램은 20대의 청춘 리즈 시절로 돌아가게 해서 이루 말로 다 못할 행복한 마음을 충만하게 채워 드립니다. 정신이 건강하면 어떻다? 당근 체력도 증진되겠죠. 어르신 일어나 보세요. 툭툭 털면 불편한 다리도 말짱해질 겁니다. 운동이 힘들고 노안이 와서 독서가 힘든 노인들에게 획기적인 뇌 자극 운동을 시켜 드리는 프로그램입니다. 치매는 막을 수 있습니다! 안전하게 과거의 추억으로 기억을 끊임없이 회귀하고 자극시켜서 경도인지장애로 가는 걸 막습니다."

방정호가 자극을 주고 힘을 나게 해 그런지, 다정 할머니는 활짝 핀 얼굴로, 나숙 씨는 바른 자세로 서서 몸을 일으켰다.

"의료테크의 신세계를 바로 여기 이 풍요실버타운에서 최초로 선보일 테니, 모두 기다려 주십시오. 입주자 어르신."

방정호에게 입주자들이 우레와 같은 박수갈채를 보낸다. 호응하고 환호하는 입주자들.

방정호가 메타버스 관련 기계를 챙기는 중간에 가영 언니가 슬그머니 와서 묻는다.

"그 프로그램 말이죠, 청춘 찾아 주는 메타버스 언제 상용화돼요? 그거 놓는다고 여기 생활비 오르는 거 아니죠? 저도 이 실버타운 입주한 지 몇 년 됐는데, 생활비 상승할 때마다 불안 불안하다구요."

"입주자 어르신, 어찌 돈을 따지고 있겠습니까? 저희는 무조건 입주자분들의 쾌적한 생활환경 제공에 최선을 다하고 어르신들 마음을 헤아려 드릴 뿐입니다. 여기 명함 받으십시오."

이번에는 나숙 씨가 조심스레 물었다.

"방정호 과장님, 저기 왜 저번에 교장 선생님이 핸드폰 잃어버렸을 때 찾아 주신 적 있죠?"

방정호가 고개를 갸웃하다 궁금하다는 듯 반문했다.

"무슨 말씀이신지, 아아 맞다! 저번에 여기에 기계 설치하고 그럴 때 핸드폰 하나 주워서 행정실에 가져다 드린 적 있죠. 무슨 일이세요?"

"아, 그거 고맙다고 박 교장님 말씀하셔서요."

"그러시구나. 당연히 해 드려야 할 일을요. 네, 알겠습니다. 그럼 저희는 이만 다른 곳도 둘러봐야 해서요."

방정호 일행이 짐을 챙겨 떠나자, 가영 언니는 고개를 갸웃했다.

"방정호 과장 말이야, 신발도 그냥 일반 스니커즈 신었던데? 펌프스는 아니구, 우리가 너무 과민 반응을 했나? 그나저나 탐정사무소 괜히 론칭했나 봐. 내가 무슨. 그냥 허구의 추리 드라마 썼던 사람인데."

"가영 언니, 형사님들도 취재해 보니까 맨날 삥이 친다면서. 그냥 이런 조사도 저런 조사도 해 봐야죠. 덕분에 다정 할머니 나나 메타버스인가 체험도 하구 얼마나 알차요, 안 그래요? 나는 우리 셋이 스물 정도로 돌아가 알바하는 걸 봤어. 완전 영화 같더라니까. 관절염도 없고 날아다녀."

"너, 너무 좋, 좋았어요…. 자식도 손주도 보구요. 가, 가영 언니도 할, 할걸."

"아구 우리 착한 다정 할머니, 괜찮아. 나도 나중에 설치
됐을 때 와서 하면 되지, 안 그래?"

　삼총사는 사건도 의논할 겸 일단 가영 언니 아파트로 모
였다.
　"우리 메타버스로 과거 추억 여행 기분도 나겠다. 내 방
가서 진실 게임이나 하자. 술 마시면서. 탐정사무소는 잠깐
쉬자구, 히히."
　"술? 안 될걸, 슈퍼에서 입주자한테는 안 팔잖아. 그 장수
말벌주는 넘 써."
　"후후, 내 그럴 줄 알고 우리 딸한테 팩 와인 몰래 부치라
했지."
　가영 언니의 아파트에 모인 삼총사는 소주잔에 와인 한
잔씩 따라 홀짝이면서 과거 이야기에 열을 올렸다.
　"하여간에 설라무네, 그 피디는 나를 좋아한 건지, 내가 내
는 작품이 좋은 건지 마구 좋다 좋다 그러더만, 결혼은 다른
배우랑 하대."
　"푸하하하하."
　"어, 어머. 히히히."
　"다정 할머니도 말해 봐. 어떤 즐거운 게 있었어. 남편하고."
　"과거 이야기가 많기는 한데."

다정 할머니는 과거를 돌이켜 보았다. 과일 행상부터 시작해, 호떡 노점, 닭강정 집, 급식 케이터링 등 안 해 본 일들이 없었다. 고생을 많이도 했다. 손이 다 부르트고, 뺨이 부르트고, 일 끝낼 때 되면 장화 안에 물이 들어가 있기 일쑤였다.

손과 발에 굳은살과 각질이 가득했는데, 로션을 발라도 소용없었다.

"고, 고생 많이 했던 시절이지만, 남편과 행, 행복했어요. 애들도 공, 공부 잘하고…."

가영 언니가 다정 할머니의 손을 만졌다.

"손이 참 곱다."

"일, 일을 관두니까 고, 고와져요."

"다정 할머니는 정말 복 받을 자격이 있어. 고생 많이 해서 애들 다 키우고."

가영 언니는 웃긴 이야기를 해 주겠다고 했다.

"하루는 드라마가 폭망해서 그만 딱 죽고 싶었던 거야, 한쉰다섯 즈음 됐나. 갱년기 증세도 끝나고 이제는 여기저기 간지럽고 살은 너무 늘어지고 불편해. 그러다가 성형이나 하나 해 보자 했지. 집에서 매일 앉아서 일하니까 아래 가랑이 부분이 너무나 습하고 그래서 알아보다 여성 수술 특화 산부인과에서 늘어진 살과 지방을 도려내고 감쪽같이 봉해 주는 대음순 비대증 수술이 있는 거야. 눈 딱 감고 하려다, 수면 마취가 잘못돼서 응급실에 실려 갔는데, 아니 그걸 어떤 기자가 경찰서 갔다가 의료사고 정보로 내 케이스를 들어 가지고 기사로 쓴 거야. 나쁜 놈들. 드라마 폭망할 때랑 웃긴 수술할 때만 기사 쓰고 말이지."

"쿠하하하하."

"알고 보니 방송사 언저리에서 나를 대 드라마작가라고 별명을 붙여서 어쩌나 화가 나고 또 웃프던지. 히히. 다 추억이고 호랑이 담배 피던 시절 이야기야."

"깔깔깔. 난 결혼은 안 했지만 그래도 찐하게 연애하던 시절 추억이 있어. 그런데 집안 사정으로 헤어졌고, 너무도 결혼을 하고 싶어서 한동안 중매업체에 내 사진을 보내려고 스튜디오 가서 멋지게 여러 장 찍기도 했지. 봐 봐."

나숙 씨가 젊은 시절의 사진을 보여 주었다. 풍성한 헤어에 탄력 있는 얼굴과 몸매, 멋졌다.

"인, 인스타 올려도 되, 되겠어요."

"그럴까?"

가영 언니가 손가락을 튕겼다.

"박 교장 말이야. 어떻게 희생자가 된 거지? 인스타 아닐까?"

"혹, 혹시 인, 인스타 사, 사진일지도요."

다정 할머니 말에 가영 언니가 고개를 끄덕였다.

"흐음, 그러니까 박 교장이 이미, 인스타그램 등에 외로워하는 글을 올리고 하니까, 타깃이 됐을 수 있다는 거지?"

"가영 언니, 내가 구 교수한테 인스타 주소 물어볼게."

잠시 후 박 교장의 인스타그램에 들어가자, 나시 티를 입고 헬스를 하는 모습, 거울 보고 찍은 셀카 사진, 등 근육 사진 등이 올려진 계정이 나왔다.

"흐음, 좀 특이한 사진이구만. 몸짱도 아니구, 그렇다구 뭔가 매력적인 사진은 아니지만, 어색해도 특이해서 눈에는 띄겠어."

"어어, 여기. 봐 봐, 댓글에 누군가 달았어."

- 넘 멋져요!!~~~ 오빠로 불러도 되죠.

등등 찬사를 보내는 댓글이 여러 개 달려 있지만, 박 교장은 모른 척 무시했다.

가영 언니는 전화로 박 교장에게 물었다. 인스타그램에 댓글 달아 준 사람을 아는지. 박 교장은 로맨스 스캠 범죄인가 두려워 대꾸도 안 하고, 맞팔도 안 해 주고, 메시지도 받지 않았다고 했다.

댓글을 달아 준 계정으로 들어가 보니, 여성의 옆모습이었다.

"이 사진 말이야, 이미정으로 사칭한 그 사진과 흡사한
가?"

"아니, 다른 것 같아."

"하긴 워낙 이런 종류 범죄가 많아서 말이야."

"저, 저기 여기요…. 이 사진요."

다정 할머니가 가리킨 인스타그램 사진은 대형 어항 사진
이었다.

"여기 우, 우리 사는 데 같아요."

"설, 설마!"

"대박! 가영 언니, 맞는 거 같아."

김 실장이 아쿠아 스케이핑을 하면서 애지중지 신경 쓰는
휴게실의 대형 어항을 찍은 사진이었다. 장소는 안 보이게
어항에 집중해 찍었는데 바로 나뭇가지들이 얼기설기 얽혀
서 들어 있고, 무엇보다 검은 반점이 있는 열대어가 보였는
데 분명히 김 실장이 애칭까지 붙인 비싼 외래종 물고기가
맞았다. '얼룩이'라고 불렀던가? 하여간 어항 유리 너머로 보
이는 커피머신도 휴게실에 있는 것과 브랜드가 같다.

"여기 휴게실에 와 본 적 있는 사람이거나 아니면 여기 입
주자들 사진을 도용한 걸지도 몰라."

삼총사는 구 교수와 박 교장에게 드라마 작법 강연이 열리

는 강의실로 와서 즉각 회의를 하자고 했다.

가영 언니는 칠판에 글을 쓰면서 도형을 그렸다.

"자, 여기 인스타그램으로 접근하려던 댓글 단 사람이 의심이 갑니다. 그걸 꼭짓점으로 설정하고 다른 꼭짓점은 이미정이라는 새로운 인물로 놓아요. 이미정은 사진을 빌미로 협박을 해요. 그리고 박 교장님한테 시간을 들여서 접근한 만큼 분명히 돈을 안 주면 무슨 짓을 저지를지 몰라요. 인스타그램으로 접근한 사람이 이미정이라면 이미 엄청난 목표를 잡고 온 겁니다. 돈 천으로도 안 끝날 걸요."

박 교장이 사시나무 떨듯 두려워했다.

"어떻게 하죠?"

"이렇게 해요, 일단 다리를 다쳐, 돈을 여기 타운 내의 가동 휴게실로 와서 받으라 해요."

박 교장이 걱정스러운 얼굴이었다.

"정말 이미정 씨가 올까요?"

"이미정이 여자인지 남자인지 모르겠지만, 우리가 조사한 바에 의하면 여기 왔었던 적 있는 사람이구, 분명히 박 교장님도 아는 사람일지 몰라요. 한 번은 스치듯이 봤을 수도 있고 아니면 인스타그램에서 사진을 봤을 수도 있고요. 타깃으로 삼았을 확률이 높아요. 사진도 그렇고 우연이 겹치는 걸 봐서는요."

구 교수가 고개를 끄덕였다.

"이 친구가 손이 덜덜 떨릴 테니, 제가 대신 메시지를 보낼게요, 박 교장 폰 줘 봐."

구 교수는 박 교장의 폰으로 다리를 다쳐 돈을 직접 줄 테니 풍요실버타운 가동 휴게실로 와 달라고 했다.

이미정이 곤란하다고 하자, 사정상 그러니 제발 와 달라고 했다. 그리고 누드 사진이 걸려 있는 만큼 절대로 경찰이나 다른 사람이 껴 있거나 하지는 않을 거라고 했다.

이미정은 그렇다면 돈을 휴게실에서 화장실로 가는 길목에 있는 정수기통 뒤에 숨겨 둔 후 자리를 뜨라고 했다. 자신이 몰래 가져간다는 것이었다. 이번 주 내로 하라고 했다.

"이거 봐 봐, 여기 와 본 사람 맞아!"

"신문지를 잘라서 돈을 만들어 덫을 놓자구요. 경찰에도 알리구요."

박 교장이 어두운 얼굴로 고민을 했다.

"경찰은 안 됩니다. 명예가 걸려 있소이다."

"당장은 신고를 안 하겠지만, 범인을 잡으면 경찰에 넘기고 조사는 받으세요."

가영 언니의 말에 박 교장은 마지못해 고개를 끄덕였다.

삼총사는 그날 신문지를 두툼하게 해서, 가짜 돈다발을 만들어 서류 봉투에 넣고 박 교수에게 건넸다. 박 교수는 다음 날 아침에 정수기 뒤쪽 공간에 서류 봉투를 고무 밴드로 말아서 조심스레 넣었다.

삼총사는 밥을 돌아가면서 먹고, 휴게실에서 지키고 잠복을 했다. 박 교장은 아파트에서 나오지 말라고 했다. 범인이 박 교장을 보면 돈을 가져가지 않을 거라는 판단에서였다.

휴게실은 입주자 말고도 가족이나 친지, 친구들 등 입주자의 방문객이 종종 있는 편인데 외부인은 단번에 알아볼 수 있었다.

삼총사는 신문지로 얼굴을 가리는 척하고 정수기 뒤를 살피고, 수다를 떠는 척, 커피를 마시는 척하면서 계속 주시를 게을리하지 않았다. 수영 수업도, 체력단련장 레슨도 빠졌다.

그날 아무도 정수기 뒤에 손을 뻗지 않았다.

삼총사는 밤 9시가 되어 휴게실도 닫고 가동의 정문을 김 실장이 닫아걸자, 포기하고 잠자러 들어갔다. 가동이 문을 닫으면 응급 의료진 아니고는 외부인이 들어올 수 없기 때문이었다.

다음 날도 아침부터 일찍 정수기 물 먹으러 가는 척하고 살폈다. 정수기 뒤에 아직도 서류 봉투가 있는 걸 보고 잠복을 돌아가면서 했다.

오후에 어항 물을 환수해서 갈아 주는 아쿠아 스케이핑

회사 직원이 나왔다. 그는 어항의 물을 빼내서 새로운 물로 갈아 주는 작업을 공들여서 했다. 입주자들이 작업하기 편하게 자리를 비켜 주었다.

삼총사도 자리를 구석으로 옮기고 상황을 지켜보는데, 직원이 정수기로 가서, 물을 마셨다. 삼총사는 지켜보다 박 교장에게 아직 이상 없다는 톡을 보냈다.

그 순간 다정 할머니가 나숙 씨 귀에 속삭였다.

"저, 저기 뒤, 뒤를 봐요."

블랙진을 입은 남자가 정수기 뒤를 몰래 살피는 정황이 포착되었다. 그는 아쿠아 스케이핑 회사 직원을 돕던 남자였다.

삼총사는 즉각적으로 구 교수와 박 교장에게 상황을 알리는 톡을 보내고, 작전대로 하자고 다짐했다. 이미 준비해 놓은 계획과 사람들이 대기하고 있던 중이었다. 모두 연락을 마치고 슬금슬금 일어나, 정수기로 다가갔다.

가영 언니가 물을 마시는 척하다 물어봤다.

"아니, 왜 어항 작업하다가 정수기 뒤를 살펴요?"

블랙진 남자가 뒤에서 서류 봉투를 집으려던 손을 거두었다.

"아, 아니요, 여기 전기선이 잘못돼서요. 선 정리 중입니다. 이러다 위험해요, 누전될 수 있어 살펴봤어요. 여기 사시는 분이세요?"

"네, 그렇답니다. 어? 근데 이거 서류 봉투 뭐지?"

가영 언니가 손을 뻗어 봉투를 집으려 하니 남자가 화냈다.

"그거 건들지 마요. 제가 어항 수리하려고 넣어 둔 겁니다. 부속품 빠졌을 때 여기서 빼서 수, 수리한다구요!"

나숙 씨는 이것 봐라, 걸려들었다는 얼굴로 보았다.

가영 언니가 코웃음을 쳤다.

"그래요? 본인이 가져다 둔 거라구요? 이거 봐요."

가영 언니는 핸드폰에서 서류 봉투를 구 교수가 들고 있는 사진을 보여 주었다. 만약을 대비해 찍어 둔 것이다.

"우리가 만든 건데요? 왜 거짓말해요? 뜯을 게 없어 노인 돈을 뜯냐? 노인은 힘들어 돈도 못 벌어! 개도 안 물어 간다는 노인들 돈을 뜯으려 피싱인지 그런 거 하냐?"

남자는 화를 버럭 냈다.

"그래, 여기가 노인들에게 핫 플레이스 천국이라기에 한 번 일 때문에 와 봤더니, 완전 천하태평 부유층 노인들 파라다이스더구만. 나처럼 흙수저가 금수저 노인들 돈 좀 받는 게 왜! 안 돼? 내가 좀 물어 가면 안 되냐구!"

남자가 대들면서 따지자, 가영 언니가 대차게 응수했다.

"그래? 그래서 그때 여자인 척해서 사진으로 협박했어?"

남자가 '이걸 확!' 소리를 내면서 가영 언니에게 손을 들어

올리는데, 다정 할머니가 두 손으로 와락 남자의 팔을 잡아채고, 나숙 씨가 지팡이로 무릎을 탁 쳤다.

"워매, 이것들이! 뭐야."

"왜 우리도 너처럼 협박꾼이다. 잘 봐 봐!"

갑자기 드러눕는 가영 언니, 소리를 고래고래 지른다.

"아이구야, 이눔이 할머니 나를 쥐어팬다. 아이구야, 살려주소."

나숙 씨도 뒤로 나동그라진다.

"살려 주세요, 우리가 뭘 그리 잘못했나요. 늙은 게 죄라면 죄라구요?"

다정 할머니가 사람들에게 오라고 손짓을 한다. 저만치서 살금살금 다가오는 입주자들, 특공대 남편과 밍크 모자 할매 부부가 다가왔다.

"아니, 이 젊은 놈이 여기 와서 할마시들 때리고 행패냐! 천하의 썩을 잡놈아!"

밍크 모자 할매가 모자를 와락 남자에게 씌워 눈을 가리고, 특공대 남편이 허리를 붙든다.

"잡았다! 요놈. 잡놈!"

삼총사가 미리 언질을 주고 잡자고 부탁해 완력이 세고 입담이 센 부부가 기다리던 중이었다. 다정 할머니가 얼른 김 실장에게 연락을 했다. 그리고 구 교수가 112에 신고했다.

경찰서에 임의동행 형식으로 간 남자는 범죄 사실을 모두 진술했고, 박 교장 외에도 여러 명의 피해자에게서 피싱 범죄를 저지른 전력으로 처벌받는다고 했다. 박 교장은 삼총사에게 고맙다고 거듭 말했다.

남자는 알고 보니, 아쿠아 스케이핑 어항을 만들 때 설치했던 외주 직원 중 한 명으로 부자 노인들을 보고 나서 피싱 범죄를 저지르기로 마음먹었다고 한다.

인스타그램에서 '풍요실버타운'을 검색하고 나서 박 교수 계정을 보고, 타깃으로 삼고 인스타그램으로 접근하려다 안 되자, 그가 소개팅 앱에서 만남을 희망한다는 걸 알게 되었다. 박 교장이 소개팅 앱에 올릴 사진을 찍는다고 인스타그램에 포스팅을 한 적이 있었기 때문이다.

남자는 앱에서 기다리고 있다가, 박 교장이 사진과 소개글을 올리자 이미정으로 접근한 것이다.

박 교장은 몸살이 나서 방에 있고, 구 교수가 그가 전한 사례금을 휴게실에 있던 삼총사에게 건넸다.

"사건을 잘 해결해 주어서 감사하대요. 그 친구가 내막은 비밀로 해 달랍니다."

"그건 탐정사무소 철칙이죠. 특공대 부부에게는 자세한 내막을 말 안 했으니 걱정 마세요."

"네, 고맙습니다."

할마시 탐정 트리오

구 교수는 다정 할머니가 가져다준 에스프레소를 마시면서 자신이 하는 일에 대한 썰을 풀었다.

"그게 말이죠. 스니커즈 리세일 하는 시장이 커졌잖아요. 저도 연금으로 여기 생활비도 부족한 듯하고 자녀들 용돈이나 주려고 시작한 건데, 리세일 플랫폼이나 앱도 많이 생겼고요."

구 교수는 강의하듯이 조목조목 그림도 그려 가고 폰도 보여 주면서 설명했다.

"그게 얼마나 이득이 되는데요? 드라마 소재로 하게 자세히 좀 풀어 줘요."

가영 언니는 드라마작가 아니랄까 아예 취재 모드로 들어간 듯 보였다.

"빈티지 운동과 조던 트래비스 스콧 시리즈는 20만 원짜리가 140만 원에 팔리기도 하죠. 그래서 브랜드 출시할 때 무조건 싸게 발매가로 사려구 전 세계에서 난리인데, 회사에서는 추첨제 방식 그러니까 래플(raffle) 방식으로 물건을 풀죠. 하여간 조던 시리즈는 이런 곡하고 어울려요."

구 교수는 허리춤에 차고 다니는 자그마한 빨간색 마이마이(카세트 플레이어) 온 버튼을 눌렀다. 브렌 조이의 〈Twenties〉가 흘러나오면서, 살짝 몸을 흔들다 엘리베이터로 갔다.

"하여간에 우리가 본받을 자세로 사는 표본 같은 양반이야, 후후. 절대 죽어도 늙지 않아."

나숙 씨는 한숨을 쉬었다.

"박 교장은 도대체 그 점잖은 교장 양반이 왜 그랬대? 몸캠피싱 당해 큰일을 겪을 뻔했어."

가영 언니가 한숨을 쉬었다.

"제대로 낚인 거지. 우리는 딱 세 마디야. 곧 죽을 식물. 아무도 안 쳐다봐. 가끔 신경은 쓰여. 한번은 자식들이 들여다보지. 그게 다야. 재미없고 곧 죽을 식물 같은 존재니, 그냥 무시하고 생각 안 하는 거지. 그런 상태에서 떡하니 누군가 관심 주고, 선물 주고, 말 걸어 주고 그리고 이성이기까지 해. 그럼 완전히 그루밍 범죄에 딱 넘어가는 거야."

"역, 여욱시 드라, 라마 작가예요. 완전 유, 유식해요."

"고마워, 다정 할머니."

가영 언니는 다정 할머니의 손을 꼭 잡고 부축했다.

"우리는 서로서로 지켜 주자. 히히."

삼총사는 담소를 나누면서 언제나처럼 커피 타임을 가졌다.

할마시 탐정 트리오

06
—

청년들과

할머니 탐정단,
한판 뜨다

GRANDMA
DETECTIVES
TRIO

오늘도 휴게실에서 삼총사는 수다로 하루를 시작했다. 커피 타임은 물론이다.

며칠 전 밤에 한 할아버지가 할머니 방에 몰래 들어가 사랑을 고백했다 망신당한 사건이 바로 풍요실버타운에 퍼져 나갔다.

"아니, 그 나잇살 처먹고도 밤에 할머니 방에 몰래 들어오려 했다는 게 말이 돼? 어휴, 저질. 아무리 풍선과 케이크로 서프라이즈 파티라지만!"

나숙 씨의 말에 가영 언니는 고개를 저었다.

"정말 호르몬의 차이로 남자는 성욕이 일단 여자보다 엄

청 높아. 내가 드라마 쓰면서 취재를 많이 했거든. 그런데
또 그게 단지 성욕 때문만은 아니야. 사랑받고 싶고 외로움
을 이기고 싶은 욕구지. 몰래 들어오는 건 정말 퇴소시킬 사
안이지만. 참 안쓰럽다. 그 나이에 망신을. 사실 여기서 우
리도 홀로 자면 외롭고 무섭고 죽음에 대한 공포로 떨리기
도 하잖아."

"근, 근데 우리 나이에도 외롭긴 하죠. 아, 아무리 참아도
외, 외로워요…. 먼저 간 남편 꿈에 나오면 어, 어쩔 땐 무서
워요…."

나숙 씨가 다정 할머니의 손을 잡아 주고 미소 지었다.

가영 언니가 덧붙여 설명했다.

"걱정 마, 다정 할머니. 우리 삼총사는 일단 죽을 때까지
여기 있자구 했잖아. 그런데 말이지. 옥시토신이라는 행복
감을 느끼는 호르몬은 이상형의 누군가를 만났을 때, 타인
의 엄청난 호의를 받고 있을 때, 혹은 수유하는 엄마에게 그
리고 애완동물과 교감할 때 마구 흘러나온대. 사랑에 빠진
느낌은 온갖 호르몬들이 뇌에 넘쳐나서 사람을 무척 들뜨고
행복하게 해 준대. 마약보다 도박보다 더 강한 게 사랑이야.
우린 우정이 곧 사랑. 우곧사!"

가영 언니는 과거를 회상했다.

"늙으면 서울대 나왔다고 돈 많다고 꽃길 아냐. 나 봐. 회

갑연 때 중견 배우들이 얼마나 요사스러웠는데. 톱스타 장
○○도 오고, 강○○도 오고. 그런데 지금 이리로 한 명도 안
와. 그렇게 여기 놀러 오라고 와 보라 해도. 그런 거야. 딸만
내가 사후 70년까지 저작권 나온대니 좋아 죽지. 아직도 내
왕년 히트작이 여러 국가에서 방영될 때마다 돈 나오거든.
내가 죽으면 리메이크하려 해도 우리 딸 찾아와야 하고."

　이렇게 수다 삼매경으로 흘러가는데, 사건 의뢰자가 다가
왔다. 미리 어제 예약을 해 둔 입주자이다. 방실방실 잘 웃
는다 해서 방실 영감과 그 와이프인 고고해서 고 여사라는
닉네임의 아내가 와서 상담을 청했다.

　"미장원 원장이 세 분이 힘든 일을 돕는다 해서요."

　가영 언니는 속으로 동네방네 빅 마우스가 이럴 때는 쓸
모 있다고 여겼다.

　"무슨 일이신데요? 고 여사님이 여기까지."

　"소송 중인데, 집을 안 빼요. 청년들이요."

　고 여사 부부는 다세대 주택을 개조해 월세로 주고, 여기
실버타운에 목돈을 내고, 생활비를 월세에서 빼서 내고 있
었다. 5가구를 세를 들였는데, 그중 한 가구 천에 150만 원
월세로 들어온 청년 3명이 문제라 했다. 다들 백두산만 한
덩치에 팔에 문신도 있고, 무슨 일을 하는지 외제차에 명품
을 갖고 다닌다 했다. 문제는 월세를 전혀 내지 않아 1,500

227

만 원이 밀렸고, 거기다 수도세도 내지 않아 100만 원이 연체됐다는 것이다.

"이, 이상하네요. 전기 가스는 냈나요?"

"에휴, 말 마세요. 그건 안 내면 끊기니까 수도세만 밀린 것 같아요."

고 여사는 얼굴에 상심이 가득한데 방실 영감은 웃기만 했다. 들은 소문에 평생 한문 교실을 운영해 온 방실 영감은 남에게 싫은 소리를 잘 못하는 데다, 고 여사가 집을 짓고 월세를 받아 생활비를 댔다고 했다.

"그래도 이런 세입자가 그동안 없었는데요. 어쩌다 이런 사람들이 들어와서, 휴우. 저보고 '할머니 우리가 돈이 없어 보여요?' 하고 전화에다 소리를 치는데 어찌나 무서운데요. 훌쩍. 어디 보고 제가 할머니예요? 아직 팔순도 안 됐는데, 흐흑."

"할머니는 맞을 겁니다. 그들 눈에는 할머니로 보이죠. 그나저나 문제는 소송은 오래갈 거고. 어디까지 진행된 상태죠?"

방실 영감이 입을 뗐다.

"그 사람들이 지금 교통사고 나서 병원에 입원해 코로나 핑계 대면서 안 만나 줍니다. 전화도 안 받고 가끔 이메일로 일 때문에 돈을 당장 못 준다 이런 식이에요. 소송도 그런

식이니 진행이 안 되죠."

"세 명 다요?"

"네. 그런데, 해결사 선생님이 일단 그 사람들과 접촉을 해 본다 했는데요, 청년들이 입원한 병원도 우리 집 근처 천호역에 있구요."

고 여사의 말에 가영 언니가 눈을 크게 떴다.

"해결사 선생님? 뭐 변호사세요?"

"아, 아뇨. 저희 다세대 주택 1층 사시는 분이 사실, 원래 철물점 사장님 하시다 쉬시는 중이어요. 그런데 풍모가 보통 아니세요. 의협심으로 사시는 분인데, 동네 어려운 일에 처한 사람들 돕기도 하고 그러거든요."

고 여사의 말에 나숙 씨는 고개를 갸웃했다.

"뭐, 탐정 같은 건가요? 우리처럼?"

"그건 아니시고 이름은 강 사장님이신데, 하여간에 우리 일 돕는다고 청년들 만나려 새벽에 잠도 안 자고 그러셨어요. 그런데 말을 하려 하면, 그 친구들이 방으로 들어가 문을 꽁꽁 잠가 놓고 나와 보지도 않는대요. 최근에는 병원에 면회 금지라 못 만난다고 그랬대요."

"알겠어요. 고 여사님 그 해결사분을 우리가 먼저 만나서 자초지종을 듣고, 그 청년들을 어떻게든 만나서, 문제 해결을 해 볼게요."

"저, 무서워서 그 친구들 그냥 내보내고 월세는 없는 걸로 하자 그러고 싶어요. 보증금도 돌려주고요. 그냥 나가게 하는 게 목적인데, 계약이 아직 1년이 더 남아서 그런데 1년 후에는 나가 줄까요?"

나숙 씨가 단호히 말했다.

"저는 독신으로 살아서 그런지 정말 억울하면 어떻게든 그때그때 대처를 해서 혼자서 살았어요. 그래서 노후도 여기서 보낼 수 있어요. 너무 물러서 뒤로 물러나시면, 계약 기간 지나도 그 친구들 눌러살지 몰라요."

가영 언니가 덧붙였다.

"그렇게 되면 무척 곤란하죠. 살고 있는 사람 마구 문 따고 들어가 강제로 쫓아낼 수도 없구요."

"무조건 코로나 핑계 대면서 어럽대서 월세가 밀려도 그러려니 했는데, 지금은 우리가 돈 없어 보이냐며 큰소리치고 무서워요. 쿨쩍."

"그나저나 우리 셋이 여기서 나가 문제를 해결하려면, 외출 허락이 떨어져야 하는데. 묘안이 없을까요?"

나숙 씨의 말에 방실 영감이 말했다.

"일주일 정도 후에 우리 딸이 약혼한다고 말하면 어떨까요. 사실 내년에 결혼하려고 계획 중인데 땡겨서 약혼이라 일단 말해 보죠. 제가 운전하고 제 차에 올라서 모두 같이 서울로 갑시다."

삼총사는 고개를 끄덕였다.

"좋아요, 그럼 의뢰를 해 주신 만큼 최선을 다하고, 금액은 일단 300만 원인데 선금 50퍼, 나머지는 나중에 치르세요."

"네. 그럴게요. 고맙습니다."

가영 언니는 나숙 씨, 다정 할머니한테 윙크를 찡긋했다.

다음 날, 삼총사는 고 여사에게서 해결사, 그리고 청년들의 전화번호나 이메일 등을 전달받았다.

디데이 날, 고 여사 부부는 자동차에 삼총사를 태워 천호역에 내려 주고, 그들은 딸 집에 가 있다 풍요실버타운으로 먼저 복귀하고 그들을 기다린다고 했다.

삼총사는 천호역에서 가깝다는 고 여사 다세대 주택을 찾아가는 중이었다. 멀지 않았다. 고 여사가 집 바로 앞이 아니라 근처에 내려 준 것은 집 앞에서 혹시라도 청년 세입자들을 마주칠까 두려워서였다.

차들이 달려오는 걸 보고 놀라 서로 손을 붙잡고 어맛, 아이고 어지러워라 소리 지르는 삼총사.

"조심해, 번화가는 얼마 만이야. 정신들 바짝 차려!"

"네, 언니."

"조, 조심할게요…."

삼총사는 주변을 둘러보면서 한참을 적응하느라 애쓰고 정신을 차렸다. 주변의 벤치에 잠시 앉아 옷매무새를 가다듬었다.

"그나저나 얼마나 무서우면 우리보고 세입자 찾아가라 할까. 보는 것조차 힘드니 정말 월세 받기는 틀렸지. 나가지도 않을 거고. 아마 간청해야 월세나 물세 다 떼이고 사정해서 내보내겠지."

"나가기나 해 줄까 싶어. 소송을 무서워서 하겠어?"

"그, 그러게요. 그런 사람에게 우, 우리가 상대나 될까요…."

"해 봐야지. 정식 의뢰 사건인데. 그나저나 온 김에 여기 탕후루나 좀 먹자. 전 이거 주세요. 골라 봐들."

가영 언니는 딸기 탕후루, 나숙 씨는 귤 탕후루, 다정 할머니는 체리 탕후루를 집고 조심스레 먹었다.

"임플란트 빠진다. 조심해들. 이거 먹고 바짝 정신 차리자."

"네, 네."

"이런 게 사람 사는 거지."

"전 조, 조금 어지러워요. 이, 이런 사람들과 차들 오랜만…."

다정 할머니가 휘청거리자, 나숙 씨와 가영 언니가 양옆에서 부축했다.

"다들 정신 차려. 여기서 머뭇거리다가 아파트 분양 홍보하는 아줌마나 종교 전도사들에게 붙잡혀. 빈틈 보여선 안 돼."

"서울 와서 코 베이면 큰일."

"네, 네…."

가영 언니는 눈을 크게 떠 부라리고, 다정 할머니도 귀를 열고 소음에 집중했다. 나숙 씨도 손가방에서 삼단 지팡이를 꺼내서 천천히 걸었다.

"이런 게 사람 사는 거란 걸 잊었어. 그간 휴게실 커피가 우리의 유일한 사교 생활이었잖아."

"헬스 운동과 수영도 있긴 하지만, 이런 마트와 백화점 있는 곳은 정말 오랜만이야."

"그, 그러게요, 멋, 멋져요…."

"꼭 사이버 공간 들어와 있는 것 같다. 사람들을 요리조리 피하면서 지나가는 것도. 조심해! 이러다 다쳐."

가영 언니는 대학교 이름이 적힌 점퍼를 입은 학생들 무리와 부딪혀 피하려다 뒤로 넘어질 뻔했다. 다정 할머니가 허리를 굽혀서 간신히 막았다.

"후우, 십 년 감수했다. 십 년이 남아 있을지 모르겠지만. 흐흐. 어찌 됐든 청년들, 아기들, 애기 엄마들 있는 곳 오니 살겠어. 애완견도. 모두 예쁘당~."

실버타운은 아쉽게도 반려동물이 들어올 수 없었다. 입주자들이 원하기는 했지만 관리의 어려움으로 허락되지 않았다. 나숙 씨도 동생에게 맡기고 들어와 몇 날 며칠을 울었다.

"여기가 맞는 것 같은데."

천호역 백화점 뒤편의 골목길, 허름한 3층의 단독주택 앞에서 가영 언니는 집게손가락으로 다세대 주택을 가리켰다.

나숙 씨는 고 여사에게 받은 해결사의 번호로 전화를 걸었다.

전화를 받은 해결사는 근처 시장에 장 보러 나왔다면서, 기다려 달라고 했다.

잠시 후, 부릉부릉 엔진음이 요란하더니 8기통 할리데이비슨이 골목 안을 질주해 들어와 삼총사 앞에 멈췄다. 머리에는 힙합 가수들이 씀직한 반다나를 쓰고 가죽점퍼에 부츠를 신은 남자가 사각 라이방 선글라스를 벗었다. 그의 오토바이에는 파와 무가 든 장바구니가 보였다.

남자는 잔주름이 있지만 눈 밑에 애교살이 있어 나름 귀엽게 보였다. 나이는 한 70대 정도로 보였다.

"당신들이 바로 할마시 탐정 트리오라는 탐정들이요?"

가영 언니가 웃음을 감추지 못하고 푹 웃으면서 답했다.

"네. 맞아요. 천호동 해결사 어르신인가요?"

할마시 탐정 트리오

"뭐어. 그렇게 나이가 많지는 않소이다. 고수 대 고수가 만났구료. 아미파와 무당파가 만나 힘을 합쳐 봅시다. 이름은 강봉구라 하오."

"강동구요?"

"강봉구입니다, 허허. 모두 잘못 듣지요. 그냥 편하게 불러도 좋소이다. 아미파 고수님들."

"호호, 무협지 깨나 읽으신 분이군요. 그래요, 우리 한번 힘을 합쳐 봐요."

청년들이 산다는 3층에 올라가 현관 벨을 여러 번 누르고 문 두드려 봤지만, 인기척이 없었다. 불도 꺼져 있고, 아무래도 비어 있는 것 같았다.

나숙 씨가 전기 미터기가 올라가는 걸 지켜보다 확인했다.

"안 움직여. 아무래도 지금은 비어 있어."

"병, 병원에 입, 입원했다면서요…."

"참 나. 거짓말을 잘 해, 그 사람들이요. 어제도 분명 들어오는 기척이 있어서 벨을 눌러도 불 끄고 잠자는 척하더니만. 크흠."

해결사는 장바구니를 집에 들여다 놓고서, 근처 자주 간다는 단골 카페로 안내해 아메리카노를 사 왔다. 해결사는 그들에게 실버타운이나 탐정 일에 관한 물어보았다. 수다를 떨다 보니 시간이 흘러 다시 사건 논의를 하기 시작했다.

"이거 큰 힘이 됩니다. 할마시 탐정단이 돕다니요. 그나저나 같이 사는 나도, 이 청년들이 들어오는 걸 한 달에 4번 보면 많이 보는 거니, 아예 대화 자체가 안 됩니다. 하필 밤이나 새벽에만 들어왔다가 내가 일 나갔다 들어오면 없고, 낮에는 낮잠 잔답시고 문을 당최 열어 주지 않으니 마주친 게 많아 봐야, 서너 번이죠. 맨날 입원했다 하지, 어쩌다 마주쳐도 집주인 밀린 월세를 얘기해도 모른 척이죠. 나보고 집주인하고 뭔 사이냐고 키득대기나 하구, 원. 월세는 안 내면서 위아래는 죄다 명품입디다."

가영 언니는 아메리카노를 시원하게 마시고, 고개를 숙여 뭔가 생각하더니 손가락을 튕겼다.

"이런 거는 구 교수가 확실해. 맨날 플랫폼인가 앱에다 빈티지 운동화 사고팔고 하느라, 컴퓨터에 바삭했거든. 김 실장도 행정실 컴퓨터 먹통이면 구 교수한테 가서 봐 달랬어. 제가 혹시 모르니 알아볼게요."

가영 언니는 즉시 구 교수에게 전화를 해서 요약 설명했다.

"교수님, 그러니까 이 사람들 메일 아이디가 kateassa11012인데 포털에서 확인 좀 해 주세요. 어디 이 사람들이 무슨 리세일 물건 사고판 흔적이 있는지요. 명품 같은 거 착용을 많이 하고 관심 있대요."

"네, 알겠습니다. 그런데 김 실장님이 세 분 왜 안 들어오시냐 걱정하던데요. 약혼식 끝나지 않았냐구요."

"아, 나온 김에 각자 일 잘 보고 있으니 걱정 말라고 해 주세요."

고 여사 부부는 딸 집에 들러 시간을 보낸 후, 타운으로 들어가 있었다.

잠시 후, 구 교수에게서 전화가 왔다.

"가영 작가님, 제가 알아보니, 이 비슷한 아이디가 청년 알바나 노인 알바를 알바몬이나 알바천국 같은 앱이나 사이트에서 집중적으로 모집하고 있습니다. 하도 많이 구인 글을 올려서 바로 잡히던데요. 제가 스크린샷으로 보내 드릴게요."

"어구, 교수님. 고마워요."

가영 언니는 스크린샷을 받아 확대해 보았다.

60세 이상 된 어르신 일자리 드립니다.

시급 17,000원으로 파격 우대해 드립니다. 일자리가 필요한 어른들에게 크게 한방 보너스도 쏠 예정입니다. 시니어를 우대하는 노인 전용 카페에서 바리스타 일을 배우시고, 서빙을 하실 분들을 구인해요. 성별과 경력은 상관없지만 카페 취지에 맞게 연세는 만 60세 이상 된 분만 메일 보내 주세요.

참, 알바 전에 필요한 서류를 미리 알려 드릴 테니 모두 준비하세요.

| 김미성 010 8374 XXXX

"전화해 보자."

가영 언니가 전화를 해 보았다. 신호가 여러 번 갔지만 받지 않았다. 전화를 끊자, 1분 후 메시지가 왔다

- 혹시 알바하실 분이신가요?

가영 언니의 촉이 왔다.

"이거 낚아 볼까?"

문자를 보냈다.

- 네. 그런데요.
- 나이는 어떻게 되시죠?

"몇 살이라고 하지?"

"실제로 해 봐."

- 69요.
- 전화 바로 드리겠습니다.

김미성에게 전화가 걸려왔다. 060으로 시작하는 번호였다.

"여보세요. ○○ 구인 앱에서 보고 연락드려요."

"다시 확인하겠습니다. 나이가 어떻게 되시죠?"

"69세요."

"주민등록증 찍어서 보내 주세요. 그리고 서류는 주민등록등본, 가족관계증명서, 통장사본, 백신 접종 증명서 등이 필요합니다. 오늘 내로 준비해서 팩스로 넣어 주시면 됩니다. 팩스 번호는 문자로 드릴게요."

가영 언니가 물었다.

"저기 근데, 가서 만나 뵙고 드리면 안 되나요? 요즘 팩스도 보낼 데가 마땅찮아서요. 여기 앱에 카페 주소 나와 있는데, 찾아가 뵙고 근무할 장소도 좀 보구요."

"그게 저, 아직 준비 중이라 오픈은 안 했어요. 일단 서류 먼저 보내 주시면 저희가 알바 나오실 날짜 연락드릴게요. 이메일로 알려 드릴게요."

삼총사는 이상한 축이 왔다.

"정말 가 보면 안 될까요? 제 친구들도 많은데 같이 가서 보면 좋죠. 다 같이 알바하구요."

"안 된다니까요. 서류만 어서 보내 주십시오. 그럼 이만."

전화를 끊은 가영 언니는 즉시 카페 주소를 해결사에게

보였다.

"이것 좀 봐주세요. 여기 가까운 데예요?"

"음, 구청에서 멀지 않은 데네요. 가 봅시다. 그럼 한 분은 내 뒤에 타시고, 두 분은 택시를 타고 오세요."

해결사는 오토바이 뒤의 주머니에서 민트색 헬멧을 빼서 나숙 씨에게 건넸다.

나숙 씨가 헬멧을 쓰고 오토바이 뒤에 앉았다. 한 번도 못 타 봤다고 해서 특별하게 태운 것이다.

"다리가 불편하신 거 같은데 조심히 타시죠. 제 허리를 붙 잡는 게 좀 더 안전합니다. 나숙 씨."

"네, 잘 부탁드려요, 강봉구 사장님."

"그나저나 고 여사님이 왜 부탁까지 하신 거죠? 제가 천천 히 해결해도 되는데 말입니다."

"우리가 삼총사 탐정단이니까 정식 부탁한 거겠죠."

"알겠소이다. 남을 돕는다는 건 위대한 일이죠. 자, 갑니 다. 천천히 시동 걸 테니 꽉 잡으세요."

나숙 씨는 오토바이에 해결사의 손을 잡고 올라타서 그의 허리에 징이 박힌 벨트를 손잡이 삼아 꽉 잡았다.

해결사는 스탠드를 세워 놓고, 기어를 확인하고 나서, 오 른손으로 시동 버튼을 누르고 왼손으로 클러치를 잡고 기어 레버를 발로 누르면서 출발을 서서히 했다. 오른손을 움직이면서 스위치를 바꿔 누르고 속력을 높였다.

임영웅의 노래가 흘러나오면서, 도로를 안전하게 달렸다. 나숙 씨가 뒤돌아 슬쩍 보니 택시가 따라오는 게 보였다. 날도 좋고, 기분이 날아다니는 것 같았다. 무릎도 아프지 않았다.

"저기 얼마나 받습니까?"

오토바이를 골목길 입구에 세워 놓고, 해결사가 물었다.

"착수금과 잔금으로 나눠서 받기로 했는데, 기밀입니다."

"그 돈으로 꼭 지네환을 사서 드십시오."

"어맛, 징그러워요. 지네환이라뇨."

"무릎이 시큰거릴 때, 병원 약도 써 보셨겠지만, 지네 갈아서 뭉쳐 만든 환을 드시면 효과도 볼 수 있답니다."

"알았어요. 호호."

나숙 씨는 풍요실버타운에서는 보여 주지 않는 조심스러움을 보이면서 살포시 웃었다.

이게 얼마 만인가. 모처럼 멋진 이성과 말을 해 본 게, 하는 마음이 들었다. 마음에 살랑살랑 꽃바람이 일었다.

뒤에 도착한 택시에서 가영 언니와 다정 할머니가 내려서 천천히 왔다.

"아구야, 힘들다. 역시 낯익은 데서 있는 것보다 바깥이 품이 더 들기는 해. 다들 조심해. 무리하다가 깁스 낄 일 생겨."

"바로 이곳입니다."

유리창으로 카페를 들여다보았다. 빈 카페에 전단지만 가득하고, 문이 잠겨 있었다.

"이거 봐 봐. 보아하니 보이스피싱 관련 총책 일원 아닌가 싶은데."

가영 언니의 말에 해결사가 헬멧을 잠시 벗어 옆구리에 끼고 고개를 끄덕였다.

"아무래도 사짜 기질이 농후하고 꾼의 냄새가 나오. 이제 아마추어가 아닌 프로 범죄자 급인 게 확인됐으니, 월세 못 낸다고 인정사정 봐줄 거 없이 제대로 잡아 봅시다. 내가 임반장님한테 연통을 줄 겁니다."

"형사도 아세요?"

"은퇴했지만 형사도 영원한 현역이죠. 동네에서 벌어지는 대소사 범죄에 깊이 관심을 가지고 계시는 형님입죠."

가영 언니가 눈빛을 비상하게 빛냈다.

"아 맞다! 저번에 시사 프로에서 청년 알바 모집한다고 해 놓고, 통장사본, 주민등록등본, 가족관계증명서, 코로나 백신 접종 확인서까지 온갖 서류를 제출하게 해서 개인정보를 빼내는 보이스피싱 사기 수법이 나왔거든. 딱 이거네. 안 봐도 비디오네!"

할마시 탐정 트리오

"그, 그럼 노, 노인들 등쳐 먹는 거네요…."

"암, 그렇고말고. 어서 힘 합쳐 손 좀 써 봐요. 해결사님."

"일단 집으로 가서 그 사람들이 들어왔는지 지켜봅시다."

집으로 돌아가니, 집 안에 불 켜진 게 보이고, 창문이 조금 열려 있었다.

"들어왔네요! 사람을 부릅시다."

임 반장은 전화 연락을 받고, 청년들 사진을 찍어 놓은 파일을 형사에게 보내 본다고 했다.

잠시 후, 초조히 단출하게 꾸민 강봉구 집에서 전화를 기다리는데, 임 반장이 수배전단지에서 이들 얼굴을 보았다고 전했다. 일단 고 여사에게 경찰에 신고하라고 지시했다.

잠시 후, 임 반장과 형사가 같이 다세대 주택으로 왔다. 머리에 헌팅캡을 쓰고 불룩한 뺨이 불도그같이 생긴, 은퇴 형사 임 반장은 블루블랙으로 검게 염색한 머리가 캡 아래로 돋보였다.

"저자들이 바로 김도수, 이청수, 사민철인데, 기소 중지 그러니까 수배 중인 사람들입니다. 여러 명의 보이스피싱 피해자가 많습니다. 저들은 서류를 모아서 대포통장을 만들게 하고, 거기로 불법적인 돈을 넣게 만드는 역할을 한 증거가 있습니다."

임 반장은 차근하게 설명했다.

이때, 다정 할머니가 입가에 손을 갖다 대었다.

"쉬잇."

삼총사와 해결사가 현관문에 귀를 댔다. 임 반장과 형사도 창가에 귀를 갖다 댔다. 안에서 바스락거리는 소리와 소변을 보는 소리가 들렸다.

"확실히 있네들."

가영 언니가 현관문을 쾅쾅 두들겼다.

"여봐요! 총각들. 나와 봐요, 여기 폐지 잔뜩 있는데 가져가도 돼요? 어서 나와 봐요."

안에서 소리가 크게 들렸다.

"할머니, 알아서 가져가요, 우린 모르는 물건입니다."

"아니, 이거 노트북 같은데. 이거 막 가져가도 돼요? 총각들."

갑자기 다다다 뛰어오는 소리가 들리면서 현관문이 활짝 열렸다.

"아니, 노트북이요? 잠깐 보구요. 혹시 우리 거일지도. 어랏! 엄마얏! 당신들 뭐야?"

24세 정도의 덩치가 크고 동그란 무테안경을 낀 청년이 반소매 티에 반바지를 입은 채 문을 열었다가 삼총사 등과 마주치자 놀랐다.

"뭔데 우리 집 앞에서 다들 서 있어요? 뭐 감시하는 겁니까?"

"그래! 고 여사 부부가 월세 제발 내 달래서 찾아왔더만, 이제는 알바에 노인들 사기 쳐서 등쳐 먹으려고 각종 서류나 보내라 하고."

나숙 씨가 가영 언니의 폰으로 아까의 전화번호를 찾아 걸었다.

전화 소리가 현관문 안에서 났다. 갑자기 안에서 인기척이 나더니, 덩치 큰 청년 두 명이 더 나와 섰다. 한 명은 팔과 어깨에 문신한 게 민소매 아래로 보였다.

"뭐시여? 다들. 노인들이 할 일 되게 없나 부네. 남 월세 참견하러 다니구. 오토바이 할배는 이제 동네 할매 친구들 끌고 와서 난리 치면 되는 줄 아나 봐? 여기가 복덕방이야?"

문신한 남자가 말했다.

"동네서 온 거 아닙니다."

임 반장과 형사가 앞으로 나섰다. 형사가 신분증을 보였다.

"지금 기소 중지된 상태시죠? 사민철 씨. 조사 좀 하러 서에 다 같이 가 주셔야겠는데요."

"뭐, 뭐라구요? 아니, 그기 아니구."

"지금 통장사본이나 등본 서류를 유출해서 대포통장이 만들어져서 고소를 하신 분이 여럿 됩니다. 피해자분들과 은행 같이 가서 통장 만들어 갔죠? 알바비 입금해 준다고요.

그게 보이스피싱 사건과 관련 있으니 서에 가 주시죠."

갑자기 청년들이 당황하고 어디론가 가려 하자, 해결사와 임 반장, 그리고 형사가 둘러쌌다. 삼총사도 만만치 않은 얼굴로 노려보았다. 형사가 전화를 걸어 서에 지원을 요청했다.

갑자기 문신을 한 남자와 안경을 낀 남자가 무릎을 꿇었다.

"제, 제발 도와주십시오. 저희가 갈 데가 없어 월세로 들어왔지만, 여의치 않아도 드리려 했습니다."

가영 언니가 콧방귀를 꼈다.

"갈 데 없음 부모 모시고라도 살지, 왜요."

"아니, 부모님이 나가라는데 어떻게 해요. 우리가 부모님 내보내고 살아요? 할 수 없잖아요."

안경 낀 남자가 그렇게 말하고 울음을 터뜨렸다.

나숙 씨가 일갈했다.

"악어의 눈물 흘리지 말아요. 갈 데 없으면 우리 실버타운 와서 청소 일이라도 해요."

지원팀이 오자, 형사가 나섰다.

"조사 받으러 갑시다. 기소 중지된 사유를 보니 장난이 아니더만. 자, 어서 서로 갑시다."

형사들이 그들을 경찰차에 태워 떠났다. 긴장된 하루를 보낸 해결사와 삼총사는 한숨을 쉬고 웃음을 얼굴에 잔잔하게 띠었다. 나숙 씨가 물었다.

"이제 어디로 가시는 거예요?"

"해결사 업무는 낮에만 보고 밤에는 진짜 직장으로 갑니다. 가 보실라우? 철물점 장사 안 돼 그냥 취직했어요. 여기서 가까워요."

해결사는 헬멧을 꺼내 나숙 씨에게 툭 던졌다. 가영 언니와 다정 할머니는 근처 카페에서 기다리고 나숙 씨만 다녀오기로 했다.

"정말 다녀와도 돼?"

"그럼, 어서 다녀와."

해결사는 오토바이 뒷좌석에 나숙 씨를 태우고 부릉부릉하면서 천천히 오토바이를 몰았다. 한 번 경험했다고 아까보다 타기 수월했다.

한 정거장 정도 가서 멈춘 곳은 ○○여고 경비실.

"어? 선생님이세요? 저도 교사를 했었어요, 국어과요."

"아닙니다. 저는 교사는 아니지만, 여기가 직장이죠."

해결사는 경비실 안의 자그마한 침상에 오토바이 헬멧과 가죽점퍼를 벗어 두었다. 그리고 능숙하게 옷걸이에 걸린 경비복을 입고서 모자를 착용했다. 나숙 씨는 잠시 뒤돌아 있었다.

"야간 경비 일을 합니다. 저녁 5시 출근해서 다음 날 오전

8시 퇴근입니다."

"주간 일 하시지. 안 힘드세요?"

"이 나이 되면 주간 자리도 저보다 젊은 친구들이 하게 되죠. 선생님들 학생들 다 나간 학교 지키는 게 꽤 중요한 업무입니다. 시험 기간에는 정말로 더욱더 중요합니다."

"당연히 그렇겠죠. 대단하세요."

나숙 씨는 해결사가 건네는 믹스커피를 받았다. 조금씩 마시면서, 경비실 안을 둘러보았다. 5평 남짓한 공간, 업무 일지와 플래시, 청소 도구와 공구 박스 등이 보였다.

"사모님은 밤에 적적하시겠어요."

"허허, 홀로 된 지 10년 됐어요. 암으로 갔지요."

나숙 씨는 괜히 물어봤다는 듯 미안한 표정을 지었다.

해결사는 가영 언니 일행이 있는 카페로 가는 길을 학교 정문에서 메모지에 약도를 그려 가르쳐 주었다. 하지만 이내 택시를 불러 주었다.

"타고 가세요, 제 카드로 결제되니 그냥 내리시면 됩니다."

나숙 씨는 고마워하면서 택시에 올랐다.

카페로 가서 삼총사는 한 군데 더 들렀다가, 풍요실버타운으로 돌아가자고 의기투합을 했다.

"사건도 해결했겠다. 우리 딸애네 들렀다 가자. 그리고 둔치 가서 한강물 흘러가는 거나 보자구."

"그, 그 해결사분은 어디 안 아, 아프시대요…? 인지력도 대, 대단해 보이구요."

"야간 당직 일하는 걸로 봐서는 건강한가 봐요. 아직도 일한다는 게 좋죠."

"우리도 오늘 탐정 업무는 대성공이야. 월세가 들어오면 성공 보수 잔금도 받을 수 있구 말이야. 자, 어서 가자구. 나숙 씨가 힘드니까 택시로 고고씽, 부를게."

택시를 타고 ○○ 아파트에 도착해서 12층에 엘리베이터를 타고 올라갔다.

딩동딩동, 벨을 눌렀다.

문이 열리고 가영 언니의 딸이 나와 화들짝 놀랐다.

"어, 엄마! 이게 무슨 일이야? 어쩌고 나왔어. 연락도 없이."

"그럴 일이 있었어. 좀 들어가자."

"응, 들어와요."

딸은 과일과 커피를 내오는데, 가영 언니는 대뜸 베란다로 나가서 옷장을 열었다.

"야, 너 내 명품 옷들 어쨌어. 타운 행사 날 입고 가려고, 좀 가져가려는데 골프웨어하고."

"그게 저. 너무 안 입고 방치되고 낡아지는 것 같아서 저기 그게 저. 팔았어. 중고거래 앱서 괜찮게 팔았어."

"무어어? 너 그러기 있기 없기. 안 그러기로 했잖아."

"엄마 거기서 무슨 명품 옷이 필요해. 밍크는 뒀어. 봐 봐,
여기 있지."

"아직 겨울 아니니까 둔 거겠지. 너 내 모피코트 다 팔까
봐 이건 우리가 입고 간다."

가영 언니는 호피 무늬, 다정 할머니는 가벼운 밍크 점퍼
를, 나숙씨는 페이크 퍼 은회색 모피를 입었다. 조금은 더웠
지만 포근하게 여겨졌다.

"엄마, 내가 모셔다 드릴게요. 거기로. 풍요실버타운."

"지금은 당장 안 가. 좀 더 즐기련다. 됐다. 어서 택시 불러!"

"네. 가영 언니."

나숙 씨가 택시 앱을 열었다.

딸은 한숨을 쉬었다. 가영 언니는 딸을 안아 주고 얼굴을
부비부비 했다.

"그래도 내가 재혼해서 너 하나는 잘 얻었어. 낳지는 않
았지만, 너는 내 진정한 딸이다. 알았지. 애들 밥 잘 차려 주
고. 간다."

"엄마, 조심해서 다녀. 다치지 말고. 그리고 혹시 너무 밤
늦어 못 돌아가면 전화해. 갈게요."

"오키."

할마시 탐정 트리오

삼총사는 잠시 상의를 했다.

"이제, 어디로 갈까. 다정 할머니 딸 아들은 외국에 사니까 안 되겠고. 나숙 씨는 어디 가고 싶어? 둔치는 안 가도 돼."

"한강물 한번 보러 가요. 가고 싶어. 근무하던 학교가 둔치 근처에 위치해 있어서 종종 보러 갔어. 그 물 흘러가는 풍광이 보고 싶네. 노을 때 보면 멋지기도 하고요."

"그래 가자, 어서. 지금 해 지려 한다. 어서 입력해!"

택시를 타고 둔치에 도착한 삼총사는 먼저 편의점에 들렀다.

이것저것 물건을 바구니에 담고 계산대로 가지고 갔다.

"비닐도 주세요."

편의점 여자 알바가 물었다.

"던힐이요? 어떤 종류요? 아, 비닐요? 죄송해요."

"아니지, 던힐로 주세요. 가장 쎈 거."

가영 언니는 던힐과 맥주를 사서 한강 둔치로 향했다.

"이리로 와, 대본 쓰다 풀리지 않으면 가는 곳 있어. 강물 보면서 마음도 달래고 아이디어도 떠올리고 그랬지. 다 호랑이 담배 피던 시절 이야기야."

밍크와 페이크 퍼를 입은 삼총사는 둔치 벤치에 앉아서 주섬주섬 맥주와 오징어를 먹었다.

"어머, 나 이빨 빠질 거 같아. 치과 두 번 다시 가기 싫어. 당분간은. 치과 치료가 얼마나 힘든데."

나숙 씨가 오징어를 씹다 내려놓았다.

"이거 피워."

가영 언니는 라이터를 꺼내서 던힐에 붙여 건넸다.

"몸, 몸에 안 좋잖아요…."

"이래 죽으나, 저래 죽으나. 조금 앞당겨 가면 가족도 좋아하겠지. 생활비 세이브 되니까. 흥 칫 뿡. 잘 먹고 잘 살아라, 다들! 히히."

"아, 하늘 좋다. 정말 풍요실버타운서 나오니 경치도 좋구, 젊은 사람들도 저 봐요, 멋지다."

퀵보드나 자전거, 스케이트보드를 신나게 타는 청년들이 보인다.

"우리에게도 저런 시절이 있었으니 된 건가. 다시 과거로 돌아가면 드라마 안 쓰고 그냥 연애나 하고 놀러 다닐 건데 말이지. 드라마 쓰느라 늘 집에 있었어. 아니면 제작사에서 얻어 준 작업실서 내 청년과 중년 시절이 다 갔지. 두 번이나 결혼하고 이혼한 과정도 완전 속성이었어. 다음 작품 들어가야 되니까. 남편들이 나 싫다 하면 그냥 헤어져 주었지, 뭐. 다들 재혼만 잘하더라. 아들 하나는 첫 번째 남편과 낳았고, 딸은 재혼해서 얻었고. 그래도 딸이 더 예뻐. 가끔 나

찾아오기도 하구. 내 재산 관리하면서 생활비도 보내구."

"그나저나 김 실장 자꾸 전화하던데. 문자로 언니 전화 받게 하라는데 씹었어."

"어, 어쩌죠⋯."

"나도 알아. 아, 여기서는 잠시 즐기기만 하자."

다정 할머니는 던힐이 입에 맞는지 뻐끔뻐끔 잘 피웠다.

나숙 씨가 회한에 젖어 말했다.

"나 선생님 할 때는 껄렁한 일진 애들 보고 저런 애들은 커서 뭐 되나 싶었는데. 그냥 내 기우였어. 소년원 갔다 온 애도 있지만, 대학 간 애도 있고 결혼도 하고. 왜 걱정했나 몰라. 난 내 무릎 하나 건사 못해서 맨날 관절염 달고 사는데."

가영 언니는 담배를 눌러 끄고 결단을 내렸다.

"나 요기 전철역 근처 잘 가던 피부과 있는데 얼굴 때려 맞고 가자."

"엉?"

"전화해 볼게. 야간 진료 매일 하는 곳이라, 지금 문 열었을 거야. 나이 들어 집서 뭐해. 할머니 의사도 돈 벌어야지. 야간 진료할걸."

삼총사는 잠시 후, 택시를 타고 피부과로 이동했다. 작고 깨끗한 화이트 톤 인테리어의 피부과. 백발이 성성한

253

60대 후반 정도의 곱게 나이 든 여자 원장이 나와 화사하게 웃는다.

"가영 작가님~."

"조 원장. 예약한 기계들에 누울게요. 다 같이 진행해요."

"네, 알겠습니다."

3대의 레이저 기계 위로 환자복으로 갈아입고 눕는 삼총사. 의사들 3명이 달라붙어 시술을 한다.

"자, 그럼 울쎄라 200방 들어갑니다~"

"세게 때려 줘요. 내일이면 다시 못 올지 몰라요."

"네, 알겠어요. 호홍, 작가님. 글쎄 유하론 배우 아시죠?"

"알죠, 내 작품 조역으로 몇 번 나왔잖아."

"그 배우가 글쎄 유부남하고 바람이 나서요, 호홍. 어맛, 비밀인데. 그 유부 애인하고 같이 성형 시술받으러 줄기차게 다닌다나, 뭐라나. 돈줄 잡은 거죠."

삼총사의 귀가 활짝 열리면서, 원장의 연예인 이야기에 쫑긋했다.

"으앗!"

"좀 참으세요, 따귀 백 방 맞는다 생각하심 됩니다~"

시술이 끝나고 냉 찜질팩 마사지를 받고 가영 언니가 시원하게 결제하고 택시를 불렀다.

"자, 이제 돌아가자. 사건 해결 잔금도 받고, 우리 안식처로 가야지."

피부과 앞으로 오는 택시, 조 원장이 나와 인사를 정중하게 하고 삼총사는 택시에 오른다.

"앱에 입력하신 대로 풍요실버타운으로 출발합니다. 어르신."

"우리 어르신 아니에요. 할마시 탐정들이라고 일하는 사람입니다. 그렇게 불러 줘요."

"아네. 그러믄입쇼. 저희 시골 계신 어머니 생각나고 그러네요."

"아니, 이 양반이. 우리가 뭐 90인 줄 알아요? 어머니 생각나게?"

"아니, 저도 70은 아니온지라."

"그럼 침묵하면서 그냥 몰아요. 우리 정말 피곤해요."

차가 고속도로로 빠지면서 속력이 올라가자, 뒷좌석에 안전벨트를 맨 체 꿈나라로 몽실몽실 빠져드는 삼총사. 100킬로가 넘는 눈꺼풀에 레이저를 맞아서 얼얼한 뺨에, 피곤함에, 온몸의 녹신녹신함에 모두 잠에서 일어나질 못한다.

"선생님! 선생님 어서 일어나들 보세요."

가영 언니가 가물거리면서 눈을 뜨니, 김 실장이 거의 사색이 되어 일으켜 준다.

손을 잡고 택시 밖으로 나가는 가영 언니.

"밖에 나가 월세 받으러 갔다 일은 해결됐다고 하셨는데 연락이 안 되어서 걱정했어요. 다들 무슨 일 났다 걱정 중이셨어요."

사건을 의뢰했던 고 여사 부부까지 나와서 안달이 난 얼굴로 실버타운 마당에 몰려 있었다. 알고 보니, 피부과 시술할 때부터 폰을 꺼 놓고 있었던 것이다.

고 여사 부부는 혹시 월세 떼먹던 청년들이 해코지한 줄 알고 김 실장에게 모든 걸 말하고, 경찰서에 연락을 하려던 중이었다. 가영 언니는 폰을 열어 보니 딸에게서 부재 중 전화가 10통이 넘어 있었다. 딸도 잘 돌아갔는지 알아보려다 전화가 안 돼서, 이래저래 연락을 취한 후였다.

고 여사가 눈물을 터뜨리면서 나숙 씨를 붙들고 말했다.

"아니, 그 자식들이 기어이 이런 할머니들 뺨을 수십 방 때린 거예요? 어구야, 얼굴들이 왜 이래요? 정말 호로배 같으니라구."

다정 할머니가 절뚝이는 나숙 씨의 팔을 부축하고 삼단봉 지팡이를 꺼내 짚게 해 주며 고개를 저었다.

"설, 설마요, 우리가 어디 가서 얻, 얻어맞을 사람들로 보여요? 호호홍. 아프긴 하지만…. 레이저 시, 시술받았어요…."

"네에?"

"담, 담주부터 예, 예뻐진대요, 그, 그리고…."

다정 할머니는 주위를 둘러보고 고 여사 귀에 속삭였다.

"유, 유하론이 불륜이래요. 그, 그나저나 잔금 부, 부쳐요. 월세 들, 들어올 겁니다…. 경찰서 보, 보냈어요."

고 여사 부부는 어안이 벙벙한데, 가영 언니를 비롯한 삼총사는 하품을 늘어지게 하고, 눈꺼풀이 절반을 내려와서 김 실장의 호위를 받으며 엘리베이터에 올라 각자의 아파트로 향했다.

그날, 그들은 정말 저승사자가 잡아가도 모를 지경의 꿈 속에서 한참을 푹 잤다.

07

간병 제로

메타버스
실버타운 프로젝트

GRANDMA
DETECTIVES
TRIO

오늘도 휴게실에서는 김 실장이 초빙한 업체가 들어와 시연을 해 보이고 있었다. 오늘은 이상하게 업체 이름을 공지 안 한다 싶더니, ○○상조회사였다.

사실, 자식들과 본인들이 이미 수십 년 전부터 다른 회사에 상조 부금을 내는 형편이라 풍요실버타운에 입주한 상조회사도 잘 이용을 안 하는 마당에 새로운 상조회사라니 조금은 그랬다.

가영 언니를 비롯한 삼총사 그리고 입주자들이 커피 등의 다과를 하면서 무슨 재미나는 일이 오늘도 일어나나 목 빼고 기다리는 중이었다. 사실 이런 영업 방식은 재미가 관건이었다. 얼마큼 흥행 쇼를 하느냐에 따라 그날의 영업 실적이 결정된다.

바깥세상과 다른 점이라면 상조의 직접적 서비스를 받을 당사자들, 즉 신청하는 사람들이 나이가 무척이나 많다는 것이다.

갑자기, 휴게실에 울리던 클래식 음악이 멈추면서, 천둥 번개 치는 효과음이 거세게 들렸다. 그리고 공포영화에나 나올 법한 으스스한 음악이 흘러나왔다.

괴기한 오르골 소리 그리고 박정자 성우 비슷한 음성이 들린다. 그리고 황병기의 〈미궁〉처럼 괴기스러운 소리가 나더니, 저승사자로 분장한 남자들이 들어온다. 삼총사는 경악을 금치 못하는 표정이다.

입주자들이 긴장하면서 퍼포먼스를 보는데, 맨 뒤로 과거 조금 유명했던 원로배우가 나오더니 저승사자에게 막 끌려가기 싫은 연기를 한다. 더욱더 패닉에 빠져드는 입주자들의 모습! 모두들 눈을 크게 뜨고 퍼포먼스에 빠져든다.

입주자들 중에서 맨 앞에 앉은 미국에서 살다 왔다는 이탈리아인 수녀가 가장 열성적으로 설명을 들었다. '마피아 수녀'라는 별명을 지닌 이 외국인은 귀밑의 금발 머리카락을 수녀님들이 쓸 법한 하얀 두건에 슬쩍 내놓고 머리카락을 감추고 다녔다.

할마시 탐정 트리오

항간에는 수녀 출신이라서, 혹은 그녀가 탈모라 머리를 감추고 다닌다 했다. 또 다른 누군가는 무기를 감추고 다닌 댔는데 그럴 법한 게 사실 이탈리아 마피아 단원 출신이라는 소문도 있었다. 그래서 별명도 '마피아 수녀'라고 붙은 것이다.

마피아 수녀는 키가 180에 어깨도 떡 벌어지고, 눈도 부리부리하고 코도 높아서 언뜻 안젤리나 졸리처럼 보이기도 했고, 하여간 카리스마나 아우라가 장난이 아니었다.

들어온 지 얼마 안 됐지만 하얀색 포르쉐를 가지고 들어와 주차해 놨고, 풍요실버타운에서 영어와 한국어를 섞어 쓰면서 늘 모든 일에 열정적으로 임했다. 할머니에게 짓궂은 장난을 치는 할아버지를 혼내 주기도 했다.

이때 검은색 정장을 단정하게 입은 20대 청년들이 나와서 밝고 명랑한 목소리로 안내를 했다. 배경음악으로 행진곡이 흘러나오면서 말을 이어 나갔다.

"걱정하지 마십시오, 우리 상조회사에서는 어르신들이 홀로 외롭게 무섭게 가는 걸 원하지 않습니다. 밝고 명랑하게 장례식도 하나의 퍼포먼스와 쇼로 만들어 드립니다."

경쾌한 힙합 음악이 흘러나오고, 〈스트릿 우먼 파이터〉 프로그램에 나올 법한 여성 무용수들이 나와서 크럼프, 비보잉, 왁킹을 신나게 춘다. 어느새 흥겨운 휴게실.

휴게실의 입주자들이 긴장이 풀리고 웃는다. 이들에게 다가가 상조회사 안내문을 전달하는 무용수들과 청년 직원들. 저승사자들도 춤을 코믹하게 따라 하면서 신나는 분위기를 연출한다.

맨 뒤에서 손수건으로 땀을 닦으면서 휴 한숨을 내쉬는 김 실장.

가영 언니는 코웃음을 친다.

"아니, 대체 얼마나 이 타운이 적자면 이런 생쇼까지 해야 하는 거야?"

나숙 씨는 조용히 말했다.

"가영 언니, 건너 건너 건너 들은 얘기인데 이사장님이 입주자들 보증금으로 무리하게 비트코인 같은 데 투자해서 큰일이 났다나 봐. 보증금 빼서 나가려던 입주자들을 막고 있대."

"미, 미장원 원장에게 들었는데 일이 커져 이사회에서 이, 이사장님과 김, 김 실장을 내몰려 한대요…."

"그래서 저 지경이 돼서 이렇게 공격적 프로모션을 하는구나. 어쿠야."

상조회사 직원들이 물러나고, 클래식 음악이 들리면서 한가롭게 티타임을 가졌다.

가영 언니는 커피를 텀블러에 넣고, 얼음을 넣어 아이스

할마시 탐정 트리오

로 바꿔 마셨다.

"여기다 시럽 두 펌핑 넣으면 개꿀이다."

"나도 좀 마셔 볼게."

"어, 그거 내 빨대야. 물기 묻힌 거 보이지? 방금 먹은 티 나잖아."

"누가 전직 미스터리 전문 드라마작가 아니랄까 봐."

"아, 아니 현, 현직이잖아요…."

가영 언니는 한숨을 쉬었다.

"안 쓰는데, 뭘. 그나저나 오늘은 저 상조회사 쇼로 하루 그냥 시원하게 시작했는데. 내일은 뭐 하나."

"여, 여기요."

다정 할머니는 전단지를 내밀었다.

"행, 행정실 벽에 붙은 거 떼 왔는데…. 몇 주 있음 해요."

메타버스 실버타운 조성 투자 설명회

새로운 개념의 메타버스 요양시설을 소개해 드립니다. 투자 유치 세미나를 풍요실버타운 강당에서 합니다. 요양원 스타트업계의 유니콘 신화를 같이 창조해 나갑시다.

일시 2022년 6월 23일 오후 3시

장소 풍요실버타운 다동 강당

주최 효도메타테크

"응? 이거 지난번에 여기서 다정 할머니가 체험해 본 기기 만드는 회사잖아? 방 과장 말이야."

"맞다. 나도 체험했잖아. 근데 이거는 입주자가 아니라, 투자자를 모시는 거라 우리가 못 들어갈 텐데? 어디서 가져왔어요?"

"미, 미장원서 어떤 부, 부자 언니가 김 실장이 안내해 준, 준다고 오랬대요…."

가영 언니가 코웃음을 쳤다.

"김 실장 여우 같으니라구. 이제 부자 노인들만 슬슬 찔러서 투자 유치하고 있구먼. 흥."

상조회사는 마지막 행사로, 팔씨름에서 우승자를 무료로 상조에 가입시켜 준다고 홍보를 했다. 남자 여자 할 것 없이 지원했다. 다정 할머니도 나가고 싶다고 해서 맨 뒤에 섰다.

마침, 힘세고 젊은 축에 드는 남자 입주자들이 없었다. 거의 90 노인들이었고, 도리어 젊은 축에 든 할머니들이 강세를 보이는데, 마피아 수녀 할머니가 팔뚝을 걷어붙이고 나왔다. 두툼한 근육이 돋보였다.

다정 할머니도 힘이 세서 제법 지원자들을 물리쳤다.

결승, 드디어 마피아 수녀와 다정 할머니가 붙었다.

마피아 수녀가 힘을 합, 하고 주었다. 다정 할머니는 조심스레 눈을 크게 떠서 노려보았다.

양쪽으로 응원자가 갈리었다.

"파이팅! 다정 할머니, 이겨라!"

"수녀님, 힘내세요. 주님의 은총으로!"

마피아 수녀가 처음에는 우세했지만, 다정 할머니가 가영 언니와 나숙 씨의 응원을 받자, 갑자기 삼손 같은 힘을 발휘하면서 척 이겼다.

"축하드립니다. 저희 상조회사에서 무료 가입을 도와드리겠습니다. 이리로 오셔서 서류를 작성해 주십시오."

다정 할머니가 난처해 주춤했다. 나숙 씨가 나서서 다정 할머니의 핸드폰을 뒤졌다. 각종 서류를 찍은 걸 찾아서 대필했다.

사실 요즘 다정 할머니는 인지능력이 낮아지면서 글씨도 똑바로 쓰기 힘들어 늘 신문을 보고 가장자리에 연습하지만, 글씨가 삐뚤빼뚤해서 알아보기 힘들었다.

그날 늦게 수 원장은 다정 할머니를 휴게실로 찾아왔다. 인지검사를 가족들이 부탁했다면서 일주일 후에 꼭 진료실로 와 달라고 했다. 다정 할머니는 며칠간 고민했다.

"어, 어떻게 하죠?"

"걱정 마. 우리가 도와줄게. 수능 치듯이 해야지, 뭐. 1, 2등급은 어려워도 3, 4, 5등급은 따 보자구."

다정 할머니는 인지선별검사를 두려워했다. 건망증이 심한 편이었는데, 심지어 휴지를 버린답시고 돈을 버린 적도 있어, 나숙 씨가 쓰레기통에서 만 원 지폐를 찾아 준 적도 있었다. 핸드폰을 목에 목걸이처럼 해서 걸고 다니기도 했다.

가족이 인지선별검사를 부탁해서, 수 원장이 검사 날짜를 잡은 것이다. 가영 언니와 나숙 씨는 인지선별검사에서 높은 점수를 획득하기 위해 다정 할머니를 훈련시켰다.

"오늘은 몇 월 며칠?"

"2022년 몇, 몇 월이지요? 7월 1일 틀니의 날 이런 건 알겠는데….."

다정 할머니는 기억이 가물거린다면서, 큰 글자 달력에 8월 1일 세계 폐암의 날, 9월 21일 세계 알츠하이머 치매 극복의 날 등의 건강의 날, 행사 및 월별 요주의 질환 정보를 적어 놓고 외우기도 했다.

"일단 패스. 날짜는 매일 달라지니 시험 직전 외우자고. 그럼 주민등록번호는?"

"590314-20…5…, 음. 모르겠어요."

"할 수 없지, 거기서 막혀. 그건 팔에 적어 줄게. 문장을 불러 드리겠습니다. 잘 듣고 따라 하세요. 민수는 자전거를 타고 공원에 가서 12시부터 축구를 했다."

다정 할머니는 눈을 끔벅거리더니, 그대로 따라 했다.

"민, 민수는 자, 자전거를 타고 공원에 가서, 음 12시부터…, 뒤는 잘 모르겠어요."

"하는 수 없지. 이것도 좀 힘들어. 이번에는 숫자 따라 해봐요. 5 3 6 9 1."

"5 3 6 9 1."

"오우, 그건 잘 맞추는데?"

"장, 장사를 해서 돈, 돈이라 생각하고 뒤에 만 원을 붙, 붙이면 돼, 돼요…. 5만 원, 3만 원 이, 이렇게 속으로 쳐요."

이런 식으로 인지검사 모의고사를 시간 날 때마다 복습하고 일깨워 줘서 그럭저럭 수 원장의 시험에 통과해 다행히도 치매 판정을 받지는 않았다.

다정 할머니는 기억력은 떨어졌지만, 장사로 다져진 팔다리 근육은 아직도 단단해서 걷는 것도 잘해 나숙 씨가 보행을 힘들어하면 잘 부축해 주었다.

이렇게 삼총사 탐정들은 서로의 핸디캡을 보충해 주면서 다녔다.

며칠 후, 여전히 다를 것 없는 평일 오후에 탁구실에서 입주자들이 탁구를 천천히 치는 걸 보는데, 마피아 수녀 할머니가 운동하다 갑자기 다정 할머니에게 다가왔다.

"유, 기운 겁나 세! 베리베리 스트롱. 쏘 아이 워나 기브 유

기프트. 친하게 지내고자~. 비 프렌드리 위드 미."

마피아 수녀가 콩글리시 같은 말로 다정 할머니를 일으켜, 건물 밖으로 나갔다.

하얀색 포르쉐 카이엔 터보 GT가 주차장에 서 있었다. 스마트키로 문을 열고, 다정 할머니를 조수석으로 안내했다. 이미 소문으로 이 새로운 외국인 입주자가 포르쉐를 가지고 들어왔다는 이야기는 들었다. 하지만 시트도 온통 아이보리색인 하얀색 스포츠카가 그렇게 멋질 줄은 몰랐다.

"우, 우리 다 태, 태워 줘요…."

마피아 수녀는 뒤에 타라고 했다. 삼총사가 올라탔다.

"고우 베이비~."

시동을 걸고, 액셀을 밟아서 속력을 높였다. 파노라마 썬루프가 열리면서 바람이 들어왔다. 급가속을 해서, 엔진음이 요란하게 들렸다. 엄청난 파열음과 함께 차가 달려 나갔다.

실버타운 건물 뒤 주차장을 사자처럼 화끈하게 달려 나와서, 표범처럼 날래게 풍요실버타운의 정원을 빙글빙글 돌았다. 드리프트를 능숙하게 하면서, 차가 뱅그르르 돌자, 입주자들이 모두 지팡이를 짚고 워커를 끌고 마당으로 나오고, 혹은 휠체어를 타고 고개를 돌려 창문으로 내다보았다. 침대 누운 환자도 귀를 조금 씰룩거렸다.

가·나·다·라 네 개 동의 거의 모든 입주자들이 관심을 집중하는데, 포르쉐는 뱅글뱅글 마당을 신나게 달렸다. 바람이 듬성듬성한 머리카락을 확 뒤집어 날리고, 나뭇잎들이 흔들리고, 사람들이 웃기도 하고, 신기해하기도 하는데 삼총사는 가슴이 확 터지는 걸 느꼈다.

갇혀 산다는 것. 이곳에서 반경 100미터 안이 걸을 수 있는 공간이 된다는 것. 건물과 정원 말고는 갈 곳이 없다는 것.

얼마나 감옥 같은 생활인가. 거기다 보는 사람도 매양 같고, 먹는 음식의 식단표도 한 달로 동일하게 돌아간다. 같은 맛, 같은 옷, 같은 사람, 같은 집 그리고 매번 달라지는 질병의 종류.

'날려 버리자, 날자꾸나. 피로하구 체중이 줄고, 식욕도 없고, 요실금에 잠도 안 오고 귀가 안 들리고, 글자가 안 보이는 이 모든 증세를 날리자. 타임머신을 타고 젊은 체력으로 혹은 이 포르쉐를 타고 그냥 저 하늘로 일찍 훌훌 털고 가자. 그러면 이 스포츠차 같은 새로운 기깔나는 육신이 주어질지 모른다.'

이때 끼이이익, 급제동과 함께 삼총사의 몸이 안전벨트에 묶인 채, 앞으로 숙여졌다.

차가 멈추고, 김 실장이 두 팔로 가로막으면서 큰소리를 냈다.

"위험합니다. 어서 내리십시오. 이 일이 두 번 다시 반복

271

되면, 입주 규칙에 위배되니 묵인하지 않을 겁니다. 어서 내리시죠. 차량은 외부로 정말 필요할 시만 이용할 수 있습니다. 입주자 규칙을 제가 다시 톡으로 드리겠습니다. 어서 주차장에 파킹을 해 주십시오. 플리즈 파킹!"

그렇게 신나던 드라이브는 급제동과 함께 끝났다.

며칠이 흘렀다. 최근에 사건 의뢰자도 없이 한가로이 휴게실에서 소소하게 수다를 떠는데 새 사건 의뢰자가 다가왔다. 고 여사에게 소개를 받았다는 것이다.

"제 남친을 찾아 주세요."

늘 영국풍 꽃무늬 드레스를 사시사철 입는 하이톤 목소리의 '꽃할매'는 대뜸 남친 실종 사건을 의뢰한다고 했다.

"남친이 누군데요?"

"다동에 사는 민호철 씨요."

"민호철 씨라."

아, 기억이 났다. 꽃할매가 휠체어에 탄 할아버지와 함께 종종 정원을 산책하는 걸 목격한 적이 있었다.

노인병으로 다리를 못 쓰게 돼서, 24시 간병이 필요한 다동에 살지만, 가동의 꽃할매와 정원에서 만나 친분을 쌓았다고 했다.

"아니, 글쎄 호철 씨가 어느 날 소리 소문 없이 사라졌어

할마시 탐정 트리오

요. 폰 문자도 안 보고, 그렇다고 가족 연락처를 모르니 물어볼 수도 없고. 김 실장도 환자분 개인 사정으로 말씀드릴 수 없다고만 하지. 저는 혹시 죽었나 싶어 부고 기사를 한참 보기도 하구, 영안실이나 장례식장 고인 이름을 검색해 보기도 했어요. 에휴, 가뜩이나 제 딸이 기르는 우리 송이도 무지개다리 건너가서 마음도 허한데, 호철 씨도 실종됐고 정말 꿈자리가 뒤숭숭해요. 맨날 호철 씨가 어디 누워서 나한테 손짓하고 입 모양으로 도와 달라는 그런 꿈을 꿔요. 가위도 눌리고요. 정말 어딘가 사라지고 나서 이상한 예지몽을 꾸는 건 아닐까요?"

"사진 좀 볼 수 있을까요?"

꽃할매가 보낸 사진 파일을 여니, 휠체어에 타고 골프 모자를 쓴 민호철이 꽃할매와 손을 붙들고 활짝 웃고 있었다. 왼손에 두툼한 황금 테두리에 붉은색 보석 반지를 끼고 있었다.

"해병대 반지예요. 멋지죠? 베트남전도 다녀온 참전 용사가 이렇게 됐으니 안타깝죠. 하지만 얼마나 스윗하고 웃을 때 귀여운데요. 이 반지하고, 모자는 죽어도 안 빼고 안 벗어요. 왜 나이 들면 고집이 있잖아요. 사회에서는 변호사로 일했대요."

민호철의 실종을 꽃할매는 꼭 알고 싶다면서, 의뢰비를

주고 갔다. 게다가 안 신는 나이키 에어 운동화를 나숙 씨 사이즈를 확인 후 신어 달라며 건네고 갔다. 사양해도 새 신이라면서 자신은 펌프스나 플랫 슈즈만 원피스에 어울린다고 부득부득 주더니 사건을 잘 해결해 달라고 했다.

삼총사는 휴게실에서 티타임을 가지면서 의논을 했다.

"아니 대체 어떻게 된 거지? 가족은 연락처를 모르면 연락을 못 한다 치고, 왜 김 실장은 안 알려 주지?"

"가영 언니, 진짜 죽고 장례식 치른 다음에 가족들이 쉬쉬해 달라고 그런 거 아닐까? 혹시 바이러스 전염병 감염 뭐 이런 사정이 있다면 그럴 수 있잖아. 김 실장은 여기 그런 소문이 퍼지면 큰일 나니까."

다정 할머니가 곰곰이 생각한 후 입을 열었다.

"저어기, 장, 장기 매매 그런 거 아닐지요…."

가영 언니와 나숙 씨의 눈이 휘둥그레졌다.

"에에? 설마. 우리의 노화된 장기가 그리 쓸모가 있을까? 게다 민호철 씨는 다리도 못 써서, 일어나지도 못한다구."

"가영 언니, UFO 같은 데서 외계인들이 납치해서, 인체 생체실험을 하는 건?"

다정 할머니가 고개를 저었다.

"우, 우리보다는 청, 청년 신체가 낫지 않을까요."

"그건 그래. 흐음, 이건 행정실장 입에서 들을 수 없다면 해킹을 해서라도 알아내야 해. 왜냐고? 단지 사건 의뢰받아서가 아니야. 나중에 우리 삼총사 중에 한 명이 실종됐는데 이런 식으로 일이 덮여 봐. 혹시 어떤 안 좋은 곳으로 보내졌는데 우리 중 하나라도 안 나설 거여? 자초지종을 알아보고 라이언 일병 구하는 것처럼 구해 오든가, 아니면 진실을 캐고 봐야지."

"맞아, 멀쩡한 사람을 재산을 뺏으려고 자식들이 치매 전담 요양병원에 보냈을 수도 있어, 실종 사건을 캐 봐야 돼."

삼총사는 고개를 끄덕였다.

다음 날, 삼총사는 행정실 침투 계획을 세웠다.

행정실의 컴퓨터에 접속하고자 했다. 마침 김 실장이 월차를 내서 쉬는 날이라 어찌 보면 가능할 것 같았다. 자고로 상사가 없는 사무실은 직원들이 조금은 느슨해져 있고 마음에 여유가 있기 마련이다. 하하호호 웃음이 피어나오는 행정실을 나숙 씨가 슬그머니 들어갔다. 뒤를 가영 언니와 다정 할머니가 따랐다.

20대 여성 행정 직원이 물었다.

"입주자님, 무슨 일이세요?"

"아, 저희가 이런 일을 해서요."

나숙 씨가 내민 손글씨 명함에는 이렇게 적혀 있었다.

> **할마시 탐정 트리오 사무소**
> 이가영, 명나숙, 성다정
> 대표번호 010-9931-XXXX

"할마시 탐정단이요?"

"네, 김 실장님도 아세요. 어디 계세요? 오늘 저희가 몸 불편한 어르신을 위해 직접 소포 배달을 해 드리기로 했는데요, 공익을 위해서요."

"어, 그건 실장님 업무인데요. 오늘은 월차이셔서 제가 해야 돼요."

"호호, 일도 많은데 도울게요."

"실장님 책상 옆에 쌓인 소포 보이시죠? 저 소포들은 모두 뜯어서 가져다주세요. 몸이 불편한 입주자님들이 특별하게 신청한 서비스 아시죠."

"네, 알겠습니다."

나숙 씨가 최대한 다리를 절룩이지 않으면서 천천히 김 실장의 책상으로 이동했다.

소포들을 하나하나 배달될 입주자 이름을 보면서 책상을 여기저기 살폈다. 조용히 컴퓨터 부팅을 했지만, 비밀번호

를 입력하라고 해서 일단 1234, 4321 이렇게 넣어 보고 막
히자, 패스했다. 책상에는 책꽂이에 각종 행정서류들 파일
이 꽂혀 있고, 한편에는 고급스러운 앤티크 잔 옆에 '에티오
피아산 구지 우라가 농장 원두'라 적힌 드립 커피 등이 여러
개 든 박스가 있었다. 김 실장은 나름 고급 커피를 마셨다.
나숙 씨가 커피를 들어 살폈다.

드립 커피에 디카페인이라고 적힌 게 여럿 있었다.

고개를 슬그머니 들이미는 가영 언니는 드립 커피를 내려
다보고 고개를 갸웃했다.

"흐음, 왜 갑자기 디카페인을 마시지? 밤에 잠이 안 오나?"

직원이 다가와 확인차 물었다.

"거기 소포 보이시죠?"

"아, 네네."

나숙 씨가 소포 서너 개를 주섬주섬 챙기면서 컴퓨터 옆
에 붙은 노랑 포스트잇을 유심히 보았다. 각종 포털 사이트
아이디가 비번하고 나란히 적혀 있었다.

'그럼 그렇지, 누구나 이러고 산다니까, 젊다고 별수 있
어?'

모두 살폈지만, 컴퓨터 비밀번호는 못 찾아냈다. 이때 눈
에 들어오는 메모가 보였다.

'메타버스 시설로 전환 프로젝트 드디어 D-100, 세미나 성공이 관건!'

"메타버스 시설이라? 뭐지?"

그리고 그 밑에 이상한 암호 같은 게 적혀 있었다.

ㅁㅎㅊ ㅇㅅㅌ ㄱㄷㅎ ㅊㅅㅈ

가영 언니는 얼른 핸드폰으로 찍어 놓았다. 그리고 삼총사 단톡방에 올렸다.

소포를 풀어 확인하는데 비닐에 싸인, 분홍색의 원형의 기다란 물건이 나왔다.

"어? 이건 뭐지? 903호 장 여사 물건인데? 우리 첫 의뢰인."

그때 나숙 씨가 물건을 놓쳤다. 갑자기 물건이 덜덜 진동했다.

가영 언니가 집어 들었다.

"설마 바이브레이터? 아니 내일모레 요단강 건너실 분이?"

"아니겠지. 마사지건 같은 거겠지."

"내가 오해했겠지, 오래 사실 것 같아. 크크."

"그, 그러게요…, 호호 히히."

"그리고 이거 김 실장 책상에서 이런 메모 발견한 거. 사진을 단톡방에서 봐 봐."

"으흠. 메타버스 시설 전환이라 뭐지? 뭐 주식 같은 거 벤처나 스타트업에 투자한 거 아냐?"

"이건 분명히 암호 같은데, 한글 초성이 가리키는 게 뭔지 모르겠어."

ㅁㅎㅊ ㅇㅅㅌ ㄱㄷㅎ ㅊㅅㅈ

"분명 의미가 있는 거 같은데, 잘 모르겠단 말이야."

"주, 주식 관, 관련 아, 아닐까요?"

"좀 더 생각해 보자."

다음 날, 휴게실에서 암호를 풀기 위해 애쓰던 삼총사 앞에 구 교수가 다가왔다. 그는 새빨간 색의 마이마이(카세트 플레이어)를 만지면서 플레이 버튼을 눌러 보고 있었다.

가영 언니가 다가가 마이마이가 멋지다고 하고는 슬쩍 민호철 씨를 아는지 물어봤다.

"어? 그 양반 알고 있죠."

구 교수는 앱을 열어 캘린더를 보았다.

"음, 민호철 씨는 정말 갑자기 안 보여서 수상쩍긴 했어요. 제 친구 중에 해병대 출신이 있어 건너 아는 양반인데, 지난달 25일부터 갑자기 모습이 안 보였죠. 왜 맨날 그 할머니랑 정원서 데이트하고 했잖아요. 최근에 몸 상태가 안 좋아지긴 했어도요."

가영 언니는 새삼 구 교수의 눈썰미에 놀랐다. 자신보다 관찰력이 뛰어나 보였다.

"혹, 혹시 그, 그런 분이 더 계세요?"

"가만있자 설라무네. 흐음. 잠깐만요. 가동의 국두희 여사님, 차승자 여사님 이 두 분도 저한테 명품을 판 적이 있는데, 갑자기 방 뺀다는 말도 없이 사라져서, 좀 놀랜 적 있었습니다. 그분들도 상태가 안 좋기는 했어요, 한 분은 독감에 걸려 수액을 자주 맞기도 하셨고, 다른 한 분은 진짜 노환이 오셔서 힘들었죠."

"아니, 여기야 뭐 상태가 안 좋아지면 다른 시설 모시느라, 이사를 자식들이 모시러 와서 조용히 나가기도 하는데, 좀 그러네."

"그러니까 가동에 사시던 국두희, 차승자 님, 그리고 다동의 민호철 님이 갑자기 사라졌다는 뭐 그런 거죠?"

"네, 다른 분들은 병원으로 가거나, 이사 나가거나 했는데, 그분들은 모르겠어요. 종적을. 사실은 말이죠, 제가 물리학에 관심이 많아서 좀 책도 읽고 다큐도 보고 했는데, 엔트로피 그러니까 물질들이 충돌해서 부딪혀 무질서 상태가 되면, 상태가 변화하는 거라네요."

가영 언니가 의아해했다.

"네? 무슨 말인지 통…."

"뭐, 쉽게 말하자면, 서로 간의 다른 세계관이 만나 무질서, 즉 엔트로피 상태가 되면서 입주자들이 사라졌다는 그런 말씀입니다. 제 추정입니다. 이만, 중고거래 앱에서 알림이 왔어요,"

구 교수는 바삐 걸음을 옮겼다.

"가영 언니, 하나는 알겠다. 지금 그 사라진 사람들 뭔가 일 터졌다는 거야. 주위에 소리 소문 없이 사라진 겨. 민호철 씨만 여친이 우리한테 찾아와 사건으로 의뢰해서 이렇게 공론화된 거고. 이거 중대 사안이야."

"엔, 엔트, 트로피, 위, 위험해요…."

"대체 어디로 간 걸까?"

나숙 씨가 고개를 갸웃하다 말했다.

"여기 타운 다동에 휴게실 뒤쪽에 입주자들 물건 보관하는 데가 있대. 놔두고 간 물건, 혹은 유품 등등 당장 찾아가지 않는 물건 두는 데가 있다는 거 알고 있지?"

가영 언니가 박수를 딱 쳤다.

"알아! 취재한 적도 있어. 메모리얼 룸! 거기 가 보자."

예전에 가영 언니는 김 실장에게 드라마 소재로 실버타운을 쓰고 싶다면서 다동에 따라 들어온 적이 있었다.

사진을 두고 가신 입주자들이 많아서 그 사진들을 기리면서 보관하는 메모리얼 룸이 있었다. 입주자가 돌아가시면 영정 사진을 유가족들은 급한 대로 핸드폰이나 집에 있는 사진으로 쓰고는 했다. 그래서 정작 입주자 본인들이 나중에 쓰려고 보관하고 있던 사진은 두고 간다. 따라서 가족들이 짐 정리하면서 영정 사진은 있다면서 사진을 두고 갔는데, 김 실장이 그런 남겨진 물건들을 모아 메모리얼 룸에 보관했다고 했다.

삼총사는 다동으로 조용히 걸어서 이동했다. 1층의 휴게실은 조용했다. 아무래도 간병을 필요로 하는 다동 입주자들이 휴게실에 홀로 나오기에는 제약이 있었다. 휴게실 뒤로 좁은 복도가 있고 사무실이 있었다. 노인 용품 관련 물품 보관실도 있고, 사무를 보는 공간도 있었다.

가영 언니는 기억을 더듬었다.

"분명히 그 방이 여기 복도 끝 어딘가 있었어."

가영 언니는 어둠 속에 복도를 더듬어 천천히 걸어 끝까지 갔다. 쇠로 된 둥근 문손잡이가 나왔다. 그녀는 손잡이를

할마시 탐정 트리오

조심스레 돌려 문을 삐거덕 소리 나게 열었다.

어둠에서 플래시 앱으로 불빛을 비추었다.

수십 개의 영정 사진이 드러나자, 소름이 끼쳤다. 웃는 얼굴, 노인 특유의 눈꼬리가 처진 얼굴, 우는 듯한 얼굴, 아파 보이는 얼굴, 화가 난 듯한 얼굴 등등 노인들의 얼굴이 보였다.

'아, 나의 미래도 결국 저것이 되겠지. 머지않은 근미래에. 아니, 당장 내일이라도 이상하지 않다. 나는 노인이니까.'

가영 언니는 한숨을 쉬면서 영정 사진을 손으로 훑으면서 진열장들 사이로 걸어 들어갔다.

안쪽에 행거와 선반에 옷과 모자나 지팡이, 액세서리 등 유품이 놓여 있었다. 유가족들이 두고 간 옷도 이렇게 보관한 모양이었다. 아마, 나중에 행여 찾으러 올지 모른다고 생각한 모양이다.

하긴, 가영 언니도 친한 친구가 죽었을 때 친구의 딸이 자신에게 혹시 엄마 유품을 소장하고 있냐고 물었던 적이 있었다. 돌아간 엄마 옷을 모두 고물상에 처분했는데, 꿈에 엄마가 자주 나타난다면서, 점집에 물어보니 엄마 옷이나 소지품을 다시 구해 와서 어떻게든 태워 올려보내라 했다는 것이다.

가영 언니는 고개를 끄덕였다. 실버타운에도 이러저러한 일들이 많으니, 가족들이 처분해 달라고 한 유품을 당장 버리지 않고 몇 년은 보관하는 것이다.

그때 보석 반지가 눈에 들어왔다. 황금 테에 붉은색 보석. 바로 해병대 반지이다!

가영 언니는 진열장을 열고 반지를 꺼내 안을 살폈다. '해병대 ○○기 민호철'이라고 적혀 있었다.

아, 그는 여기에 물건을 두고 갔다. 이건 무슨 단서란 말인가!

그리고 그 옆에 놓인 모자도 분명히 꽃할매가 보여 준 사진 속의 골프 모자이다.

가영 언니는 뇌리에 섬광처럼 빛이 꽂혔다.

"미친! ㅁㅎㅊ!"

김 실장의 책상에서 발견한 메모!

ㅁㅎㅊ ㅇㅅㅌ ㄱㄷㅎ ㅊㅅㅈ

암호의 첫 단서는 바로 민호철의 초성이었다. 어디론가 실종된 노인의 이름. 그는 대체 어디로 갔고 왜 이 기억을 저장하는 공간에 그의 물건이 있는 것인가. 그는 죽었는가 살았는가.

가영 언니는 손을 부르르 떨었다.

"민호철, 그리고 뒤는 국두희, 차승자! 구 교수가 주변에 말도 없이 사라졌다고 한 그 사람들! 대박 사건!"

가영 언니는 얼른 메모리얼 룸을 나왔다. 복도를 망보고 있던 나숙 씨와 다정 할머니 팔짱을 끼고 조용히 걸어 나가면서 속삭였다.

"여기서 빠져나가야 해. 어서. 무시무시한 음모가 있어."

가영 언니는 선글라스를 고쳐 쓰고, 핸드백에서 모자를 꺼냈다. 머리에 버킷 해트를 깊숙이 눌러쓰는데, 저만치 검은 양복을 입은 남자들이 딱 봐도 VIP처럼 보이는 사람들을 호위하면서 엘리베이터로 모신다.

"뭐지? 느낌이 오는데."

"가영 언니, 그 전단지 날짜, 바로 오늘이야!"

"뭐라고?"

다정 할머니가 바지 속주머니에서 주섬주섬 구겨진 종이를 꺼내 든다.

메타버스 실버타운 조성 투자 설명회

새로운 개념의 메타버스 요양시설을 소개해 드립니다. 투자 유치 세미나를 풍요실버타운 강당에서 합니다. 요양원 스타트업계의 유니콘 신화를 같이 창조해 나갑시다.

일시 2022년 6월 23일 오후 3시

"따라가 보자."

삼총사는 세미나장을 계단으로 접근했다. 층계를 나숙 씨가 손잡이를 잡고 힘겹게 오르자, 가영 언니가 앞에서 끌고, 다정 할머니가 뒤에서 밀었다.

다정 할머니, 기어이 나숙 씨를 등에 업고 계단을 끝까지 올라 세미나장으로 들어갔다.

"허리 펴! 의사인 척, 투자인 척, 이사장인 척하자구! 최면 걸어."

삼총사는 어깨를 당당히 하고, 세미나장으로 들어가면서 자연스럽게 에스프레소 커피와 와플 과자를 집어 들었다. 다정 할머니는 전단지를 보여 주면서 윙크를 찡긋했다.

행사 직원인 검은 양복이 이들 앞으로 가로막았다.

"어디서 오셨습니까?"

가영 언니가 태연스레 말했다.

"우리수 명품 노블병원 투자자입니다."

예전에 드라마에 넣었던 병원 이름을 엮어 둘러댄 것이다.

"잠깐만 확인해 드리겠습니다."

검은 양복이 패드로 확인하려는데, 나숙 씨가 그만 휘청하다 쓰러지는 시늉을 했다.

"아이구 다리야, 나 죽것네. 살려 줘요."

"진정하십시오, 여기 물 좀 갖다 주세요. 휠체어 필요하신지요."

행사 안내요원들이 삼총사를 세미나장의 중간 즈음 의자에 모시고 가서 앉혔다.

"나중에 확인하고 다시 말씀드리겠습니다. 일단 자리에 앉으십시오."

가영 언니는 어수선한 주변을 둘러보았다.

"아직 행사하기 전이야. 잠깐 저기 좀 봐 봐."

"히익, 무슨 환자용 침상이 왜 세미나실 안쪽에 있지?"

"내가 화장실 가는 척 슥 가 봤다 올게."

가영 언니는 세미나실 단상 뒤로 연결된 문 안으로 들어가 살폈다.

하얀색 침상이 있고 각종 의료기기가 연결돼 있었다. 간이로 꾸민 환자 병상이었다. 모두 4명의 환자가 누워 있었다. 그리고 이름이 붙어 있었다.

환자의 이름을 본 가영 언니는 소스라치게 놀랐다.

아는 이름이었다. 바로 수십 년 전 같이 일해, 포상 휴가도 다녀오고, 호텔 뷔페도 사 주던 이였다. 동명이인인가.

하지만 가영 언니는 이상해서 그 옆에 놓인 차트를 보니, 환자의 이력 중에 '방송사 임원'이라고 적힌 글을 놓치지 않았다.

바로 전직 방송사 사장이던 이승태가 맞았다. 이게 웬일.

그가 눈을 감고 가죽 질감의 요상한 팬츠를 입고, 누워 있었다. 팬츠에는 여러 호스가 달려 있었다. 그리고 얼굴에는 고글 같은 스마트 안경이 덮여 있었다. 그런데 갑자기 그의 장갑 낀 손가락이 꾸물거렸다. 가영 언니는 놀라서 손을 보다가, 그의 얼굴에서 안경을 들어 올렸다.

얼굴에 주름이 자글자글하고, 탄력이 없었다. 그는 눈을 움찔거렸다. 하긴 그럴 나이였다. 85는 됐을 테니까.

이 남자와 잠깐 썸을 탔던 게 언제던가. 아마 사십 중반이고 몇 년 안에 완경을 맞이할 시점이었다. 이상하게 밤마다 온몸에 홍조가 오르고 사춘기 아이처럼 앵 토라지던 시기였다. 방송사 임원이던 이 누워 있는 남자와 드라마 기획이나 줄거리, 세계관으로 엄청나게 싸웠고 그러다 정이 들었다.

둘 다 이혼했던 시기라 데이트를 찐하게 해도 불륜 같은 건 아니었지만, 나이 차도 많이 나고 동종 업계에서 연인을 만들면 불편하겠다 싶어서 헤어졌다. 폐경을 맞이하면서 그와의 감정은 사그라지고, 첫사랑처럼 먼 옛날의 일로 훗날 기억됐다. 그가 방송사 사장이 되었단 건 나중에 신문으

할마시 탐정 트리오

로 알게 됐다. 그리고 그도 재혼을 했고 자신도 재혼하고 잊었다.

하지만 가끔은 프랑스 영화 〈남과 여: 여전히 찬란한〉처럼 우연히 만나고, 다시 묘한 감정을 느끼는 건 어떨까 생각만 했는데 이렇게 조우하게 될 줄이야.

신체의 차이가 이렇게 나이에 따라 큰지는 정말 몰랐다. 가영 언니는 결국 자신도 저 길을 걸어야 하는 걸 뼈저리게 문득 느꼈다. 나이도 이름도 가물거리던 그를 이렇게 만나게 되다니.

이때, 그가 눈을 번쩍 떴다. 그의 얼굴이 오만 가지 주름을 지으면서 두 손을 들어 가영 언니에게 내밀었다. 그때 LED 등이 한 번 들어왔다 나가면서 가영 언니는 등골에 소름이 돋았다.

죽음 직전에 있는 사람의 얼굴 같았다. 그가 하도 손을 덜덜 떨면서 내밀기에 장갑을 빼고 덥석 잡아 안심을 시켜주었다.

"진정해요, 승태 씨."

문 쪽에서 인기척이 났다.

당직 간호사가 들어오는 기척이 나자, 가영 언니는 얼른 몸을 침상 아래로 숨겼다. 간호사가 스마트 안경을 방송사 사장이었던 이승태에게 다시 씌워 주고, 장갑을 잘 끼우고 기계를 점검하고 나갔다.

가영 언니는 간호사가 나가자, 스마트 안경을 들어서 자신의 눈에 가져가 대었다.

무언가 흐릿한 것이 보였다. 그러다 가영 언니가 방송사 사장의 뇌에 꽂힌 전깃줄이 달린 자극 침을 탈모가 와 텅 빈 자신의 두피에 테이프로 고정하고 시선을 집중해서 스마트 안경에서 흘러나오는 화면을 보려 노력했다.

자신의 얼굴이 보였다. 엥? 바로 20여 년 전에 이 남자와 만나서 식사를 하고, 피디, 보조작가들과 상찬을 하면서 덕담을 나누는 모습이었다. 드라마 하나를 히트하고 나서, 뷔페를 먹던 장면이었다. 기억을 하는 건, 바로 그때 피디가 기록으로 남긴다면서 비디오카메라 영상으로 찍었기 때문이었다. 소름이 끼쳤다.

왜, 과거 추억 영상을 구해서 이렇게 환자에게 틀어 주는지 궁금했다. 가영 언니는 스마트 안경을 벗어 방송사 사장에게 씌워 주고, 다시 전깃줄 달린 자극 침도 그의 머리에 꽂아 주었다.

순간 갑자기 하얀 가죽 팬츠에서 요란한, 무언가를 빨아들이는 진공청소기 같은 소리가 났다.

뭐지? 분명히 기저귀가 있어야 할 공간에 이 바지가 있는 걸로 봐서 비슷한 작용을 하는 것 같았다. 아, 바로 기저귀를 대체하는 팬츠였다.

그 옆 침상에 누운 남자는 분명히 꽃할매가 보여 준 사진 속의 해병대 남자, 민호철이 맞았다. 손을 살펴보니 반지가 있어야 할 곳에 자국만 있었다. 오래도록 낀 해병대 반지를 뺀 흔적이었다.

반대편 문으로 사람이 들어오는 기척이 나자, 가영 언니는 몸을 숙여서 몰래 빠져나와 세미나실로 돌아갔다.

가영 언니는 자리로 돌아와 속삭였다.

"그 해병대 남자가 맞아. 민호철. 저기 환자 중에 있어."

"뭐라구??"

"그래. 저번에 휴게실에서 방 과장이 자기네 신제품 의료 기라고 다정 할머니 체험하게 해 준 거 있잖아."

"기, 기억나요. 과거의 내 모습이 보여요, 실, 실제로…."

"그래. 눈에는 스마트 안경을, 머리에는 전기 자극 침을 꽂고, 손에는 3D 체험 장갑을 껴서 머리로는 온종일 청춘 시절의 리즈 모습만 보게 하고, 잠을 재우는 거야."

"뭐어? 그럼 소변 대변은?"

"나, 나 봤어요…, 바, 바쿰이라고 진공 청, 청소기 같은 바지를 입혀요. 전단지 뒷장 봐 봐요."

오 마이 갓, 전단지 뒷장에 바쿰 바지(Vacuum Pants) 설명

291

이 나와 있었다. 진공청소기처럼 대변과 소변이 나오는 즉시 제거하고, 습도와 온도를 조절하고 통풍이 되게 해서 욕창의 발생을 원천적으로 방지하는 의료기기라고 적혔다.

자세한 설명은 이랬다. 미래에는 메타버스 개념으로 이런 식의 전자 기기로 간병인 없이 모든 케어가 가능하다고 적혀 있었다.

"꼭 두툼한 고무 튜브 같은 거 입은 양반이 세상에 내가 알던 방송사 사장이야. 저기서 얼마나 놀래고 온 줄 알아? 아니, 대체 왜 싸지도 않았는데 바쿰 팬츠인가로 입혀 놔서 빨아들이지? 왜 아직 거동할 만한데 눕혀서 메타버스인가로 미리 누워 있게 해서 더 운동 불가능으로 만들어 버리는 거야. 아프지도 않은데 미리 아프게 드러눕게 만들어 버리는 그 심보하구는."

"그럼 저 메타버스 인가로 김 실장이 시설 전환하는 거야? 여기 풍요실버타운을?"

"대, 대박 사, 사건…."

순간 웅웅거리는 마이크 소리가 요란하게 나왔다. 50인 정도의 의료인들이 세미나장에 앉아 있고, 방정호 과장이 마이크를 쥐고 피칭을 하려 했다.

단상의 플래카드에 '메타버스 실버타운 조성 투자 설명회'라고 적혀 있었다.

삼총사가 슬그머니 자리를 구석으로 이동해 의자에 조용히 앉았다. 들킬까 이동한 것이다. 아니나 다를까 남자 직원이 다가와 브로슈어를 주면서 물었다.

"어디에서 오셨죠?"

가영 언니가 머뭇거리는데, 나숙 씨가 그가 든 리스트를 슬쩍 훔쳐보고 답했다.

"양지수케어 실버타운 재단서 왔습니다."

"네, 알겠습니다."

체크하려던 직원이 의아해했다.

"어? 이미 의사분들 오셨는데요?"

다정 할머니가 말했다.

"저, 저희는 환자들인데 한번 들어 보려고, 고요."

가영 언니가 가로채 말했다.

"쉬잇! 세미나 시작해요."

직원이 일단 물러났다.

방정호는 마이크에 대고, 스티브 잡스처럼 각을 잡고 피칭했다.

"노인 간병은 여러 가지 면에서 많은 비용과 인력이 감당해야 했습니다. 자, 사진을 보시죠. 이 어르신은 치매 중기인데 기저귀에 손을 넣어 속된 말로 똥질을 하는 증상이 있었습니다. 아무리 손에 치매 어르신용 장갑을 끼어도 답답

293

해하시며 빼고 기저귀 속으로 손을 넣으셨죠. 이외 콧줄을 손으로 자꾸 빼시는 바람에 영양식 투여도 힘들었습니다. 이런 분들은 그냥 꽁꽁 결박해 두어야 할까요? 그러면, 학대한다고 하지 않습니까? 기자들은 이런 현실도 모르고 함부로 기사를 써내죠. 거기다가 24시 누워서 하릴없이 적적한 인생을 누가 원하겠습니까? 자, 이 영상을 보시죠."

영상을 대형 화면에 틀자, 노인이 스마트 안경과 전기 자극 침이 달린 헬멧을 쓰고 손에는 전기장치가 달린 장갑을 끼고 있다. 노인은 입가 꼬리가 올라가면서 행복한 듯이 손을 흔들어 잼잼 곤지곤지를 했다.

"이 즐거워하는 어르신의 모습을 보십시오. 청춘 메타버스 프로그램으로 어르신의 과거 청년 시절에 동료들과 열심히 일을 하는 모습을 보여 주고 있습니다. 행복한 얼굴 보이시죠? 그리고 두 손에 힘이 들어간 모습도요. 24시 늘 눈만 끔벅하시다 간병인에게 기저귀에 손 넣어 똥질한다고 혼나시던 분이었습니다. 지금은 바쿰 팬츠로 실수할 일은 전혀 없고, 간병인도 필요 없는 상태입니다."

방정호는 메타버스 실버타운의 조감도를 보여 주고, 설명을 열심히 했다.

"자, 그럼 메타버스 실버타운의 예시를 보이겠습니다."

갑자기 단상 위 커튼이 열리면서 4개의 환자 베드가 드러났다. 베드에는 각각 고글과 전기 침이 꽂힌 환자들이 누워 있다. 하반신에는 바쿰 팬츠를 입고 있고, 얇은 담요가 덮여 있다.

담요를 치운 방정호는 입을 열었다.

"이분들은 보호자들 동의를 받아, 새로운 메타버스 간병 프로그램으로 간병을 받는 분들입니다."

방정호는 기기 곳곳을 설명했다.

"이 의료기기, 진공청소기 같은 바쿰 팬츠로 24시 대소변이 제거되고, 통풍과 온도 습도가 조절되어 욕창이 방지됩니다. 그리고 눈에는 청년 시절의 영상, 아니면 자녀분들과 즐겁게 지내는 영상, 심지어 연애하는 영상, 원한다면 넷플릭스의 여러 영화 영상이 3D로 보입니다."

체험자가 손을 들어 무언가를 잡으려 한다.

"이 어르신은 맛있는 망고를 따서 드시는 그런 프로그램을 보고 있습니다. 무지개다리 건넌 반려견도 살아 나와 멍멍 짖을 수 있죠. 여기 세미나장에는 요양병원 원장님, 실버타운 이사장님, 제약회사 상무님, 의료재단의 의사 선생님 등 각계의 명망 있는 전문가들이 오셨습니다. 모두 그간의 노고에 진정으로 감사드립니다. 메타버스 실버타운은 앞으로 노인들의 행복과 편안한 케어를 위해 전 세계적인 흐름이 될 것을 확신하는 바입니다."

박수갈채가 쏟아지고 질문을 받았다. 하얀 머리의 중년 남자가 손을 들었다.

"저는 ○○요양병원에서 원장으로 15년간 근무했습니다. 그런데 의아한 점은 24시 누워만 계시고 영상을 본다면 재활운동을 안 하게 되니, 근력이 떨어집니다. 그런 점은 어떤 대처 방안이 있는지 궁금합니다."

방정호는 얼굴에 웃음을 지었다.

"여기 계신 어르신은 파킨슨과 치매가 동시에 오는 복합적 요인의 노인병을 10년간 앓고 계십니다. 이미 근육은 거의 소실되고, 누워만 계시던 분입니다. 그렇지만 지금은 메타버스 공간에서 행복한 정신적 삶을 살고 계십니다. 신체적 열세와 정신적 행복감. 어느 노인도 생각은 청년과 다르지 않습니다. 사랑이 있는 삶, 외로움이 없는 행복한 삶을 원하죠. 신체와 마음의 불균형은 영원한 인류의 숙제입니다. 이 어르신이 재활운동을 해도 가망성은 거의 없습니다. 그런 상태에서 하늘 갈 날만 기다리는 것은 고통입니다. 정신적 즐거움을 선사해 드리는 데 메타버스 실버타운의 목적이 있는 것입니다."

공청회를 지켜보던 나숙 씨가 가영 언니에게 속삭였다.

"저런 식으로 하다 보면, 우리도 곧 누워서 24시 메타버스 기계만 끼고 살게 될 거야."

가영 언니는 걱정스런 눈으로 고개를 슬며시 끄덕였다.

"그, 그렇지만 저는 자꾸 인지능력이 떨, 떨어지니, 저렇게 누워 있는 것도 도, 도움이 될, 될지로 몰, 몰라요."

가영 언니가 다정 할머니 손을 꼭 잡고 속삭였다.

"그래도 움직여야 더 안 까먹지."

방정호의 말이 이어졌다.

"메타버스 실버타운은 간병인 없는 비용 절감 차원, 그리고 입소자들의 행복감, 보호자들의 안심감에서 최고의 선택이 될 겁니다. 낙상 우려 없고 부모님이 편안하게 즐거움을 느끼면서 기저귀와 욕창에서 해방되어 간병인의 도움 없이 여생을 쾌적하게 보낼 수 있는 최상의 선택지입니다. 그럼, 투자 상담을 부스에서 받고 있으니 다과를 즐기시면서 편안한 상담 받아 보시기 바랍니다. 투자는 회사당 투자 금액 한도가 정해져 있습니다. 보다 더 많은 분께 기회를 드리기 위함입니다. 우리 효도메타테크의 비전을 함께할 투자자분을 모십니다."

가영 언니는 투자자들이 줄 서서 상담받는 어수선한 틈을 타서, 몰래 방정호의 노트북에 접근했다. 그가 가진 자료들이 노트북에 꽂힌 USB에 분명 다 있을 것이다. 저 자료들을 풍요실버타운의 입주자들에게 알리고, 김 실장에게 시설 전환할 거냐고 따져서 반대 여론을 만들어야 했다.

이유는 하나, 시설이 바뀌어 오갈 데 없어지면 짤 없이 남아 저 안경 끼고 맨날 억지 메타버스 공간만 보고 있게 될 게 뻔하다. 그건 막아야 한다. 아직은 이 세상에서 할마시 트리오 삼총사로서 살고 싶다.

가영 언니가 몸을 굽히고, 나숙 씨와 다정 할머니가 망을 보면서 노트북으로 살금살금 다가갔다. 가영 언니가 USB를 빼는 순간, 방정호와 시선이 마주쳤다.

"어어, 할머니 뭐하는 겁니까?"

"튀, 튀어!"

삼총사 다급하게 나가는데, 나숙 씨, 삼단 지팡이를 들어서 따라오는 검은 양복 행사장 요원에게 휘두른다.

다정 할머니, 검은 양복이 팔을 잡자, 완력으로 와락 뿌리친다.

가영 언니, 가방 안 우유를 집어 던지고, 가방을 들어 얼굴을 내리치면서 앞길을 터 준다. 삼총사, 엘리베이터로 절뚝이는 나숙 씨를 양옆에서 번쩍 들고 달려간다. 간발의 차로 도착하는 요원들.

삼총사는 로비에서 내려 검은 양복을 입은 일당들을 요리조리 피하면서 정원으로 나갔다. 그리고 중간에 그들이 잡으려 하면, 드러누웠다.

"아이구야, 이눔들이 니들은 에미 애비도 없느냐. 우리 좀 도와주세요. 못살게 구네요. 시설을 억지로 옮기려 해요. 이 사람들이 사람을 납치해 메타버스인가 뭐 하려 해요."

가영 언니가 구성지게 한탄을 했다. 나숙 씨는 마침 산책 중인 꽃할매에게 절뚝거리며 다가가 귓속말로 해병대 남친을 저들이 납치했다고 했다. 꽃할매가 특공대 남편과 밍크 모자 부부에게 다가가 속닥거렸다.

특공대 남편과 밍크 모자 할매가 다가왔다. 이미 삼총사가 단톡방에 다급하게 글을 올려 입주자들 몇몇을 비상 요청해 둔 상태이다.

"뭐여, 니들이 납치단이야? 다동 해병대 할아버지 어디로 모셨어?"

"이 눔들이! 야, 다 좆 떼!"

밍크 모자 할매가 워커를 확 밀어 검은 양복 덩치를 넘어지게 했다. 노인들이 이들을 에워싸며 점차 조심조심 포위를 한다. 흡사 좀비처럼 터벅터벅 걸어오는 노인들.

휠체어, 보행기 유모차, 바퀴 달린 지팡이 등등 각양각색의 보조기구를 무기로 또는 엄폐물로 삼아 이들을 포위한다.

삼총사 그 틈새를 타서 정원으로 가로지르고, 방정호가 그녀들 뒤를 쫓는다. 삼총사, 정원을 가로질러 다른 건물로 다급하게 간다. 나숙 씨가 다리를 절룩이자 다정 할머니가 덥석 업고 가영 언니를 뒤쫓는다.

유튜버 할배가 핸드폰을 장착한 셀카봉을 들고 스트리밍 영상을 송출하면서 이들을 따라간다.

"지금 우리 실버타운에 악당들이 침입해서, 노인들을 붙잡아 가고 있습니다. 이들의 모습은 아마도, 〈지옥〉 드라마처럼 사자들이 나타나 잡아가는 것 같습니다. 제발 우리를 살려 주세요, 힘을 합쳐요. 좋아요, 구독은 기본입니다."

아수라장이 되어 버리는 실버타운. 입주자들 지팡이나 보행기를 흔들어 대면서 환호를 하고, 삼총사의 길을 터 주고, 방정호 일당의 길을 막아 턱 하니 겹겹이 에워싼다.

삼총사, 정원을 전동 휠체어를 빌려타기도 하는 등 아슬아슬 반 바퀴 돌아서 가동으로 다시 들어간다. 그리고 엘리베이터에 올라타는 그들.

간발의 차이로 이들을 놓칠 뻔한 방정호, 엘리베이터 문을 손으로 팍 잡는다.

"맛 좀 봐라."

방정호의 손목에 그대로 지팡이를 펼쳐 내리꽂는 나숙 씨.

"으아아악."

"엄마한테 혼날래, 할머니한테 혼날래!"

엘리베이터 문이 가영 언니의 외침과 함께 닫히면서, 13층 꼭대기로 올라간다.

"어, 어디로 가, 가는 거, 거예요…."

"옥상 정원, 거긴 CCTV가 사방에 있어."

단호한 얼굴로 바지 안쪽 주머니 안에 손을 넣어서, USB를 꽉 쥐는 가영 언니.

"이 증거물은 절대 못 넘겨!"

옥상 정원에 뒤늦게 도착한 방정호는 주변을 훑는다. 아무도 없다. 그는 옥상 문을 걸어 잠그고 소리를 지른다.

"이 노망난 치매 할망구들이 제대로 미쳐 버렸나. 할마시들, 좋게 말할 때 그거 가져와. 그럼 목숨은 살려 드릴게. 뭐 어차피 얼마 남지도 않은 목숨. 후후. 어서 가져와! 어서!"

이때 구석에서 기침 소리가 난다. 기침을 참지 못한 나숙 씨, 방정호의 눈에 띈다.

"에유, 할마시 거기 숨었어? 어서 이리 나오세요. 그대로 메타버스 요양원으로 보내 드려서 자식들 걱정 안 하게 해 줄게요. 어서 나.오.라.니.까! 이 할마시야!"

"자식 없어. 그러니 안 보내도 돼. 내가 알아서 내 몸 간수 한다고."

나숙 씨는 지팡이에 몸을 실으면서 천천히 절룩이면서 구석에서 나왔다. 방정호가 다가가서, 소리 지른다.

"어서 내놔! USB 어쨌어. 어느 할망구가 가졌어? 다 똑같이 생겨서리."

다정 할머니가 성큼성큼 나왔다.

"다, 다, 다 달라. 우리들은."

"아이구야, 왜 먼저 메타버스로 보내 주랴?"

다정 할머니가 방정호의 치켜든 손을 보고 껑충 뛰어올라서 그대로 방정호의 머리를 거세게 스매싱으로 때려 버렸다.

"어쿠야!"

갑자기 가발이 벗겨지면서, 놀라는 방정호.

가영 언니가 나타나 USB를 보인다.

"너도 늙지? 야, 방 과장 이리로 와. 줄게."

가영 언니, 옥상 정원의 가장자리로 간다. 안전막이 있지만, 바람에 후들거리고 저 아래로 까마득한 아래가 보인다.

"허허, 할머니! 저승사자가 아예 친구하겠다. 죽을 거 같지 않아?"

가영 언니는 썩소를 날렸다.

"죽을 거 같다는 소리 좀 하지 마! 우리 안 죽어. 살 수 있어, 왜 미리 누울 걸 예상해서 메타버스인가 요양원 흉계를 꾸미는 거야!"

가영 언니에게 방정호가 홱 덤벼들 듯 외친다.

"이 할망구야! 말이면 단 줄 알아? 이 쓸모없는 폐기물 덩어리들! 메타버스도 좋게 쳐 준 거다. 니덜은 돈 덩어리 안 될 거면 존재 자체가 민폐야. 똥 덩어리라구!"

"무어라고! 이눔의 쌍놈의 새끼!"

"뭐어어? 이 할망구가!"

"누가 할망구라 그러랬어! 우린 정식 탐정단이야!"

"하아, 웃기고 있네. 니들이 미드 〈프렌즈〉냐? 시트콤 〈남자 셋 여자 셋〉이야? 그런데 남자들은 어디 있대? 후우, 놀고 자빠졌네."

"그래, 우리 나이 많아 자빠졌다. 왜! 인생도 골로 가는데 같이 가 줄 터냐?"

가영 언니가 지지 않고 되받아쳤다.

"이 할망탱이들이! 나이를 거꾸로 처먹었냐? 어째 손 좀 봐줄까?"

방정호는 가영 언니에게 폭언을 하면서 달려들려는데, 그 앞을 가로막는 나숙 씨, 하지만 방정호가 밀어 넘어진다. 그리고 또 그 앞을 막는 다정 할머니.

방정호가 다정 할머니를 확 밀쳤다. 나동그라지는 다정 할머니.

"이눔의 자식아! 너는 응? 니가 천년만년 젊을 줄 아냐? 노인들한테 고혈을 빨게!"

가영 언니는 크게 외치며 USB를 들고 옥상 난간 밖으로 손을 뻗었다. 덜렁거리는 USB.

"가서 주워라!"

가영 언니는 난간 밖으로 던졌다.

방정호가 다급하게 계단으로 향한다.

가영 언니와 나숙 씨, 다정 할머니에게 다가간다.

"다정아! 다정 할머니!"

쓰러진 다정 할머니는 일어날 줄 몰랐다. 눈을 감고 있는데, 가영 언니가 119에 전화를 했다.

"여보세요, 여기 사람이 쓰러졌어요. 제발 빨리…."

이때 조용히 다정 할머니가 말했다.

"나, 괜, 괜찮아요. 아, 아침 프로에서 고령층은 넘어지면 빨리 일어나면 안 된대서요…."

나숙 씨가 다정 할머니를 일으켰다.

"후우. 10년 감수했다. 나도 그거 봤어. 넘어지면 빨리 일어나다 낙상 또 당하니까, 손발부터 돌리고 팔꿈치, 다리, 머리 조금씩 천천히 들라고요. 천천히 일어나 봐."

다정 할머니는 눈을 끔벅하면서 가영 언니와 나숙 씨가 도와 일어났다.

"어, 어떻게 해요. 그 증거물…."

"괜찮아. 그거 풍요실버타운 전자 터치키야. 내 집. 자꾸 번호 까먹으니까 김 실장이 해 준 거야. 아이, 찜찜해. 어서 전자키 등록 바꿔야지."

가영 언니가 눈을 찡긋했다.

"큰일이다. 고놈 방 과장이 다시 올라와 우리 족치면 어떡해?"

가영 언니는 집게손가락을 위로 올렸다. 드론이 날아다니면서 요란하게 프로펠러 소리를 냈다.

"저거 김 실장이 보낸 거야. 방정호 과장 증거 딴다구. 그리고 옥상 CCTV도 증거야."

최근에 김 실장은 배달 음식을 드론으로 받으면서, 드론의 세계에 눈을 뜨고 시설을 공중에서 촬영해 광고나 홍보 영상에 사용한다면서 직접 드론을 운전하고는 했다.

이때 갑자기 경광등 소리가 요란하게 들리면서, 경찰차 2대가 건물 앞으로 달려와 섰다.

"나를 폭행하고, 메타버스 실버타운을 만든다면서 투자 사기를 치고, 김 실장을 협박한 죄 모두 엮어서 감방으로 보낼 거야. 저 드론이 모두 촬영했어. 증거는 바로 여기에 있고."

가영 언니는 바지 안을 까뒤집어 USB를 꺼내서 들었다.

"우리네 바지는 속주머니가 이래서 편하지. 속주머니에 돈만 감추는 건 아니라구. 호홍."

경찰이 와서 진상을 파악하고자, 방정호를 경찰서로 데리고 가고, 삼총사도 따라가서 진술을 했다. 김 실장도 진술하고 그들은 같이 타운으로 돌아왔다.

행정실 안 탕비실에서 김 실장은 삼총사에게 손이 발이 되게 빌었다.

김 실장은 울상이 되어 빌었다.

"죄, 죄송합니다. 방 과장님이 시설을 전환하라고 투자를 유치하는 데 도움을 달라고 해서요. 흐흑. 그 과정에서 협박도 받았습니다."

가영 언니는 김 과장에게 드론으로 증거를 따라고 부탁하는 과정에서 자초지종을 조금 들었다.

"그럼 우리들 보증금은?"

"다시 되찾아 올게요. 시설 전환 막는 데 노력하겠습니다."

가영 언니는 김 실장의 멱살을 붙잡고 절규했다.

"아니, 대체 우리 보증금 다 메타버스인지 거기다 주려고 했어? 대체 왜 그런 거야? 무슨 잘못을 했기에 협박당해!"

김 실장의 눈에서 눈물이 뚝뚝 흘렀다. 나숙 씨는 가영 언니를 말리면서 김 실장을 다독이며 캐물었다.

"실장님, 그럴 분이 아닌데 왜 그런 거예요?"

다정 할머니는 김 실장의 손을 붙잡고 손자처럼 다독였다.

"진, 진, 정해요."

"엉, 엉. 집에 혼자 있는 해, 해킹당했어요."

"해킹요?"

"네. 거실에서 벗고서 그만…, 엉엉….."

김 실장의 말에 의하면 월패드가 해킹당한 줄도 모르고, 샤워를 마치고 거실에서 홀딱 벗고 밥도 먹고 TV도 보고 그랬는데, 그만 그 누드 영상이 유출돼서 협박을 당했다는 것이다.

　그 사실을 경찰에 신고도 못하고 끙끙 앓는데, 우연히 효도메타테크 방정호가 전산 프로그램을 잘 알기에 문의를 했더니, 도와주겠다며 친해졌다는 것이다.

　이후로, 메타버스 요양원 전환을 적극 권했고, 김 실장도 귀가 솔깃해 투자를 유치하고 전환을 알아보고 있던 중에 사업회를 열게 된 것이다. 더군다나 김 실장도 운영비를 휴게실 대형 어항의 아쿠아 스케이핑 등에 지출하게 되면서, 운영비를 융통성 있게 조달하면 좋겠다는 생각이 있었는데 잘됐다 싶었던 것이다. 하지만 가면 갈수록 방정호가 제약회사 등 대형 투자자와 운영권을 쥐고 흔들면서 위기의식을 느끼고 있었다. 게다가 그 누드 영상을 거론하면서 협박을 은근하게 했다는 것이다. 민호철 등의 체험자들도 방정호가 보호자 전화번호를 알아내 적극적으로 나서서 동의를 받았다는 것이다.

　"그럼 이사장님이 비트코인에 투자해 말아먹었다는 루머는요? 그거 사실이죠?"

　김 실장은 고개를 저었다.

"아니에요, 그건 이사장님이 개인 자산으로 하신 거니 무관합니다. 흐흑, 이렇게 멈춰 주셔서 감사합니다. 하마터면 풍요실버타운 운영권이 그대로 통째로 넘어갈 뻔했어요. 제가 요즘 그것 때문에 잠도 못 자 디카페인만 마셨다구요. 지은 죄는 경찰 조사 후에 달게 받을게요."

가영 언니가 한숨을 쉬었다.

"아니, 맨날 '어찌 우리가 노인 입주자님을 무시하겠습니까? 어찌 우리가 노인을 포기하겠습니까?' 꼭 이런 식으로 멋지게 할리우드 영화 어벤져스처럼 말해 놓고 이게 뭐예요? 우리 입주자들 아예 도매금으로 넘기려고 하구."

"죄, 죄송합니다. 흐흑. 선생님들."

다정 할머니가 손수건으로 김 실장의 눈물을 닦아 주었다.

"흐음, 아메리카노 석 잔이면 살인도 면한다는데, 우리 각각 김 실장 마시는 그 드립 커피 고급으로다가 세 개씩 줘요. 우리가 경찰한테 목격한 거 그대로 진술해서 방정호가 거짓으로 진술하고 덤터기 씌우려고 하는 거는 막아 줄게요."

"아, 알았습니다."

나숙 씨도 덧붙였다.

"그리고 우리 침구 바꿔 줘요. 이불서 퀴퀴한 노인 냄새 난다구요."

"넵, 알겠습니다. 특별히 차렵이불 중에 모달 소재로 좋은 걸루다 구비하겠습니다."

"호호호."

"히히."

"호호."

나중에 경찰 수사로 알고 보니, 월패드의 해킹은 웹셸 (WebShell) 방식으로 뚫린 것으로 해커가 원격으로 서버에 악성 프로그램을 심어서 관리자 권한을 획득하고, 개인정보를 빼낸 것이다.

서울의 200여 가구가 해킹을 당했는데, 범인을 잡고 보니 방정호에 의해 특별하게 김 실장의 집 해킹을 한 흔적이 잡혔다는 것이다. 방정호는 김 실장에게 덫을 치고서 그를 자신의 손에 넣고 이리저리 움직인 것이다.

게다가 휴게실에서 일어난 김 영감의 낙상 사고도 사실 CCTV로 여러 사건을 앞뒤로 살펴보니, 방정호가 기름을 엎질러 사건이 나게 만들고 싹 치운 것이다. 김 영감 잘못으로 넘어갔지만 실버타운의 책임도 있어 보험 처리를 했는데, 방정호가 고의로 사고를 낸 것이다. 방정호는 이것을 가지고 또 김 실장을 괴롭히면서 실버타운의 획기적 변신을 통해 낙상 사고를 원천 봉쇄해서 새로운 공간으로 태어나고자 꼬드겼다는 것이다.

이 주 후 삼총사는 여느 때와 다름없는 스케줄대로 수영 수업을 듣고 식사를 하고 휴게실에서 담소를 나누다 정원을 산책하는데, 방정호가 서류 가방을 들고 뛰어가 주차장으로 향하는 장면을 목격했다.

삼총사는, 화들짝 놀랐다.

사실 그가 불구속 수사를 받는다는 걸 알고 있었는데 여기 버젓이 나타날 줄은 몰랐다. 그 뒤로 김 실장이 당황해서 달려 나온다.

"과장님! 안 됩니다!"

삼총사가 부리나케 김 실장에게 왔다.

"무, 무슨 일이죠?"

"우리 입주자들 모든 정보를 훔쳐 갔어요. 개인 신상 파일을요. 아마도 시설 전환을 위해 가족들에게 전화를 할지 몰라요! 큰일 났어요. 가족들이 설득되면 큰일입니다."

가영 언니가 소리를 질렀다.

"나쁜 놈! 입주자 가족 동의를 받아 투자자를 설득하고 이 사장님을 설득하면 우릴 정말 메타버스 기계 안에 가둘지 몰라요! 어서 잡아욧!"

이때 다정 할머니가 괴력 같은 힘으로 빠르게 달렸다. 저만치 수국을 가꾸는 마피아 수녀에게 달려가, 의논하는 모습이 보였다. 무언가를 상의하고 속닥속닥했다.

마피아 수녀가 손짓을 크게 해서 어서 오라고 했다.

가영 언니는 나숙 씨와 천천히 걸어 마피아 수녀에게 갔다.

"컴 온! 어서 차에 올라!"

마피아 수녀가 포르쉐를 가리켰다.

"어서 여기로 컴 온!"

삼총사가 포르쉐 카이엔 터보에 올랐다. 마피아 수녀는 몸을 날리듯이 탔고, 절뚝거리는 나숙 씨는 다정 할머니가 괴력의 힘을 발휘 뒷좌석으로 끌어올렸다.

그녀가 모는 포르쉐는 엄청난 속도로 달려 방정호의 차를 따라잡았다. 방정호의 차는 무시무시한 속도로 실버타운을 빠져나갔다.

방정호는 오솔길을 달리다 옆으로 빠져 기찻길 쪽으로 방향을 틀었다. 너른 공터가 나왔다.

공터에 나 있는 기찻길을 건너면 고속도로로 가는 지름길이 나온다.

"아니, 저게 미쳤나!"

방정호는 차를 다다다 가속으로 질주해서 기찻길을 가로지르려 했다.

이때, 기차가 들어오는 기적 소리가 들리면서, 포르쉐 속의 삼총사는 눈이 휘둥그레졌다.

"이히, 이 할망구 핵폐기물들아, 여긴 못 오지?"

방정호가 차를 몰아 기찻길을 건너는데, 차가 덜컥거리면서 뭔가에 바퀴가 걸렸다. 철길에 툭 하니 걸린 바퀴, 기차가 점점 빠른 속도로 달려오는데, 방정호 얼른 몸을 차에서 날려 옆길로 피한다.

가영 언니가 외쳤다.

"멈췄!"

"오 마이 갓! 오 마이 가드니스!"

마피아 수녀 할머니가 소리를 버럭 지르면서, 급제동을 해서 카이엔을 멈춰 버리는데, 속력을 이기지 못한 차가 뱅그르르 돌면서 빙 한 바퀴 돌아 가까스로 멈췄다.

나숙 씨는 절뚝이면서, 가영 언니는 온몸에 힘을 실어, 그리고 다정 할머니가 가장 빠르게 기찻길로 뛰어간다.

"늦었어! 운전으로 빼는 건 위험해!"

가영 언니는 모자와 위에 걸친 카디건을 벗어 두 손에 들었다. 그리고 하늘 높이 까치발을 해서 흔들었다.

"이 시간을 위해 그간 스쿼트를 한 걸지 몰라! 위험해요! 멈췄! 멈추라구!"

다정 할머니는 밑에 입은 플리츠 스커트를 팔랑이면서, 나숙 씨는 지팡이를 펼친 후 하늘 높이 흔들었다.

마피아 수녀 할머니도 달려 나와서 하얀 두건을 벗어서 들고 흔들었다. 탐스러운 금발이 흘러내렸다.

"스톱오오오오옵 플리즈!"

할머니들의 퍼포먼스를 본 기차 기관사는 이상함을 감지했다. 가영 언니가 재빠르게 근처 기차역을 포털서 찾아 전화를 걸었다.

"제발, 제발. 받아! 빨리! 여보세요! 여기 풍요실버타운 근처 기차선로인데요, 정확한 위치는 몰라요. 그런데 제발 기관사에게 연락해서 빨리 멈추라고 해요. 선로에 차가 정차해서 못 움직여요! 제발요!"

나숙 씨는 두 손을 흔들어 지팡이를 더 높이 든다. 점차 가까워지는 기차! 기관사가 제동을 해서, 기차를 서서히 멈추게 한다. 점차 속력을 늦추면서 다가오는 기차.

콰콰콰쾅, 기차가 방정호의 차를 박으면서 밀고 나가다 기어이 멈춘다.

할머니들, 모두 부둥켜안고 울면서, 소리 지른다.

"해냈어! 우리가!"

방정호 저만치 도망가다가 경찰차의 경광등 소리를 듣고 포기하고 산을 조심스레 내려온다. 그를 포위하고 체포하는 경찰들. 나숙 씨가 자세하게 112에 문자를 보내 신고한 것이다.

경찰이 도착하고, 정신이 나가 횡설수설하는 방정호를 체포해 갔다. 개인정보를 강제로 탈취한 개인정보보호법 위

반과 공공기물 파손 등의 범법 행위를 조사 중이다.

　잠시 후 휴게실에 도착한 삼총사는 터덜터덜 소파로 걸어
가 그대로 털썩 눕듯이 앉았다.
　"아이구, 말도 안 나와."
　"히히 그래도 해, 해냈어요…."
　나숙 씨는 지팡이를 소파 옆에 턱 걸치고 말했다.
　"우리 꼭 그거 같지 않아요. 며칠 전 케이블서 본 영화
〈영웅본색〉 마지막 장면. 헉헉. 죽겠다."
　"그래, 그렇네. 이제 못할 일이 없겠어. 나 이거 드라마로
쓸 거야. 공모전에도 써서 내 보자, 공동 작업으로. 우리 할
마시 탐정들의 이야기야!"
　"그, 그래요."
　"오키도키!"

　몇 주 후 풍요실버타운이 관할로 있는 ○○경찰서 대강
당. 사람들로 좌석이 꽉 찬 가운데, 클래식 음악이 잔잔하게
울리다 멈춘다.
　"오늘 ○○경찰서를 찾아 주신 내외빈 여러분들 감사합니
다. 오늘은 특별하게 관할 내에서 의인과 선인을 표창하는
행사가 있겠습니다."

인사말 후에 표창 수여가 이어진다. 세 번째 상장이 경찰서장에게 건네진다.

삼총사와 마피아 수녀 할머니는 정장을 차려입고, 긴장된 얼굴로 좌석에서 대기하고 있었다.

"다음은 풍요실버타운의 이가영, 명나숙, 성다정, 그리고 소피아 빈센조 님 나오십시오."

경찰서장이 상장을 읽는다.

"위의 사람들은 평소 투철한 안전의식과 성실한 태도로 주변에 많은 관심을 가지다 최근에 ○○역 부근에서 일어난, 기차선로를 차량이 막아 사고로 이어지는 것을 적극적으로 막은 공이 크므로 이에 표창을 합니다. 2022년 7월 28일 ○○경찰서장, ○○○."

우레와 같은 박수 소리가 경찰서 대강당을 메운다. 풍요실버타운의 입주자들이 정장과 한복 등 성장을 하고 대거 참석한 가운데 맨 앞의 김 실장, 눈물을 손수건으로 훔치면서 박수를 열정적으로 친다. 구 교수, 장 여사, 박 교장, 특공대 남편과 밍크 모자 할매 부부, 고 여사와 방실 영감 부부, 영순 씨와 슈퍼 이 사장과 미장원 원장, 해결사 강봉구 사장, 꽃할매와 민호철 등등 풍요실버타운의 입주자와 관계자들 모두 박수를 친다.

노인 오케스트라의 경쾌한 연주 가운데, 상장을 받아 든 삼총사와 마피아 수녀 할머니. 모두 신나게 두 손을 들고 춤추는 모습을 보이면서 단상을 내려간다. 나숙 씨를 팔짱 끼고 조심히 내려가는 다정 할머니.

마피아 수녀, 씩 웃으면서 엄지 척을 한다.

김 실장이 어느덧 눈물을 닦아 내고, 진심어린 얼굴로 다가왔다. 그는 황금열쇠 부상을 주면서 제의를 했다.

"우리 풍요실버타운을 지켜 주시고 대형 참사를 막은 공을 진심으로 감사드립니다. 이거 황금열쇠와는 별도로 감사의 의미로 제가 모시고 가고 싶은 데가 있습니다. 내일 밤이구요, 신수정 피아니스트의 연주회입니다."

다음 날 가영 언니, 나숙 씨, 다정 할머니는 가장 멋진 옷들로 성장을 하고 서로 얼굴에 화장도 찍어 발라 주고 힐을 신고, 김 실장이 대여해 놓은 리무진에 올라탔다.

샴페인을 홀짝 마시면서 환담을 나누다 어느덧 모차르트 홀에 도착했다. 잠시 후, 홀에서 80세의 노장 피아니스트가 연주하는 베토벤의 50분짜리 대곡 〈디아벨리 변주곡〉을 들으면서 삼총사는 눈물을 흘렸다.

장엄한 분위기, 경쾌한 흐름, 섬세한 터치의 신수정의 연주는 그들의 마음을 어루만졌고, 80에도 영원히 현역임을 보여 주었다. 아름다웠다.

가능하다, 가능하다, 할 수 있다. 80에도 피아노 연주곡을 콘서트홀에서 연주할 수 있다.

피아니스트는 연주를 마치고 이렇게 말했다.

"저는 재작년에 서울대 총동창회장직을 후임에게 물려주었습니다. 지금은 음악을 하고 있고 이렇게 여러분들을 만났습니다. 정말로 감사합니다. 내년에도 또 뵙고 싶습니다."

삼총사는 과연 내년에 살아 있을 수 있을까 하는 생각이 들었다. 하지만 지금의 마음은 반드시 살아 다시 노장의 피아노 연주를 듣고 싶은 생각만 가득했다.

아름다운 밤이었다. 보금자리를 지켜 낸 삼총사가 또 다른 멋진 노장 현역의 연주를 듣고 감명받은 밤이었다.

08

켈리 트레이너와

보디
프로필 사진을

GRANDMA
DETECTIVES
TRIO

가영 언니, 나숙 씨, 다정 할머니는 대망의 보디 프로필 사진을 찍는 날에 일찍 일어났다. 풍요실버타운의 수영장과 체력단련실 등등에서 찍을 사진은 앞으로 홍보 책자에 들어간다고 했다. 김 실장은 오전부터 닭가슴살 도시락과 스포츠 음료를 준비해 두고, 켈리 쌤과 출장 사진작가와 함께 사진 콘셉트를 논의했다.

　체력단련실의 탈의실에서 그들은 옷을 탈의하고, 갈아입을 준비를 했다.

　"이런 날이 올 줄이야, 가영 언니 다정 할머니와 진짜 드라마 같은 일이 벌어졌네. 탐정단도 되고, 범인도 잡고, 표

창장도 받고, 보디 프로필 사진까지. 한 번도 나의 몸을 제
대로 보여 준 적이 없는데."

"후후, 걱정 마, 그간 우리 수영도 헬스 단련도 열심히 했
잖아. 다들 건강하게 나올 거야. 그리고 김 실장이 나한테
반할지도 모르겠네."

"김, 김 실장은 몰라도…. 여러 할아버지들은 많이들 반할
지 몰, 몰라요…."

"그래서 짜증 나. 아니 지들이 나를 뭘로 보고. 나 드라마
쓰던 멋쟁이 작가였다구."

"언니, 우리도 할망구야. 동년배들과 같이들 어울려야지.
그나저나 캘리 쌤이 이런 옷을 입으라고 걸어 놨는데, 정말
되는 거야?"

나숙 씨가 들어 본 옷은 노란색의 핫팬츠, 빨강의 모노키
니 수영복, 플리츠 미니스커트와 민트색의 크롭탑, 요가 레
깅스 등이었다.

"우리라고 못 할 거 뭐 있어. 일단 다정 할머니부터 도와
주자구."

가영 언니는 다정 할머니를 의자에 앉히고, 솜바지와 단
추 달린 꽃무늬 카디건 벗는 걸 도와주었다.

"이제는 우리도 젊은 사람들처럼 입어 보자구. 40, 50대
를 위한 의류 쇼핑몰 앱도 내가 깔아 놨다니까. 수능생 엄마

들처럼 젊고 멋지게 꾸며야지."

다정 할머니가 고른 민트색 레깅스를 입혀 주었다.

"끙차."

레깅스를 힙까지 끌어올리자, 앙상한 다리 대신 탱탱한 힙이 돋보였다.

"이번에는 내가 입어 볼게."

가영 언니는 크롭탑과 플리츠 미니스커트를 입었다. 배가 볼록하게 탑 밑으로 튀어나왔지만, 그런대로 어울렸다. 머리에는 테니스 모자를 썼다. 나숙 씨는 퇴행성 관절염으로 굽은 무릎을 당당하게 노출하고 노란색 핫팬츠를 입었다.

탈의실 거울 앞에 서니, 그래도 근육은 적고 살결은 처지고 노화가 시작된 몸이지만, 나름대로 운동을 하고 부지런히 탐정 일을 하면서 걸어 다녀 그런지, 다리에 힘이 있어 보였다.

"힘없다고 부들부들하면 안 돼. 눈을 부릅뜨고 미소 지으면서, 그렇지! 눈꺼풀에 힘을 줘요. 자, 이렇게 상박근을 올리면서 포즈를 취해 보자구. 이렇게 말이지. 오금에 힘줘. 다리 풀리면 안 돼!"

준비를 마치고, 당당하게 체력단련실로 나갔다. 랫풀다운을 하거나 트레드밀, 바이크 등을 타면서 운동하는 모습을 사진작가가 자연스레 찍었다. 아령도 케틀벨도 들었다.

켈리 트레이너가 중간중간에 포즈를 잡아 주고, 시연을 해 보였다. 그리고 화장과 헤어스타일을 고쳐 주었다. 김 실장은 닭가슴살 도시락을 차려 놓고 기다렸다.

"어때요? 김 실장. 우리 정말 건강해 보이지? 이제 걱정 마, 그 따위 메타버스 실버타운 아니고도, 얼마나 멋진 타운으로 할마시, 할아방구들이 열불나게 뛰어오게 해 줄게요. 아님, 내 드라마작가 후배들이나 피디들한테 연락해서 드라마 피피엘 나가게 해 줄까?"

"작가님, 그렇게만 된다면 우리 풍요실버타운은 대출도 다 갚고, 독립적 운영으로 멋지게 설 수 있을 겁니다. 부디 도와주십시오."

"아, 알았어요. 오늘 촬영 잘해서 멋진 브로슈어 모델로 일단 나간 다음 차차 전화 돌릴 테니까. 알았죠?"

"네. 작가님, 잘 부탁드립니다."

"사회에서 판사, 교수 무슨 소용이야? 늙어서 은퇴해도 판사야? 여기서는 우리처럼 두 발로 서서 건강한 거 보여 주는 게 전교 일등 수능 1등급이라니까. 자 다들 어서 일어나자구. 다시 찍어야지. 수영복으로 갈아입고 오자."

"이 실버타운의 성과를 널리 알리는 마스코트 되는 거야! 평창 동계 올림픽 마스코트 수호랑 반다비처럼. 자, 열심히 해요."

"아, 알았어요. 수, 수호랑 반다비처럼."

브레이브 걸스의 〈롤린〉이 나오면서 흥겹게 아령을 들고, 헬스 기구를 들고 운동하면서 사진을 찍는다.

그날 오후, 수영 시간, 사진작가가 수강생들의 모습을 사진에 담는다.

수영장에서 수국 대형으로 둥글게 발맞춰 돌면서 아쿠아 에어로빅을 한다. 구 교수가 꽃의 가운데 부분에 서서 수술을 표현한다. 구 교수의 머리에 봉긋 선, 수술을 형상화한 명품 수영 모자가 무척 위트 있다. 조니 스팀슨의 〈Flower〉에 맞춰서 서서히 꽃잎을 만드는 삼총사와 입주자들과의 모습이 잘 어우러진다.

저는 노인병으로 고생하시는 친정 부모님을 보고 많은 생각을 한 적이 있었습니다.

그리고 50세 가까이 되어서 각종 신체적 노화를 겪었습니다. 갱년기가 와서 밤에 홍조에 시달리고, 균형을 잃고 넘어진 적도 있었습니다. 심지어 집 근처 매일 가던 길에서도요. 그 후로 버스가 오면 달려갈 수가 없고 천천히 걸어갑니다. 지하철 계단은 아주 조심히 내려갑니다.

손목이 아파 글을 못 쓰던 때도 있었고, 노안이 와서 글이 잘 안 보여 교정을 할 때는 돋보기를 사용합니다. 헬스클럽에서 인바디 검사를 받은 적이 있었는데, 아, 내가 이렇게 근육이 적었는가 하는 생각도 들었습니다.

내가 노인이 되는 날이 올까? 젊을 적에는 그런 생각을 하나도 하지 않았습니다. 그럴 일은 없다고 생각했는지도요. 그런데 이제는 코앞에 온 걸 두고 세월 무상이라는 말이 실감납니다.

그렇습니다. 누구나 늙고 병듭니다. 아고 저렇게 늙지 말아야지, 한탄해도 소용없습니다.

늙어 버리고, 몸은 예전만 못하고 여기저기 질환이 생깁니다. 게다가 건망증이 생겨 까먹어 버리는 일들이 많으면 덜컥 겁도 나지요. 그리고 오래전 기억은 잘 나지만, 엊그제 기억은 까마득합니다. 제가 대학 다니던 시절의 축제 영상을 누군가 유튜브에 올려놓은 걸 보고, 혹은 90년대 사람들을 찍은 영상을 보고 슬며시 웃고 추억에 젖습니다. 인생의 가을에 접어들면서, 추억도 되돌아보고 다가오는 인생에 조금씩 적응해 나가는 거겠지요.

그러다 문득 이런 생각이 들었습니다. 나도 나이가 들면 실버타운에 들어가 사는 건 어떨까.

동료 작가의 아버님이 사시는 곳에 들어가 시설 탐방을 하고 둘러보면서 소설의 배경으로 삼고 싶다는 생각이 들었습니다.

일단 단편으로 써서,《러브 앤 크라프트, 풍요실버타운의 사랑》에 실었습니다. 그리고 그 단편이 너무도 인상적이었다는 동료 작가들이나 서평단의 의견을 듣고, 장편 소설로 다시 써서 주인공들을 탐정으로 그려야겠다는 아이디어가 떠올랐습니다. 게다가 외국 출판사의 편집장과 대화를 하다, 유럽이나 미국에서 할머니를 주인공으로 한 소설이 인기를 끈 여러 선례가 있다고 들었습니다.

이에 가영 언니, 나숙 씨, 다정 할머니 세 명의 주인공을 단편소설보다는 나이를 젊게 설정해서, 60대의 할머니 탐정으로 만들어, 이 작품을 쓰게 되었습니다.

다 쓰고 나니, 의문점이 듭니다. 정말 이렇게 할머니 탐정단이 있을 수 있나.

그런데 유튜브에 보면 50대의 여성이 아이돌 그룹의 고난도 댄스를 선보이고, 70대의 시니어들이 상당한 안무를 선보입니다. 춤 선이 20대의 아이돌 그룹 못지않습니다.

그리고 작가도, 탐정도 노장들이 활동을 하고 있는 걸 실제로 많이 보았습니다. 배우들은 말할 것도 없지요. 오스카상, 골든글로브상을 탑니다.

그렇습니다. 죽을 때까지 불러 주는 곳이 있다면, 아니 스스로 갈 수 있는 길이 있다면 못할 게 없는 것 같습니다.

이 소설 속의 모든 캐릭터, 배경, 사건 등은 모두 판타지 속의 내용이라는 걸 알려 드립니다.

하지만 인생의 모든 것은 판타지라고 생각해 볼 때, 가능한 근미래에 이런 다이내믹한 실버타운과 활달한 노인 입주자들이 생겨나지 않을까 하는 생각이 듭니다. 실제로 할머니 탐정단 삼총사가 생길지도요. 처음 제목을 '할머니 탐정단 트리오'로 하려 했지만, 보다 더 친숙한 사투리로 정해 보았습니다. 할마시에는 '얄밉다'라는 뜻도 있다 해서, 빌런 느낌도 드는 점이 마음에 들었습니다.

　모쪼록 저도 추리소설을 20년 가까이 쓰면서, 작품의 주인공들이 《경성 탐정 이상》의 이상과 구보처럼 활달하고 액션에 능한 남자 탐정에서 보다 더 친근하고 어디에나 있을 법한 《경성 부녀자 고민상담소》의 취준생 여성 탐정들, 《서점 탐정 유동인》의 동인과 아람처럼 친근한 동네 청년 탐정들을 만들어 더불어 같이 왔습니다. 이제는 할마시 탐정단과 함께 풍요로운 50대를 맞이하게 되었습니다. 앞으로 김재희의 추리월드 초대장이 날아오면 꼭 와 주시기 바라면서 다음번에 또 뵐 것을 약속드립니다.

2022년 봄

김재희